KB108089

우리 집 문제

우리 집 문제

초판 1쇄 펴낸 날 2017년 6월 8일

지은이 오쿠다 히데오 **옮긴이** 김난주 **펴낸이** 박설림 **펴낸곳** 도서출판 재인 **디자인** 오필민디자인
등록 2003. 7. 2. 제300-2003-119 **주소** 서울시 강남구 도곡동 467-6 대림아크로텔 1812호
전화 02-571-6858 **팩스** 02-571-6857

ISBN 978-89-90982-68-1 03830 Copyright ⓒ 재인, 2017 Printed in Korea.

책값은 뒤표지에 표시되어 있습니다. 잘못된 책은 바꿔 드립니다.

우리
집
문제

오쿠다
히데오

김난주 옮김

재인

달콤한 생활?

1

아직 신혼인데 집에 들어가고 싶지 않다.

서른두 살의 회사원 다나카 준이치는 열여덟 살에 도쿄에 올라온 후로 내내 혼자 살았다. 그동안 연애는 몇 번 했지만 동거한 경험은 없다. 아침이면 일어나 혼자 밥을 먹고, 화장실 문을 활짝 열어 놓은 채로 볼일을 보고, 출근하고, 밤이면 캄캄한 방으로 돌아와 혼자 텔레비전을 켜 놓고 책을 읽다 자는 생활을 했다. 방귀도 나오는 대로 마음껏 뀌고 트림도 거침없이 했다.

그런 생활에 아내라는 다른 인간이 들어왔다. 두 달 전에 마사미와 결혼한 것이다. 친구의 소개라는 흔하디흔한 형식으로 만나 1년 반의 교제 기간을 거쳐 부부가 되었다. 마사미는 결혼하기 전에는 회사에 다녔다. 그리고 결혼에는 서른을 코앞에 둔 마사미 쪽이 훨씬 적극적이었다. 이십 대에 결혼하는 것이 여자에게는 중요한 모양이다.

처음에는 아무 말 안 해도 밥이 차려지고 목욕을 하고 나오면 갈아입을 속옷이 준비되어 있는 것에 감동해 결혼 생활이란 참 좋은 거구나 하는 푸근한 기분이었는데, 허니문 기간이 지나자 조금씩 답답함을 느끼게 됐고 속도 안 좋아져 툭하면 설사를 했다.

자신이 뭔가 소중한 것을 잃어버린 것은 아닐까, 라고 말하면 좀 과장이겠지만 아무튼 앨범 한 권을 잃어버린 정도의 상실감은 있었다.

요즘엔 저녁노을을 보면 괜스레 마음이 뒤숭숭해진다. 그런 현실에, 자신이 박정한 인간은 아닐까 싶어 또 초조감에 빠진다.

그날도 오후 5시쯤 마사미에게서 문자가 왔다. 늘 그렇듯 '저녁 어떻게 할 거야?' 라는 내용이다. 마사미는 현재 전업주부. 대형 건설 회사 총무부에서 일하다가 결혼을 계기로 퇴직했다. 회사를 그만두겠다는 말을 들었을 때는 솔직히 말해 깜짝 놀랐다. 들어 보니, 아내가 다니는 회사에서는 결혼을 하면 퇴직하는 게 일반적인 모양이었다.

한편 준이치가 다니는 광고 기획사에서는 남녀평등이 당연했다. 출산 후 아이를 어린이집에 맡기고 일하는 여사원도 많았다. 그렇다 보니 아무 의문 없이 일을 그만두는 아내에게서 사뭇 다른 세계를 본 기분이었다. 집에서 살림만 하면 따분하지 않을까 생각하는 것은 매스컴 업계 종사자들의 닳고 닮은 사고방식일까.

준이치는 답 문자 보내기를 망설이며 이미 캄캄해진 창밖을 바라보았다. 결산기가 지났기 때문에 이렇다 하게 할 일은 없다. 당분간 한가하다. 마음만 먹으면 칼 퇴근도 할 수 있다.

그런 생각을 하다가 비스듬히 앞쪽에 앉아 있는 후배 사원과 눈이 마주쳤다.

"이봐, 기지마. 우리 오늘 밤에 마작이나 할까?"

준이치가 조그만 소리로 물었다. 어제는 집에서 저녁을 먹었으니 죄의식은 별로 없다.

"저는 좋아요."

독신인 기지마가 웃는 얼굴로 대답했다.

"그럼 1과의 엔도랑 아다치보고 가자고 해 봐야겠군."

"그런데 괜찮으시겠어요? 이번 주 들어 두 번째인데요. 부인이 화내지 않을까요?"

"야근이라고 하면 돼."

그 말에 같은 과 여사원인 유카가 이쪽을 힐금 본다. 남자들이란, 이라고 얼굴에 쓰여 있다.

"그래도 아직 신혼이신데."라며 기지마가 걱정스런 얼굴을 했다.

"그런 소리 마. 자네도 결혼해 봐. 자유가 얼마나 소중한지 절감하게 될 테니까."

"그런가요."

"그렇다니까. 내 방이 없으니 책을 읽을 수 있나, 음악을 마음대로 들을 수 있나."

"그건 좀 괴롭겠네요."

음악을 좋아하는 기지마가 미간을 찡그렸다.

"기타도 못 치고 컵라면도 못 먹는다니까. 성인 비디오는 당연히 못 보지. 할 수 없는 것 천지야. 기지마 자네도 지금 최대한 즐기는 게 좋을 거야."

준이치의 자조적인 말에 유카가 얼굴을 쏙 들더니 흥미롭다는 듯이 물었다.

"컵라면을 왜 못 먹어요?"

"마나님이 허락을 안 하는데 어떻게 먹어? 먹고 싶으면 자기가 제대로 된 라면을 끓여 주겠다며 나서는데."

"그럼 좋은 부인 아닌가요, 굳이 끓여 주겠다는데?"

"나는 컵째 들고 먹고 싶다고. 국물이 흠뻑 밴 유부를 후루룩 먹고 싶단 말이야. 직접 만든 게 언제나 맛있다고는 말할 수 없잖아?"

"흐음, 참고해야겠네."

겨우 스물네 살인 유카는 이해가 안 된다는 듯이 고개를 흔들었다.

준이치는 마사미에게 문자를 보냈다.

'미안해. 오늘은 야근. 아마 마지막 전철로 갈 거야. 먼저 자.'

그러자 곧바로 답 문자가 왔다.

'수고가 많네. 그럼 밤참 준비해 놓고 기다릴게♡'

아니, 그런 거 안 만들어도 된다니까 그러네. 그러나 그런 문자는 보낼 수 없었다.

얼마나 착실한 아내인가. 자신의 거짓말이 양심에 찔려 준이치는 가슴이 뜨끔거렸다.

회사 근처에 있는 마작 방에서 평소 터놓고 지내는 동료들과 마작 판에 둘러앉았다. 준이치와 엔도는 입사 동기이고 둘 다 기혼자다. 기지마와 아다치는 이십 대 후반에 독신. 배달시킨 중국식 볶음밥을 먹으면서 패를 맞추고 시시껄렁한 잡담을 늘어놓는다. 샐러리맨들의 골든타임이다.

"다나카 선배 부인은 선배에게 컵라면을 못 먹게 한대요."

기지마가 준이치와 회사에서 했던 얘기를 까발리며 히죽 웃는다.

"왜?"

엔도가 물었다.

"으응, 그게…… 우리 마나님 말로는 남편이 레토르트 식품이나 인스턴트식품을 먹는 모습은 보고 싶지 않대."

준이치가 떨떠름하게 대답했다.

"좋겠네, 애정이 있어서. 결혼한 지 5년 된 우리는 인스턴트식품 적극 추진파야. 시켜서 먹자고 하면 대환영이고."

"그야 그쪽 마나님은 육아로 바쁘니까 그렇겠지."

"그러고 보니 우리 마나님도 신혼 때는 이것저것 만들었었군. 첫째 아이가 태어난 걸 기점으로 서방은 쳐다보지도 않게 됐지만."

"그럼 우리도 그러려나?"

"그렇지 않겠어?"

"그래도 다나카 선배 부인은 헌신하는 타입으로 보이던데요."

기지마가 절반은 놀리는 투로 말했다.

"피로연 때도 손수건으로 선배 이마에 돋은 땀을 몇 번이나 닦아 주던걸요. 게다가 그러는 게 굉장히 행복해 보였어요."

"저도 같은 생각을 했어요. 선배 넥타이도 매만져 주고, 컵에 물이 없으니까 살짝 웨이터를 부르기도 하고. 전체적으로 꼼꼼한 느낌이었어요. 어, 그거 펑(상대방이 버린 패 중에서 자신이 필요한 것을 가져와 패를 맞추는 일—옮긴이)인데요."

아다치가 그렇게 말하고 준이치에게서 패를 가져와 자신의 패를 완성했다.

칭찬을 들은 셈이니 기분이 나쁘지는 않지만, 준이치는 사실 아내가 그러는 게 좀 부담스러웠다. 오히려 그냥 내버려 두는 편이 좋다.

"그나저나 다나카 선배의 피로연 말인데요, 오랜만에 보는 공주님 피로연이었어요."

기지마가 또 한마디 했다.

"무슨 뜻이지?"

"뭐랄까요, 완전 정통파에다 호화로워서 허를 찔렸다고 할까……."

"그래, 맞아. 시작할 때 참석자들을 정원에 모아 놓고 발코니에 등장해서 손을 흔들었잖아. 난 왕족인 줄 알았다니까."

엔도가 입을 쩍 벌리고 껄껄 웃는다.

"그거, 마나님이 원한 거지? 나 같으면 거절했을 텐데."

"시끄러워. 나라고 좋았겠어? 하지만 어떡해, 마누라가 그렇게 하고 싶다는데. 오케이 할 수밖에 없잖아."

준이치가 얼굴이 벌게서 맞받아쳤다.

"그래도 그렇지. 현악 사중주단의 라이브 연주를 배경 음악으로 프랑스 요리를 먹다니, 과해."

"그거 때문에 20만 엔을 추가했다는 거 아니야."

"반대했어야지."

"했지. 그런데 그 돈을 처가에서 부담하겠다고 하니 더는 고집을 피울 수 없더란 말이야."

"아, 그러고 보니 신부 쪽 하객들, 축사할 때 많이 울던데요."

기지마가 말했다.

"맞아요. 신부 친구가 울고, 사촌 자매들이 울더니, 막판에는 신부까지 울었잖아요."

아다치가 맞장구쳤다.

"뭐야, 눈물이 많은 집안인가?"

"글쎄다. 다들 진지하긴 하더군. 형식에 집착하고. 솔직히 난 결혼식도 별로 하고 싶지 않았어. 하지만 그런 말을 꺼낼 분위기가 아니어서 말이지."

"그래요, 정말 진지했어요. 우리 회사 사람들이 하는 결혼식은 언제나 와글와글 폭소 예능 프로그램 같잖아요. 그런데 다나카 선배 때는 여기저기 감동적인 연출도 있었고, 오랜만에 제대로 된 결혼식에 초대받았다고 할까……, 아, 그거 펑이에요!"

기지마가 준이치에게서 혼일색(점수를 얻을 수 있는 마작의 패 구성, 즉 족보 중 하나)을 따 냈다.

준이치는 얼굴을 찡그리며 점봉(카지노의 칩과 마찬가지인 점수봉)을 내주었다.

"선배 부인이 순수해서 그런 거예요. 그러니까 밥값은 꼭 드셔야 해요."

아다치가 놀리듯 말한다.

"그렇게 신경을 써 주는 것도 아이가 태어날 때까지만이야. 애 만드는 일은 제대로 하고 있어?"

엔도가 물었다.

"애는 황금연휴 지난 다음에 어떻게 해 볼 생각이야. 마누라가 황금연휴에 파리랑 로마에 가고 싶다고 해서 말이지. 아이 낳기 전 마지막 해외여행으로 생각하겠다나 뭐라나."

"흐음, 파리와 로마라⋯⋯."

"독신 시절부터 꼭 가고 싶은 곳이었대."

"그렇군. 다나카 마나님은 추억 만들기를 좋아하는 타입인가 봐."

"그래, 그 말이 딱 맞다!"

엔도가 꽤 그럴싸한 말을 해 준이치는 저도 모르게 손가락으로 엔도를 가리키며 맞장구쳤다.

"아, 그거 펑입니다. 당요(족보의 하나) 도라도라(일종의 보너스 점수). 5천2백 점이에요."

아다치가 준이치에게서 점수를 올렸다. 개마냥 키들키들 웃는다.

"추억 만들기를 좋아하는 타입이라는 게 어떤 건데요?"

기지마가 묻는다.

"자신의 인생을 어떤 형태로든 기록해서 남기고 싶어 한다고 할까. 사진이 나보다 열 배는 많아."

준이치가 대답했다.

"하긴 다나카 선배는 해외여행 갈 때 카메라도 안 가져간다고 했으니까."

"난 그런 데는 별로 집착하지 않거든. 성인식도 안 했고, 여행 가서 사진도 안 찍고. 우리 마누라와는 정반대지."

오가는 대화에 이끌리듯 기억이 줄줄이 떠올랐다. 마사미는 여행을 가면 반드시 기념품을 사고, 명소와 유적지에서는 기념사진을 찍는다. 마치 자신이 이런 곳에 왔다는 사실을 남기기 위해 스탬프를 쾅쾅 찍는 듯한 인상이다.

소지품도 마찬가지다. 마사미는 명품을 몇 개 갖고는 있지만, 그건 샤넬이나 루이비통이 갖고 싶어 어쩔 줄 모르는 건 아니고 '일단 명품이라는 걸 갖겠다'는 형태뿐인 욕망으로 보인다.

지난 크리스마스이브에는 판에 박은 듯한 낭만적인 데이트를 요구했다. 밸런타인데이에는 직접 만든 초콜릿을 주었다. 돌이켜 보니 만사가 기념사업을 거행하는 식이다.

"펑. 칠대작(족보의 하나) 도라도라. 친, 9천6백 점!"

엔도가 노래하듯이 말하고는 패를 쓰러뜨렸다. 준이치는 세 번이나 연속 패하고 말았다.

"야, 너희들 약한 사람을 이렇게 물먹이기야?"

준이치가 깊은 한숨을 내쉰다.

이날 밤은 참담했다. 아내 일로 이래저래 놀림을 당한 데다 혼자서 참패하고 말았다. 하지만 엔도가 "마작에서 지는 정도는 참아야지. 나는 집에 가 봐야 내 손으로 녹차에다 밥 말아 먹어야 된단 말이야."라고 하면서 어깨를 툭 치는 바람에 준이치는 피식 웃지 않을 수 없었다.

마작을 끝내고 밖으로 나오자 냉기가 온몸을 휘감았다. 아스팔트가 얼음장 같다. 본격적인 겨울이다.

집에 가면 따뜻하다, 문득 그런 생각이 떠올라 마음에 모닥불이 지펴졌다. 그거 하나는 결혼의 좋은 점이다.

열두 시 넘어 집에 들어가 욕실에서 샤워를 하고 나오니 잠옷에 카디건을 걸친 마사미가 부엌에서 뭘 만들고 있었다.

"먼저 자도 된다니까."

"괜찮아. 대단한 것도 아닌데, 뭐."

뒤에서 넘겨다보니 우동을 삶고 있다. 다른 냄비에서는 국물이 보글보글 끓고 있었다. 가다랑어의 구수한 냄새가 코를 찌른다. 그 옆에는 송송 썬 쪽파와 채 썬 유부가 준비되어 있다. 이런 정성을 보면서 흐뭇한 한편으로 '이렇게까지 안 해도 되는데'라고 생각하는 것은 혼자 산 세월이 긴 탓일까.

"맥주 마실래?"

"그래, 한잔할까? 내가 꺼내 올게."

준이치는 냉장고에서 캔 맥주를 꺼내 와 마개를 땄다. "여기." 하면서 마사미가 얼른 잔을 내민다.

"됐어. 그냥 마실래."

"안 돼. 잔에 따라 마시는 게 더 맛있단 말이야."

맞는 말이기는 해서 시키는 대로 했다. 독신 시절에는 당연히 잔 따위는 사용하지 않았다.

식탁에 앉아 우동을 후루룩후루룩 먹는데 마사미가 맞은편에 앉아 황금연휴에 갈 여행 얘기를 꺼냈다.

"자기야, 우리 모처럼 유럽에 가는데 그리스에도 들르자. 파리에서 비행기로 서너 시간이면 갈 수 있대."

"너무 빠듯한 거 아냐? 현지에서 6박밖에 못 하는데."

"문제없어. 파리에서 2박 하고 아테네에서 1박, 로마에서 2박."

준이치는 손가락을 꼽으며 세어 봤다.

"1박이 남는데?"

"응. 돌아오는 길에 홍콩에 들를 거야. 여행사 사람이랑 상담해 봤는데, 싸게 갈 수 있는 패키지 상품이 있대."

"아무래도 강행군이겠는데. 홍콩은 나중에 가도 되잖아."

"나중에 언제?"

"언제든 갈 수 있지."

"싫어. 이번 여행에서 돌아오면 아이 만들기가 기다리고 있잖아. 내년에 첫째 낳고, 그 2년 후에 둘째 낳고. 그럼 앞으로 8년 동안 해외여행은 꿈도 못 꿔."

"그렇게 홍콩이 가고 싶어?"

"응, 가고 싶어."

마사미는 어린애처럼 딱 부러지게 대답했다. 보나 마나 세계의 유명 도시에 발자국을 찍고 싶은 것이리라.

신혼여행 때도 그랬다. 마사미가 원하는 피지로 다녀왔는데, 그 이유가 여성지 설문 조사에서 '신혼여행으로 가고 싶은 곳 넘버원'이었기 때문이었다. 준이치로서는 이왕 내는 휴가, 가령 뉴욕에서 일주일 머물면서 매일 밤 뮤지컬을 감상한다든지, 그런 식으로 개성 있게 즐기고 싶었지만 마사미는 뉴욕에 가 본 적이 있다며 일언지하에 거부했다.

"자기, 괜찮지?"

"응, 좋아."

이러나저러나 상관없기에 동의했다.

엔도가 했던 말이 떠올랐다. '추억 만들기를 좋아하는 타입'. 요컨대 물건이든 기억이든 기념이 되는 것을 수집한다. 애니버서리 여자. 직업이 직업인지라 또 이름을 붙이고 만다.

밤참을 다 먹고 침실에 들어갔다. 더블 침대가 세 평짜리 방을 꽉 채우고 있다. 솔직히 준이치는 이부자리에서 따로 자고 싶었다. 잠버릇이 좋지 않은 데다 방귀를 자주 뀌기 때문이다. 그러나 세상의 신혼부부는 대개 한 침대에서 잔다는 생각에 말을 못 꺼냈다. 애당초 가구도 전부 마사미가 골랐다. 북유럽이 콘셉트인 모양이다.

이불 속에 들어가자 배가 꾸르륵거렸다. 들키지 않으려고 일부러 코를 골았다.

2

동료들에게 지적받은 탓인지 아내의 행동에 주의를 기울이게 되었다.

준이치가 쉬는 날이면 그녀는 토마토소스를 만들고 빵 반죽을 빚는 등 신이 나서 요리 밑 준비를 한다. 마사미는 준이치와 연애하는 동안 요리 학원을 다녔다.

청소도 꼼꼼하게 한다. 기본적으로 집안일을 좋아하는 듯하다.

"당신, 나 쉬는 날에는 좀 뒹굴뒹굴해도 되잖아?"

준이치가 그렇게 말하는데도 "주부는 평일이나 휴일이나 매한가지인걸, 뭐."라고 명랑하게 대답한 뒤 일을 계속한다. 할 수 없이 준이치도 욕실 청소를 하면서 균형을 맞추려 애쓴다.

마사미는 밖에도 잘 나가지 않았다. 회사에 다닐 때는 회사 동아리에 들어 스키도 타고 스쿠버 다이빙도 했는데, 준이치와 사귀고부터는 그런 것마저 딱 끊었다. 레저도 '추억 만들기'의 일환이었던 것일까.

소파에 누워 텔레비전을 보고 있는데 마사미가 홍차와 직접 구운 쿠키를 들고 나왔다.

"와, 대단하네. 카페 차려도 되겠어."

"후후후."

마사미가 만족스럽게 웃는다. 그러더니 바닥에 앉아 테이블에 놓인 여성 잡지를 펼쳤다.

"당신, 다음 주에는 사업 운이 굿이네. 실력을 인정받아 주문이 쇄도한대. 나는 꽝이야. 참고 인내하는 시기라는데."

운세 페이지를 보나 보다. 진지하게 하는 말인 것 같아 뭐라 대꾸하면 좋을지 고민된다.

마사미는 결혼 전부터 걸핏하면 별자리가 어떻다느니 궁합이 어떻다느니 했다. 그 당시에는 여자답다고 흐뭇하게 여기기까지 했었다.

"저 말이야, 당신, 점 같은 거 진짜로 믿어?"

조심조심 물어보았다.

"응, 믿어."

또 딱 부러지게 대답한다.

"자기는?"

"아, 나는……, 그런 걸 정말로 받아들이는 남자는 많지 않을 것 같은데?"

"어머, 그래? 하지만 사키 남편은 작년에 회사 차릴 때 풍수를 보고 사무실 자리를 잡아서 성공했다잖아."

마사미가 친구 부부 얘기를 들먹인다.

"풍수는 중요한 거 같아. 왜, 우리 집 현관에 팔각형 거울 걸려 있잖아. 그거 풍수 거울이야. 여기로 이사 올 때 엄마가 실내 구조를 보고 현관에 걸면 복이 들어온다면서 선물해 준 거야."

"아아, 그랬어?"

준이치는 처음 듣는 소리였다. 또 새로운 일면을 발견했다.

"어머, 자기 연애 운이다. '새로운 만남이 있다. 용기를 내서 부딪쳐라.' 네. 이거 신경 쓰이는데."

마사미가 운세 페이지에 화를 낸다.

"그딴 걸……."

준이치는 또 뭐라 해야 좋을지 난감해 쿠키로 손을 뻗었다. 맛은 있지만, 그냥 사다 먹는 게 속 편하겠다고 생각했다. 그리고 그런 자신은 여자 마음을 모르는 냉혈한인가 싶어 죄의식이 들었다. 또 배가 꾸르륵거린다.

그날 저녁은 이탈리아 요리였다. 봉골레 파스타와 시금치

키시. 키시는 처음부터 끝까지 마사미가 직접 만든 것이었다.

"냉동 반죽을 사용해도 되잖아?"

그만 그런 말이 나오고 말았다. 마사미의 표정이 흐려지더니 "맛이 없어?"라고 묻는다.

"아니, 맛있어. 너무 열심히 하니까 당신이 힘들까 봐 하는 말이지."

얼른 그렇게 둘러댔다.

"전혀 힘들지 않아. 평일에는 자기가 늦게 들어오니까 쉬는 날 아니면 만들 수 없잖아."

마사미가 아쉬워하는 표정을 지었다. 준이치는 아차 싶어서 얼른 회사 후배 탓을 했다.

"미안해. 후배가 무능한 탓에 일이 전부 내게 몰려서 그래."

"그래?"

"응."

거짓말을 두세 가지 둘러대 간신히 동정을 샀다.

아내가 손수 만든 요리가 맛은 있었지만 먹는 도중에 벌써 배가 꾸르륵거리기 시작했다. 또 들키지 않으려고 와인을 벌컥벌컥 마셨다.

대체 나 이거 뭐 하는 짓이지? 속으로 자문하지만 자답은 없다.

분명한 건 아내 쪽에는 아무 잘못이 없다는 사실이다.

그다음 주. 예정돼 있넌 프로젝트가 연기되는 바람에 시간이 비었다. 그러나 칼 퇴근은 하고 싶지 않아 또다시 후배에게 마작을 하자고 청했다.

"이봐, 기지마. 마작 하자."

준이치의 제안에 기지마는 얼굴에 웃음을 머금으며 "오늘 밤은 안 됩니다."라고 거절했다.

"왜, 일이 남았어?"

"데이트예요. 저도 여친이 있답니다."

"쳇, 독신 귀족이 따로 없군."

다른 멤버를 찾으려고 엔도에게 전화를 걸었다.

"안 돼. 오늘 밤에는 고객 접대가 있어."

박정하게 거절한다. 시계를 보니 5시가 되어 가고 있었다. '오늘 저녁, 어떻게 할 거야?'라는 마사미의 문자가 도착할 시간이다.

안절부절못하고 있는데 유카가 컴퓨터에 눈길을 둔 채 "다나카 씨, 귀가 공포증이에요."라고 매몰차게 말했다.

"그런 소리 마, 사람들 듣는데. 캡슐호텔을 전전하면서 잠자는 아저씨들이나 그렇지 나는 꼬박꼬박 들어간단 말이야."

준이치가 입을 삐죽 내밀며 대꾸했다.

"그래도 집에서 저녁밥 먹기 싫어하잖아요."

"그건 말이지, 아직 적응이 안 돼서 그런 거야. 환경이 달라져서 당황스러울 뿐이라고. 집이 싫어서 그런 게 아니에요."

"그럼 신입 사원의 5월병 같은 건가요?"

"그래그래, 바로 그거야."

유카의 말에 준이치는 저도 모르게 무릎을 탁 쳤다. 결혼한 지 두 달, 자신은 신혼의 5월병이다.

"그렇다면 부인도 마찬가지 아닐까요?"

듣고 보니 그렇다. 그러나 마사미에게는 그런 기색이 없었다.

"우리 마나님은 결혼하기 전에 친정에 살았기 때문에 한지 붕 아래서 누구랑 같이 사는 생활에 익숙할 거야. 하지만 내 경우는 그렇지 않거든. 학생 시절부터 14년을 혼자 살았으니 오랜 세월에 걸쳐 몸에 밴 나만의 생활 습관이 있단 말이지."

"흠, 참고해야겠네요."

그때 입사 동기인 제작부의 오쿠무라 아쓰코가 지나갔다.

"어머, 다나카, 오랜만이네. 잘 지냈어?"

영업부에 볼일이 있어서 온 모양이다. 머리가 잘 돌아가기 로 사내에서 평판이 자자한 아쓰코는 드라마에 나올 법하게 세련되고 개성 있는 독신 커리어 여성이다.

"그럼, 잘 지냈지. 아 참, 결혼식 축의금 고마웠어."

"고맙긴, 내가 미안하지. 하필 미국 출장이랑 겹치는 바람 에 참석을 못 했어."

"좋겠다, 늘 바빠서. 우리는 일거리가 없어서 한심한 처지인데."

"치, 거짓말. 그럼 오늘 밤에 시간 있겠네?"

"어, 한가해. 마작 같이 할 사람을 찾고 있을 정도로 말이야."

"괜찮으면 시식회에 같이 갈래? 신일본 푸드가 론칭하는 레스토랑이 생기는데, 개점 전 접객 시뮬레이션을 오늘 한대. 내가 담당이라서 모니터링 하러 가야 하거든. 물론 무료고."

"괜찮기는 한데, 내가 에스코트해도 되는 거야?"

"미성년만 아니면 누구든 상관없어."

그녀는 늘 그렇듯 '내려다보는' 시선이었지만, 시간을 때울 거리가 생긴다면야, 하면서 제안을 받아들이기로 했다.

"그럼 7시 15분 전에 현관에서 봐."

그러고서 큰 걸음으로 경쾌하게 걸어간다. 저 여자는 결혼해도 절대 저녁을 짓지 않겠지, 그런 쓸데없는 상상을 했다.

그때 마사미에게서 문자가 왔다. 마음이 좀 따끔거렸지만, '오늘 밤에는 갑자기 고객의 파티에 가게 됐어. 미안.' 하고 답 문자를 보냈다.

유카가 뭔가 할 말이 있는 듯한 눈빛으로 쳐다보고 있었다.

신장개업하는 프렌치 레스토랑은 코스 단가가 2만 엔이 넘는 고급 식당으로, 실내 인테리어도 호화로웠다. 도쿄의 밤 거리에 깊숙이 들어와 보면 불황이니 뭐니 하며 우는소리가 대체 어느 나라 일인가 싶어진다.

"어떤 손님들이 오는 거야?"

준이치가 조그만 소리로 물었다.

"부유층."

아쓰코가 간결하게 대답한다.

"흐음, 샐러리맨들과는 인연이 없는 세계군."

"한 달에 한 번 정도의 사치로는 올 수도 있지. 부인과 둘이서, 어때?"

"그래, 좋아는 하겠다."

잠시 상상해 보았다. 아내가 좋아서 그의 목을 껴안고 빙글빙글 돌 것이다.

"부인이 청초하다면서?"

아쓰코가 의미심장한 표정으로 말했다.

"무슨 뜻이지?"

"피로연에 참석한 동기들이 그러던걸, 거의 잊고 있었던 착실한 사람들의 세계를 봤다고."

"하하. 영업부 사람들도 비슷한 소리를 하던데. 오랜만의 공주님 피로연이라서 어떻게 대응해야 좋을지 몰랐다고 말이야."

"우리 업계에서는 진지한 걸 부끄러워하니까. 우리의 나쁜 습관이야."

그 의견에 준이치는 조금 반성을 했다. 아닌 게 아니라 우리는 매사를 삐딱하게만 본다. 바지런 떠는 아내를 보면서 오히려 기분이 싸늘하게 식는 것은 자신이 때가 묻었기 때문이다.

코스 요리가 순서대로 나왔다. 준이치는 식사를 하면서, 신혼인데 집에 들어가고 싶지 않은 자신의 심정을 아쓰코에게 슬쩍 털어놓았다.

"하, 남자들은 그런 면이 있구나."

아쓰코가 단박에 관심을 보이면서 몸을 앞으로 들이민다.

"그런데 왜? 매일 저녁 정성 들여 손수 만든 음식을 먹을 수 있는데 그게 왜 싫지?"

"너무 분발하니까 이쪽에서 부담스러운 거지."

"혹시 행복에 익숙하지 않은 거 아니야?"

아쓰코의 말에 준이치는 쓴웃음을 지었다.

"그래, 그런지도 모르지……."

"걱정 마. 와이프도 얼마 안 가서 대충대충 하게 될 테니까."

"그런데 우리 마누라는 형식에 집착하는 사람이라서 말이지. 설명은 잘 못하겠는데, 그녀의 인생은 스탬프 찍기 경기야."

준이치는 최근에 알게 된 아내의 행동과 기호를 솔직하게 전했다.

"스탬프 찍기 경기라고?"

아쓰코가 깔깔 웃는다.

"그럼 아이가 생기면 유명 사립학교에 보내려고 하고, 여자아이라면 피아노나 발레를 배우게 하고, 그런 쪽으로 나아가겠네."

"보나 마나 그럴 거야. 아무래도 그녀의 머릿속에는 딱 정해진 행복의 청사진이 있는 것 같아. 그것대로 살아가는 데에서 삶의 보람을 느끼고. 결혼하면서 퇴직한 것도 그렇고, 신혼여행도 그랬어."

"그럼 준이치를 결혼 상대로 선택한 것도 명문 대학을 졸업하고 이름이 알려진 기업에서 일하기 때문이었나?"

"글쎄, 어땠을지. 그래도 내가 이름도 없는 회사에서 광고장이로 일하는 사람이었다면 상대도 안 했을 가능성이 높아."

"그건 지나치게 현실적인걸. 대체 준이치는 왜 그 사람이랑 결혼한 건데?"

"어? 그건 말이지…… 미인이고, 친절하고, 눈치도 빠르니까."

"으, 묻는 내가 바보지."

아쓰코는 장난스럽게 고개를 툭 떨어뜨렸다.

"그리고 솔직히, 나이 문제도 있었어. 슬슬 가정을 꾸리지 않으면 주위에서 말들이 많을 거 아니야."

"그건 누구나 그렇지. 그래서 준이치는 뭘 원하는 건데?"

"인생에서 지나치게 의의를 추구하지 않았으면 좋겠어. 우린 평범한 사람들이니까."

"하하. 준이치답네. 하지만 기념일이나 점치는 걸 좋아하는 건 여자의 업이야. 자기애는 여자의 아이덴티티란 말이지. 여자는 자신이 부정되는 걸 무엇보다 싫어해. 여성 잡지가 세분화된 것도 그 때문일걸? 조금은 이해를 해 줘야 해."

"음, 그런가? 자기애란 말이지······."

준이치의 내면에 있던 여러 개의 실타래가 풀리는 느낌이었다. 마사미는 걸핏하면 '자신에게 주는 상'이라는 말을 한다. 그게 자기애인 걸까.

"내 생각에는 갑자기 혼자 있는 시간이 줄어드는 바람에 무언가가 쌓인 거 아닐까 싶어. 한번 혼자 있는 시간을 만들어봐."

"어떻게? 회사는 회의와 절충의 나날이고, 집에 들어가면 마누라가 늘 있는데."

"그야 회사 끝나고 돌아가는 길에 바에 들러서 한잔한다든지, 스포츠 센터에 가서 땀을 흘린다든지, 방법은 많아."

"아아, 그러네."

준이치는 그런 방법도 있구나 싶어 고개를 끄덕이고는 와인을 한 모금 마셨다. 아닌 게 아니라 혼자 지내는 시간이 제로에 가까웠다. 멍하니 생각에 잠기는 일이 없어졌다.

"달콤한 신혼 생활을 보내고 있을 줄 알았는데."

"나도 그럴 예정이었는데 아직 적응이 안 된단 말이지."

"그런 걸 알면 부인이 상처 입을 거야."

"내 생각도 그래. 그래서 마음이 아파."

아쓰코는 슬며시 웃고는 창밖의 야경으로 눈을 돌린 채 잠시 말이 없었다.

오쿠무라는 아직 결혼 생각 없어? 준이치는 그녀의 옆얼굴을 보면서 마음속으로 물었다. 입 밖으로 내지 않은 것은 물어봐야 좋을 게 없기 때문이다.

"아쓰코에게 털어놓기를 잘한 것 같아."

"나도 남자 심리를 들어서 좋았어."

아쓰코가 미소 짓는다.

"1, 2년 연애한 것 가지고는 서로를 알 수 없는 거구나."

"그러게 말이야. 마누라도 한껏 달콤한 신혼을 꿈꿨을 텐데."

"준이치는 로맨틱한 데라고는 없잖아."

"잘도 아네."

준이치는 자조적으로 웃었다.

그날 밤 집에 돌아가니 마사미가 또 밤참을 준비해 놓고 기다리고 있었다.

"출출하지 않아?"

웃는 얼굴로 그렇게 묻더니 각종 채소가 듬뿍 들어간 국물을 데운다.

"음, 좀 출출한데."

준이치는 대뜸 거짓말을 했다. 이런 대답은 조금이라도 뜸을 들이면 안 된다.

"거래처에서 하는 파티라는 게 결국은 아무것도 못 먹게 되잖아. 그래서 주먹밥 만들었어."

접시에 큼지막한 주먹밥 두 덩이가 놓여 있었다. 보기만 해도 신물이 올라올 것 같다.

하나는 연어 살, 하나는 명란이 들어간 주먹밥이다. 보나마나 일부러 장을 보러 나갔을 것이다. 한 개만 먹겠다는 말은 할 수 없었다.

준이치는 마음속으로 기합을 넣었다.

"맛있는걸."

우적우적 먹어 나갔다. 그 모습을 마사미가 흐뭇하게 바라본다.

이런 것도 자기애라는 것일까. 그렇게 생각하면서 준이치는 있는 힘을 다해서 먹었다.

3

야근이 없는 날에는 아쓰코의 조언을 실천하기로 했다. 집에 들어가기 전에 혼자만의 시간을 갖는 것이다.

바에 들러 술을 마시면 냄새 때문에 들킬 테고, 스포츠 센터에 등록하는 것도 번거로워 역 앞에 있는 카페에서 커피를 마시기로 했다.

마침 늘 이용하는 개찰구 반대쪽에 체인점이 아닌 고풍스러운 카페가 있었다. 과묵한 노인이 제대로 된 커피를 내려준다.

준이치는 맨 안쪽 자리에 앉아 문고본을 읽으면서 블루마운틴을 마셨다. 혼자 카페에 들어오기는 학생 시절 이후로 처음이었는데, 자리에 앉고 나니 금방 마음이 차분해졌다.

추리 소설을 읽기에는 시간이 어중간한지라 무라카미 하루키나 피츠제럴드의 단편을 읽었다. 그러자 이내 스토리에 빠져들어, 이렇게 독서에 몰두하는 게 결혼 이후 처음 아닌가 하는 다소 과장된 감회에 젖어 들었다.

그러고서 집에 돌아가니 신기하게도 여느 때의 답답함이 누그러져 낙낙한 옷으로 갈아입은 것처럼 마음이 편했다. 이토록 빨리 효과가 나타난단 말인가. 기분 탓인지는 몰라도 아무튼 바람직한 일이었다.

집에서 저녁을 먹는 횟수가 늘자 마사미도 기분 좋아 했다.

장아찌를 안주 삼아 맥주를 마시면서 부엌에서 일하는 아내의 모습을 뒤에서 바라보았다. 나쁘지 않은 광경이다. 그렇기는 해도 세상 대부분의 남녀가 이런 부부 생활을 당연한 것처럼 해내고 있다니 신기한 일이라는 생각이 들었다. 얼마 전까지만 해도 중매결혼이 주류였고, 게다가 서로를 제대로 알지도 못하면서 부부가 되었다. 그런 역사가 훨씬 길다. 도대체 옛날 사람들은 어떻게 순응한 것일까.

저녁은 크림 스튜였다. 화이트소스부터 직접 만든 것 같다. 이렇게 정성과 품이 많이 드는 요리를 만들다니 참 대단하다. 놀랄 만한 맛, 이라고 할 정도는 아니지만 노력은 높이 살만 했다.

며칠 전에 아쓰코가 한 말 때문에 마음에 걸리는 점이 있어 넌지시 미끼를 던져 보기로 했다. 아이가 생기면 교육을 어떻게 할까 하는 것이다.

"2과 과장 딸이 입시를 치른다는데 부인이 이만저만 극성이 아닌가 봐. 면접 리허설을 시키지 않나, 머리까지 자르게 하고, 대단한가 봐."

"가족이 합심해서 돕지 않으면 명문 사립 초등학교에 들어가기가 쉽지 않으니까 그렇지."

마사미가 두둔하듯이 대답한다. 그 말인즉 마사미도 입시

긍정파라는 것인가.

"우리는 아이가 생기면 어떻게 할 건데?"

준이치가 조심스레 묻자 마사미가 "자기 생각은?" 하고 반문했다.

"초등학교는 공립이 낫지 않겠어? 다양한 친구를 사귀면서 사회를 배울 수 있고 학비도 싸니까 말이야."

"나는 사립."

또 딱 부러지게 대답한다.

"공립은 교육 수준에 문제가 있어."

마사미는 밥을 먹다 말고, 이 문제만은 양보할 수 없다는 표정을 지었다.

"하지만 당신도 중학교까지는 공립을 다니지 않았어?"

"나는 아빠 회사의 사택이 시로가네에 있어서 시로가네 초등학교와 다카마쓰 중학교를 다녔는걸."

그렇다. 그 두 학교는 이사를 하면서까지 들어가려고 기를 쓰는 명문 공립이다. 준이치가 대꾸를 안 하자 마사미는 공립에 다니는 아이들의 부모는 도덕성이 부족하다느니, 공립은 문제아가 많아 비행에 물들기 쉽다느니 하면서 무슨 일이 있어도 처음부터 사립에 보내야 한다고 주장했다.

"우리가 학군이 좋은 도심지에 산다면 근처에 명문 공립이 있을 테니까 별문제 없겠지. 하지만 앞으로 세타가야에 집을 짓는다면 그 근처에는 좋은 공립도 별로 없을 거 아니야."

"뭐, 세타가야라고?"

준이치는 처음 듣는 소리였다. 지금은 메구로 구에 있는 임대 아파트에 살고 있다.

"그럼 미나토 구에 지어 줄 거야?"

"그건 무리지."

마사미는 만일 집을 지어서 산다면 반드시 세타가야 구의 세타나 후카사와여야 하고, 그 이유는 교육 환경이 좋기 때문이라고 주장했다.

"사이타마나 지바는 안 돼? 땅값이 절반인데."

준이치가 또 조심스럽게 제안하자 마사미는 진지한 표정으로 고개를 저었다.

그녀의 이 완고한 지향은 대체 무엇 때문이란 말인가. 좋은 집안에서 태어난 것도 아니다. 평범한 회사원 가정에서 자란 평범한 여자다.

대충 넘어갈 수 있는 문제가 아니라서 준이치도 자기 생각을 말하기로 했다.

"난 입시는 반대야. 학비가 문제가 아니라 눈높이의 문제 때문에. 내 아이가 비슷한 계층끼리 모여서 우쭐거리는 인간이 되게 하고 싶지 않거든."

"그건 편견이야. 좋은 학교에 가면 좋은 친구를 만날 수 있잖아. 평생의 재산이 될 거야."

"그런 친구는 고등학교나 대학교에 가서 만나도 돼. 그 전에는 야쿠자 자식이 되었든 뭐가 되었든 구별 없이 놀면 좋겠어, 난."

준이치의 말에 마사미는 믿기지 않는다는 듯 눈을 둥그렇게 떴다.

"그랬다가 나쁜 친구를 만나 도둑질이라도 하면 어쩔 건데? 게다가 공립은 집단 괴롭힘이나 따돌림도 심하단 말이야."

"나쁜 친구는 좋은 학교에도 있어. 집단 괴롭힘이나 따돌림도 그렇고. 아이를 그런 위험에서 완전히 격리할 수는 없는 일이야. 과보호는 오히려 도움이 안 된다고 생각해."

"과보호가 아니라 애정이야."

"부모의 애정은 변함없이 바라봐 주는 것만으로 충분하지 않을까? 아이는 알아서 자라고 알아서 배워. 부모가 할 수 있는 건 5퍼센트도 안 돼."

토론이 계속 평행선을 달리자 급기야 마사미가 눈물을 글썽거렸다. 무척 낙담한 모양이다. 자기 아이를 유명한 사립 초등학교에 보내는 것도 그녀의 인생 시나리오에 포함되어 있는 모양이다.

"나, 준이치 씨가 그런 생각을 하는 사람인 줄 몰랐어."

"당신 기대에 부응하지 못해서 미안하지만, 나는 고상한 척하는 속물근성이 싫어. 브랜드주의도 좋아하지 않고."

마사미가 입을 다물었다. 식사 분위기가 아주 어색해지고 말았다. 그릇 달그락거리는 소리만 식탁 위를 맴돈다.

"한참 먼 훗날의 일이니까 서로 천천히 생각해 보지, 뭐."

준이치가 말했다.

"그래, 아직 낳지도 않았는데."

마사미가 마지못해 미소를 짓는다.

그날 밤, 마사미는 잠을 영 이루지 못하는 눈치였다. 그런 아내가 신경 쓰여 준이치도 몇 번이나 선잠이 들었다가 깨곤 했다.

꿈도 꾸었다. 피로연에서 발코니로 나가 손을 흔드는데 하객이 전부 모르는 사람들이었다.

땀을 흠뻑 흘렸다.

출근해서 입시 문제에 관해 유카에게 물어보았다. 그녀는 집안 좋은 아이들이 많기로 유명한 여자 사립을 초등학교부터 대학까지 다녔다.

"나는 사립을 다녀서 좋았는데요. 길거리에서 남학생들에게 인기도 좋았고, 오가는 통학로도 좋았고요."

"그 외에는 뭐 없었어?"

"파벌이 있는 건 정말 안 좋았죠. 생일 파티 때 누구를 부를까 하는 것도 큰 문제고, 그렇다고 파티를 하지 않으면 따돌림을 받고요. 적은 인원끼리 교육을 받으니까 돌파구가 없다는 게 문제예요."

"유카 씨는 어땠는데?"

"나야 잘 헤쳐 나갔죠."

흠, 어느 사회에서든 처세술은 배울 수 있다는 건가.

이어서 아쓰코에게도 메일을 보내 물었다. 그녀도 유명 사립 출신이다.

'학력은 보험이야. 특출한 재능이 있는 개인에게는 학력이 필요 없지. 하지만 그런 인간은 10만 명에 한 명 정도나 있을까 말까거든. 그러니까 부모는 자식에게 최대한 좋은 보험을 들어 주려는 거 아니겠어?'

그녀다운 쿨한 대답에 준이치는 씁쓸하게 웃었다. 옳은 말씀이다. 자신의 아이 역시 10만 명 중 한 명은 아닐 것이다.

다만, 대부분의 부모는 이런 수준까지 이성적으로 판단하지 않는다. 그 실상은 체면과 허세로 가득하다. 그래서 싫은 것이다.

창밖을 본다. 마사미의 얼굴이 떠올랐다. 배가 꾸르륵거린다.

"이봐, 기지마. 오늘 밤엔 꼭 마작 하는 거야."

"좋습니다."

기지마가 약간 난감한 듯한 눈빛으로 웃고 있다.

늘 모이는 면면이 탁자에 둘러앉았다.

"엔도 선배, 그거 알아요? 다나카 선배가 요즘 집에 들어가기 전에 카페에서 시간을 보낸답니다."

기지마가 쓸데없는 고자질을 했다.

"그렇게까지 집에 있는 시간을 줄이고 싶은 거야?"

"그런 게 아니라니까 그러네. 제작부 오쿠무라 아쓰코가 혼자 있는 시간을 가지라고 조언해 줘서 실천하고 있을 뿐이야. 그래 봐야 30분 정도인데, 뭐. 맛있는 커피를 마시면서 문고본 읽는 걸로 기분을 전환한 다음에 집에 들어가는 게 무슨 잘못이라고 그래?"

"허, 그거 중증인데. 말인즉슨, 집에 들어가려면 기분 전환을 해야 한다는 거잖아. 신혼인데 그건 아니지. 병원에 가 봐. 입원을 하든지."

엔도가 진지한 표정으로 쓴소리를 한다.

"아, 잔소리 좀 그만해. 나도 나름대로 노력하고 있단 말이야."

"그럼 원인을 조목조목 적어 보든지. 문제를 해결하려면 본질을 분명히 알아야 하거든. 자, 첫 번째."

"흠, 우선은 아내가 매일 복잡한 요리를 손수 만들어서 부담을 느낀다."

"바보가 따로 없네. 그건 애정이 있다는 증거란 말이야."

"나는 적당히 틈을 보이는 게 마음이 편해."

"뭘 모르는 놈일세. 사람들을 붙잡고 물어봐. 백이면 백 다 너한테 문제가 있다고 할 테니까. 자, 다음, 두 번째."

"아내가 인생의 추억 만들기에 매진한다."

"어때서 그래, 한 번뿐인 인생인데. 세 번째."

"그녀에게는 행복의 시나리오가 있는데 그게 너무 소녀 취향이다."

"어느 정도는 장단을 맞춰 줘야지. 그다음."

"어른인데 너무 순수해. 빈정댈 줄을 몰라."

"90퍼센트 네놈이 나쁘다. 론! 치토이 도라도라!"

엔도가 준이치에게서 점수를 올렸다. 싫은 소리를 들은 것도 분한데 점봉까지 지불한다.

"그렇다면 결국 가치관이 다른 거 아닐까요?"

옆에서 아다치가 말했다.

"재수 없는 소리 같아서 잠자코 있었는데, 지난봄에 결혼한 영업 4과의 니시무라 여사도 연말에 이혼했대요."

"뭐, 정말이야? 그 미모의 40대 여사가?"

"집안일을 도와주고 있으니 어쩌느니 하는 남편의 태도를 참을 수가 없어서 반년 만에 파국을 맞았답니다."

"나는 그 반대인데. 집안일을 분담하고 싶어."

"그러니까 가치관의 차이란 말이지요. 사람에게는 제각기 도저히 양보할 수 없는 게 있잖아요."

준이치는 암울해졌다. 자신의 아내는 도저히 양보할 수 없는 게 남보다 많은 것 같다.

"그거 론입니다. 삼색동순!"

기지마가 준이치에게서 점수를 올렸다.

"나, 어떻게 하면 좋겠어?"

"패나 계속 내주는 거지, 뭐."

엔도가 빈정거린다.

"너무하네. 남은 죽도록 고민하고 있는데."

"그런 게 무슨 고민이라고. 마누라가 바람을 피웠다든가, 쇼핑 중독이라거나, 매일 밤 요구한다거나, 그 정도는 돼야 고민이랄 수 있는 거야."

더는 할 말이 없었다. 가치관이 서로 달라서라면 거리를 좁히기가 쉽지 않을 것이다. 그렇다면 이혼이라는 선택지도 시야에 들어온다.

아니지. 준이치는 고개를 저었다. 연애 기간이 짧기는 했지만 나름 타올랐고 서로 사랑했다. 쑥스러운 프러포즈도 했다. 그때의 열정은 거짓이 아니었을 것이다.

"그런데 준이치, 패가 많네."

엔도의 지적에 패를 세어 보니 과연 한 개가 많았다.

"자, 점프(룰을 어기는 행위). 선에게 1만 점 지불. 으하하하."

준이치는 어깨를 축 늘어뜨리고 점봉을 내주었다. 이건 벌이라고 생각했다. 야근이라고 거짓말하고 마작을 하는 벌이다.

4

프로젝트가 또 연기되어 야근할 필요가 없어졌다. 회사가 끝나고 돌아가는 길에 카페에 들르는 것이 일과가 되었다. 개인이 하는 카페라서 그런지 저녁 8시면 문을 닫는 탓에 오래 있을 수 없는 점이 오히려 좋았다. 일을 끝내고 7시 전에 카페에 들어서서 느긋하게 커피를 마시고 7시 반 정도에 집에 간다. 그렇게 생각해서가 아니라 정말 그 커피 한 잔의 시간에 답답함이 완화되었다. 그리고 집에 들어가 저녁을 먹으면 아내의 기분도 좋거니와 준이치 자신도 임무를 다한 기분이 들어 좋았다.

매일 다니다 보니 손님 중에 준이치와 비슷한 부류가 눈에 띄었다. 가정이 있을 법한 삼십 대 또는 사십 대 회사원들이 스포츠 신문을 읽거나 생각에 잠겨 혼자만의 시간을 보내는 것이다. 그 심성을 충분히 이해할 수 있었다. 아이가 있으면 집에 가 봐야 있을 자리가 없다.

준이치는 그들에게 물어보고 싶었다. 뭘 참고 있습니까, 뭘 양보하며 하루하루 생활하고 있나요?

마사미는 교육 관련 책을 수두룩하게 사다 놓고 준이치더러 읽으라고 한다. 그리고 오늘날의 공립학교가 얼마나 거칠고 도덕성이 붕괴되어 있는지, 사립의 일관된 교육이 얼마나 월등한지 열심히 설명한다.

그런 말을 계속 듣다 보니 준이치는 어느 쪽이든 무슨 상관이랴 싶어졌다. 원래가 만사에 아등바등하지 않는 성격이다. 사립에도 당연히 좋은 점이 있을 테고 그걸 부정할 마음은 없다. 사립이 아니면 안 된다는 생각에 거부감을 느꼈을 뿐이다.

부부간에 왜 이런 괴리감이 있는지, 그 전체 상이 이제야 어렴풋이 보였다.

준이치는 결혼식이며 가구도 그렇지만 입고 먹는 것에도 이렇다 할 자기주장이 없었다. 그래서 자기 고집을 피우는 사람을 이해하지 못한 것이다. 결혼식을 준비하는 과정에서 옷을 고르는 데에만 며칠이나 걸리는 마사미를 보면서 여자란 이렇구나 싶어 진절머리를 냈다. 그런 상황이 신혼 생활에서도 계속되고 있었다. 생활에는 개성도 이상도 필요 없다. 생활이란 훨씬 조용하고 보편적인 것이다. 애당초 우리는 그저 평범한 부부다.

　휴일에 아내와 함께 역 앞 상점가로 나갔다. 마사미가 과일 타르트를 만들겠다고 해서 재료를 사러 간 것이다. 늘 가는 슈퍼마켓이 아니라 역 반대쪽에 있는 과일 가게로 갔다. 마사미는 쉬는 날을 이렇게 보내는 것이 무척 좋은 눈치였다. 걸을 때도 준이치에게 어리광을 부리며 팔짱을 낀다.
　"자기, 블루베리 좋아해?"
　"응, 좋아해."
　"그럼 넉넉히 넣어야겠네."
　그런 대화를 나누고 있는데 노부부가 나타났다. 남편 쪽은 본 적 있는 얼굴이다. 늘 가는 카페 주인이라는 것을 금세 알아차렸다.
　그쪽도 준이치를 알아봤는지 환하게 웃었다.
　"안녕하세요. 늘 찾아 주셔서 감사합니다."
　가볍게 인사한다. 준이치도 허둥지둥 머리를 숙였다.
　"아닙니다. 저야말로 늘 맛있는 커피에 감사하죠."
　말을 하고 나서야 아차 싶었다. 옆에 마사미가 있다. 아니나 다를까, 무슨 말이냐는 표정이다.
　"이번에 콜롬비아산 좋은 원두가 들어왔습니다. 다음에 오셔서 한번 맛보세요."

"네, 알겠습니다."

그 정도 얘기를 나눈 후 인사하고 헤어졌다.

"누구야, 지금 그 사람?"

"저기 골목에 있는 카페 주인."

턱으로 한 곳을 가리켰다.

"어떻게 아는데?"

"몇 번 간 적이 있거든."

"언제 갔는데?"

"기억이 잘 안 나는데."

"거짓말. 그 사람이 늘 찾아 주셔서 감사하다고 했잖아."

마사미의 얼굴이 굳어졌다. 준이치는 식은땀이 삐질삐질 솟았다.

"가끔 갔어, 회사에서 오는 길에."

"누구랑?"

"누구랑은 무슨 누구랑이야, 나 혼자지."

"회사에서 집에 돌아오는 길에 왜 혼자서 카페에 들르는데?"

비난하는 투다.

"그냥."

"그냥 역 반대쪽으로 나가서 혼자 카페에 들어간단 말이야?"

"그럴 수도 있지, 기분 전환 삼아서."

마사미가 고개를 홱 돌리더니 돌아서서 종종걸음으로 앞서 간다. 그리고 화난 얼굴로 과일을 샀다. 준이치가 서둘러 그녀를 뒤따라갔다. 분위기가 완전히 냉랭해지고 말았다. 더는 팔짱을 끼려고도 하지 않는다.

집에 돌아오자 마사미는 부엌으로 가서 묵묵히 타르트를 만들었다. 준이치는 거실에서 텔레비전을 봤다. 사실은 영화를 보려고 DVD를 빌려다 놨는데 그럴 기분이 아니라서 별 관심도 없는 예능 프로그램을 멍하니 보고 또 봤다.

지금 마사미는 분명 슬픔에 가득 차 있을 것이다. 남편의 평소 행태를 알아 버리고 말았기 때문이다. 곧바로 집에 돌아오는 게 아니라 역 앞에 있는 카페에 들러 한숨 돌리고 온다. 그건 집에 들어오고 싶지 않기 때문이다.

소파에서 슬그머니 돌아보았다. 마사미의 등이 한층 가녀려 보였다.

자신이 그 입장이라면 상당히 충격을 받았을 것이다. 배우자가 회사에서 돌아오는 길에 카페에 들러 혼자 시간을 보낸다……, 내가 혹시 그의 인생에 방해물이 아닌가 싶고, 한편으로는 자신에게 숨기는 일이 있었다는 사실이 마음을 무겁게 짓누를 것이다.

준이치는 걱정이 되기 시작했다. 마사미가 원래의 기분을 되찾아 줄 것인가. 그러나 자신에게도 할 말은 있다. 지금의 자신은 혼자 있을 시간이 필요하다. 준이치로서도 노력은 하고 있다.

배가 꾸르륵거렸다. 속이 답답하고 자꾸만 트림이 올라왔다. 앞으로 대체 어떻게 될 것인가. 이혼하게 될 수도 있을까. 생각만 해도 암울하다.

오후 3시쯤 과일 타르트가 완성됐다. 홍차는 준이치가 끓였다. 두 사람은 테이블에 마주 앉았다.

"음, 맛있는데."

준이치가 명랑한 태도로 말했다.

"그래? 다행이네."

대답하는 목소리가 쌀쌀맞다.

침묵이 흘렀다. 텔레비전에서는 개그맨이 시끄럽게 떠들고 있다. 귀에 거슬려 준이치는 텔레비전을 껐다. 그러자 벽시계 소리가 들린다. 정적이 고통스러웠다. 둘 다 헛기침을 한다.

"준이치 씨, 내게 불만 있으면 말해 봐."

마사미가 눈을 내리깐 채 결심한 듯 말했다.

"불만이라니?"

"시치미 떼지 마. 불만이 있는 것 같은데."

"아니야, 그런 거 없어."

"거짓말. 그럼 왜 집에 오는 길에 딴 데 들르는데? 그것도 집에서 얼마 떨어지지도 않은 역 앞 카페에 말이야."

다시 침묵. 준이치는 심호흡을 했다. 이 대목에서는 정직하게 말할 필요가 있다.

"그건 말이지, 신혼 생활에 아직 적응이 안 돼서 혼자 있는 시간이 필요하기 때문이야. 생각해 봐. 나는 하는 일이 영업이라 매일 사람들을 만나잖아. 그러자면 긴장감이 쌓여서 무조건 혼자 있고 싶어질 때가 있어. 독신 시절에는 일이 끝나면 당연히 혼자였지만 결혼한 후로는 그런 시간이 없어졌거든. 혼자서 조용히 생각할 시간이 필요했어. 그뿐이야."

"정말 그게 다야?"

"응, 정말이야."

"결혼한 걸 후회하는 건 아니고?"

"무슨 소리야. 후회 안 해. 나, 결혼해서 행복해."

기를 쓰고 말했다. 절반은 자신에게 하는 말이다.

"그럼 다행이지만……."

마사미가 홍차를 한 모금 마셨다. 그러나 완전히 납득한 표정은 아니다.

"당신은 어떤데? 나한테 불만, 있지?"

이번에는 준이치가 물었다.

"응, 있어."

미사미가 얼굴을 들고 똑 부러시게 말한다.

"무슨 불만?"

"뭔가 조심하고 있어."

"조심하다니?"

"하고 싶은 말이 있어도 애써 하지 않는 게 느껴져. 그런 일이 매일 계속되니 괴롭다고 할밖에. 형편없는 아내가 아닐까 싶어서 속이 상해."

마사미가 목이 메어 눈물을 글썽거렸다. 준이치는 자기도 모르게 뒤로 물러났다가 안 되지, 생각하고서 다시 제자리로 돌아갔다. 제발 울지 마. 눈물 짜는 장면에는 진짜 약하다.

"속상해할 거 없어. 형편없는 사람은 나니까. 당신이 대체 무슨 잘못이야. 당신은 잘못한 거 없어."

오해를 풀어 주고 싶었지만 더는 말이 나오지 않았다. 아내의 눈물에 완전히 당황하고 말았다.

"미안해."

마사미가 일어서더니 침실로 뛰어갔다. 쾅! 침실 문이 닫힌다. 틀림없이 그녀는 침대에 엎드려서 울고 있을 것이다.

어쩌지. 쫓아가서 사과해야 하나.

하지만 뭘 어떻게 사과하지?

준이치는 그냥 내버려 두기로 했다. 그 절반은 마주할 용기가 없어서다. 자신은 농밀한 인간관계를 두려워하는 것이다.

삐딱한 태도를 보이는 것은 약하다는 표시다.

그날 저녁은 둘이서 평소처럼 먹었다. 마사미가 아무 일도 없었던 것처럼 명랑하게 굴어서 준이치도 거기에 맞춰 행동했다. 마사미는 슬픈 심정일 텐데도 치즈 돈가스를 튀겼다. 먹으면서 마음이 뜨끔뜨끔 아팠다. 자신이야말로 형편없는 남자라고 생각했다.

"바보 아니야?"

다음 날 회사에서 오쿠무라 아쓰코는 준이치를 그렇게 비난했다. 누군가와 의논하고 싶어서 어제 일을 털어놓았던 것이다.

"우는 부인에게 아무 말도 안 했어? 진짜 냉혈한이구나. 파충류도 준이치 씨보다는 친절하겠다."

"말이 심하네. 혼자 있는 시간을 만들라고 한 사람은 아쓰코잖아."

"내가 그런 말을 한 건 사실이지만, 그런 식으로 하라고 한 적은 없어. 아무튼 빨리 가서 사과해. 방법은 그것뿐이야."

"그런데 뭐라고 사과해? 생각해 봤는데, 가치관의 차이는 좋고 나쁘고의 문제가 아니잖아."

"잘난 척하기는. 독신으로 돌아가든지 가정을 유지하든지, 한쪽을 선택해."

"그야 가성이지."

"그럼 아내가 하자는 대로 하는 게 제일이야. 준이치 씨가 변해야 해. 애교도 부리고, 아내의 애교도 받아 주고. 그러는 게 상책이야."

아쓰코까지 괴로운 표정을 짓고 한숨을 푹 내쉬었다.

엔도에게도 의견을 구하기로 했다.

"역시 병원에 가 봐야겠네. 그거, 병이야. 그렇게 애면글면 하는 아내가 싫다니, 완전히 병이다. 병."

엔도는 기세등등하게 준이치를 몰아세웠다.

"싫다고 하진 않았어. 좀 어색할 뿐이지."

"그래도 병이야. 좋아, 우리 바꾸자. 오늘부터 우리 집으로 가."

"농담하지 마."

"말해 봐. 대체 뭘 원하는 거야?"

"집안일도 음식도 그냥 적당히 했으면 좋겠어. 그리고 자기 시간을 즐겼으면 좋겠어."

"자기 시간이라니, 대체 뭘 말하는 거야?"

"남편 뒷바라지만 하는 거, 너무 아깝다고 생각해, 난."

"그거라면 안심해도 돼. 여자들은 자기 시간을 충분히 갖고 있어. 그렇고말고. 우리 마누라는 애 키우면서 영양사 자격 증까지 땄는걸."

"그렇다면 다행이지만."

"네가 이상한 놈이야. 그것부터 깨달아야 해."

"어유, 알았어."

"그리고 빨리 아이를 만들어. 애가 생기면 너는 버려진 자전거 신세가 될 테니까."

"그런가?"

그래도 동기에게 털어놓자 조금은 기분이 후련해졌다. 오늘은 집에 들어가서 마사미와 얘기를 나눠 봐야겠다고 생각했다. 서로 중요하게 여기는 것이 다른 것은 사람과 사람이니 어쩔 수 없다. 그게 무엇인지 제대로 아는 것만 해도 다행이다.

서로 하고 싶은 말을 다 해서는 원만하게 지내기 힘들겠지만, 너무 조심만 해도 앞으로 나아가지 못한다.

오늘은 준이치가 먼저 문자를 보냈다.

'오늘은 곧장 귀가해요.'

아내에게서 바로 답 문자가 왔다.

'기다리겠습니다.'

뭐야, 대체 이 남에게 하는 듯한 말투는. 평소 같으면 하트 표시도 여러 개 찍혀 있을 텐데.

어쩐지 가슴이 술렁거렸다. 배가 또 꾸르륵거리기 시작했다.

징시에 퇴근해서 집으로 곧장 갔다. 마사미는 현관에 마중 나오지 않았다. 안에서 "어서 와."라고 소리가 들렸을 뿐이다. 무슨 일이 있나 생각하면서 복도를 지나 안으로 가 보니 마사미가 어째 나른한 표정으로 식탁에 턱을 괴고 있다.

"왜 그래?"

조심스럽게 물었다.

"으응, 아무것도 아니야."

시큰둥한 대답이 돌아왔다.

예전 같으면 저녁 냄새가 구수하게 풍길 부엌에서 김 한 자락 피어오르지 않는다.

"저녁은?"

준이치의 물음에 마사미는 "냉장고에." 하면서 턱을 치켜들었다.

이상하다고 생각하면서 냉장고를 열어 보니 슈퍼마켓에서 사 온 음식 팩이 몇 개 쌓여 있었다. 혼자 데워 먹으라는 뜻인가. 아내가 무슨 생각인지 모르겠다.

고개를 돌려 아내의 안색을 살폈다. 딱히 화가 난 것 같지는 않다. 피곤한 기색도 아니다. 굳이 비유하자면 동물이라도 관찰하는 눈빛이다.

음식 팩은 볶음밥과 춘권과 닭고기 샐러드였다. 각각 2인 분씩이다.

"당신 것도 데울까?"

준이치가 물었다.

"응. 식욕은 없지만 먹지, 뭐."

그렇게 대답하는데 말투가 여느 때와 다르다.

준이치는 볶음밥과 춘권 팩의 랩을 벗겨 전자레인지에 차례로 데웠다. 그리고 접시에 옮기지도 않은 채 그대로 식탁에 늘어놓았다. 마사미는 잠자코 바라보기만 했다. 그러다가 "그렇구나. 이런 걸로는 기분 나빠 하지 않는 사람이구나, 준이치 씨는."이라고 툭 내뱉었다.

"응? 뭐가 잘못됐어?"

"아, 아니야."

입 끝으로만 슬쩍 웃는다.

준이치는 영문을 몰라 불안한 마음으로 볶음밥을 먹었다.

"맛있어?"

마사미가 묻는다.

"응, 맛있어."

"내가 만든 볶음밥보다?"

"그런 건 아니지만……"

도무지 갈피를 잡을 수 없으니 대답할 말이 궁하다.

"오늘 나, 마루노우치에 다녀왔어."

마사미가 또 툭 내뱉었다.

"마루노우치에, 뭐 하러?"

"옛날 회사 사람들이랑 점심 먹으러."

"아, 그랬구나."

마사미는 마루노우치에 있는 건설 회사에 다녔었다. 퇴직
한 후에도 동료들과 연락을 주고받고 있다는 것은 준이치도
알고 있었다.

"사람들이 이렇게 조언하더라. 만들어 놓은 음식을 사다가
내놓아 보라고."

무슨 말을 하고 싶은 건지 알 수가 없다.

"나 있잖아, 정성 들여 음식을 만들어 줘도 자기가 별로 좋
아하지 않으니까 너무 속이 상해서 옛날 동료들에게 의논하
러 간 거야."

마사미의 말에 가슴이 덜컥했다.

"아, 아니, 좋아하지 않는다니, 그게……."

당황해서 말이 횡설수설 나왔다.

"괜찮으니까 들어 봐. 용기 내서 말하는 거니까."

마사미는 눈에 힘을 주고 몸을 앞으로 내밀었다.

"밤참을 만들어 놓고 기다렸더니 자기는 그걸 본 순간 뜨악
한 표정을 짓더라. 쉬는 날 쿠키를 구워도 자기는 별걸 다 만
든다며 질린 듯한 눈빛을 하고. 이 남자는 싹싹한 마누라가
귀찮은 건가 싶어서 매일 고민했어."

"그건……."

"잠자코 들어 봐."

"알았어."

"그래서 지난 일주일 동안 예전 동료들이랑 연락하면서 그 회사 남자 사원들에게 물어봐 달라고 부탁했어. 신혼인 마사미가 이런 일로 고민하는데 남자들은 실제로 어떠냐고 말이야. 그랬더니 사람들이 여러 가지 의견을 내놓더래. 이건 내가 하는 얘기가 아니라 그 사람들이 한 얘기니까 기분 나빠하지 말고 들어 봐. 그 신랑 틀림없이 독신 병이다."

준이치는 자기도 모르게 고개를 끄덕거렸다. 불쾌하다는 생각은 들지 않았다. 오히려 맞는 말이라며 마음 한구석으로 웃었다. 그리고 마사미가 혼자 고민하지 않았다는 사실에 내심 안도했다. 자신처럼 그녀도 주위 사람들과 의논했던 것이다.

마사미가 얘기를 계속했다.

"또 혼자 살아온 기간이 길어서 누가 돌봐 주는 것에 익숙하지 않다, 오히려 그냥 내버려 두는 걸 편안해한다, 쑥스러워하는 체질이라서 어색해하는 거다, 인텔리라서 대중을 무시한다, 고상한 체하는 속물근성을 싫어한다, 권위를 고마워하지 않는다, 실제로는 그렇지 않으면서 그런 척하는 거다, 공붓벌레라서 스포츠맨 계통의 남자들처럼 이성의 관심을 받아 본 적이 없다……."

마사미가 마치 기억을 일깨우듯 손가락을 꼽아 가며 말한다.

"기분 상했어?"

"아니, 전혀. 당신 말이 다 맞아."

"정말?"

"응, 정말."

"자긴 내가 이렇게 말하는데도 불쾌해하지 않네."

마사미가 어이없다는 듯 피식 웃었다.

"왜, 그것도 옛 동료들의 조언이야?"

"응. 이왕 이렇게 된 거, 어떻게 하면 불쾌해하는지 한번 시험해 보라고 했어."

"그래서, 또 뭐가 있는데?"

"목욕물도 새로 받아 두지 않았어. 어제 쓰고 남은 물 그대로야. 청소도 안 했고. 미안해."

"아니야. 사과할 거 없어. 내가 할게."

"침대 시트도 안 갈았는데……"

"보름에 한 번이면 충분해."

"불결하다는 생각 안 들어?"

"혼자 살 때는 계절이 바뀔 때나 겨우 바꿨는걸, 뭐."

마사미가 더러운 것을 보듯이 얼굴을 찡그렸다.

"아아, 무슨 말을 해도 소용이 없네."

그러더니 두 팔을 들어 올리면서 하품을 했다.

"미안해. 내가 생각해도 그래. 실은 나도 좀 고민스러워서 회사 동료들한테 물어봤어. 아내가 일일이 챙겨 주는 게 왜 부담스러울까 하고. 그랬더니 다들 내가 병이라더군."

"그래? 내가 의논한 사람 중에는 이공계 여사원도 있었는데, 그 사람은 남편이 당신처럼 손이 덜 가는 사람이었으면 좋겠다면서 부러워하더라. 그래서 나, 혹시 자기랑 궁합이 안 맞는 것 아닌가 하고 더 속상했어."

"아니야. 그렇게 생각하면 안 돼."

"그런데 전에 내 상사였던 부장님이 나타나서 열변을 토하는 거야. 부부 생활은 서로 맞춰 가는 거다, 서로 다른 게 당연하다, 가치관이 다른 것을 크게 신경 쓸 필요 없다, 오히려 다른 편이 자식을 키울 때는 유리하게 작용한다, 자식은 부모의 좋은 점과 나쁜 점을 동시에 보면서 스스로 판단할 수 있다, 유일한 가치관보다 훨씬 좋다, 그렇게 말이야."

"음, 그 의견에 나도 한 표."

"그 부장님이 이런 말도 했어. 부부 싸움을 한번 피 터지게 해 보라고."

"뭐, 정말이야?"

"부부 싸움을 해서 서로의 감정을 다 토해 내고 털어 버리래. 어차피 싸우지 않을 수는 없다면서 말이지. 부딪치는 점이 반드시 있을 텐데, 그렇다면 하루빨리 부부 싸움에도 익숙해지라는 거야."

"흐음, 좋은 부장님이군."

준이치는 진심으로 고개를 끄덕였다. 과연 연장자에게는
지혜가 있다.

"그럼 지금 할까?"

마사미가 팔짱을 끼고 노려보았다. 귀엽던 아내의 표정이
그 순간만은 남 같았다.

"그러지, 뭐. 그런데…… 할 거리가 있어?"

"당신, 피로연 때 짜증스러운 표정이더라. 사촌 동생도 그
렇게 말했어. 형부, 빨리 끝났으면 좋겠다는 표정이더라고."

그 얘기로 나온다 이거지. 준이치는 자기도 모르게 얼굴을
찡그렸다.

"나도 몰랐던 건 아니야. 결혼식을 준비하면서도 내가 무슨
제안을 하든 건성건성 대답하더라. 옷 고를 때는 관심 없다
는 듯이 다 괜찮다 그러고. 왜 그랬어? 평생에 한 번뿐인 결
혼식인데 여자의 꿈에 좀 맞춰 줘도 되잖아."

마사미의 추궁에 준이치도 말을 되받았다.

"다 맞춰 줬잖아. 당신 하고 싶은 대로 다 하게 해 주지 않
았어? 발코니에도 나갔고, 현악 사중주단도 부르고."

"하지만 탐탁지 않은 표정이었어."

"어떻게 좋아하겠어, 그런 걸?"

"그런 걸?"

마사미의 목소리가 거칠어졌다. 결혼하고 처음이다.

"당연하지. 그런 걸 좋아하는 남자가 있으면 어디 데려와 봐."

마사미의 안색이 확 바뀌었다.

"그런 남자가 있든 없든 우리 여자들과는 관계없어. 주역은 신부야. 신랑은 에스코트 역이고."

"그런 말이 어딨어?"

"여자는 아이를 낳으니까 그 정도는 봐줘야지."

허를 찌르는 대꾸에 준이치는 말문이 막혔다.

"그리고 당신 친구들, 그게 뭐야? 축사할 때 성적인 농담에 천박한 개그나 날리고."

"그런 업계에서 일하는데 어쩌라고."

"그리고 스트립쇼 한 그 엔도라는 사람 말이야. 왜 그런 사람을 부른 거야? 친척들에게 얼마나 민망했는지 알아? 새신랑 다니는 회사가 분위기가 꽤나 좋은가 봐, 하고 다들 빈정거리더라."

"광고 기획사에는 그런 재주꾼들이 많아. 분명히 말하는데, 나도 다른 피로연에 가서는 그렇게 해."

"하, 기막혀. 내가 사람을 잘못 봤네."

둘 사이에 블랙커피에 크림이 섞여 드는 듯한 느낌이 전해졌다. 말다툼을 벌이는 사이 뭔가가 풀려 간다.

불쾌감은 없었다. 오히려 기분 좋은 흥분이 느껴졌다. 두 사람이 연극을 하고 있는 듯한 느낌이었다.

"나, 피로연 다시 하고 싶은 심정이야."

"지금 농담해? 난 죽어도 못 해."

준이치는 실실 웃으면서 말을 되받아쳤다. 신바람이 났다. 어깨에 잔뜩 들어갔던 힘이 빠진다.

"뭐야, 사람을 바보로 아는 거야? 인텔리인 척이나 하고."

"인텔리가 스트립쇼 하는 거 봤어?"

"누가 인텔리래? 인텔리인 척한다고 했지. 진짜 인텔리는 지성이나 있지."

"아이고, 네. 없어서 죄송합니다요."

"당신이 잘하는 건 그런 척하는 것뿐이야."

"뭐야?"

두 사람 목소리가 온 집 안에 울려 퍼졌다. 새 가구와 새 가전제품들이 둘의 모습을 지켜보고 있었다.

첫 부부 싸움은 그 후로도 한 시간쯤 계속되었다.

허즈번드

1

남편이 일을 잘 못하는 것 같다.

이노우에 메구미는 그 사실을 남편 회사 소프트볼 대회에 처음 가 보고서 알았다. 누가 대놓고 지적한 것은 아니지만, 전체적인 분위기로 회사 사람들이 남편을 가벼이 여기고 때로는 놀림감으로 삼기까지 한다고 느꼈다.

"제가 수습하겠습니다. 늘 있는 일이잖아요."

후배 사원이 벤치에서 그렇게 말하자 수비에서 실수를 범한 남편은 아무 말도 못 하고 그저 얼굴을 찡그리며 씁쓸하게 웃기만 했다. 감독을 맡은 상사는 "아하하하." 하고 그 자리가 떠나가라 웃었다.

우연히 그 근처에 있었던 메구미는 당황해서 얼른 자리를 피했다. 얼굴에서 핏기가 싹 가시면서 심장이 쿵쿵거렸다. 욱하는 감정은 간신히 다스렸지만, 마치 소매치기를 당한 것마냥 쇼크를 받았다.

남편이 회사에서 동료가 뒤치다꺼리나 해 주어야 할 입장이란 말인가. 내가 잘못 들은 건 아닐까. 남편이 일을 잘하는지 못하는시에 대해 지금까지는 한 번도 의심한 적이 없었다. 자식이 우리 아버지는 강한 사람이라고 믿는 것처럼, 남편은 회사에서 직원들의 선두에 서서 무슨 일이든 척척 잘해 낼 것이라고 믿었다. 우수한 사원이라고 믿어 의심치 않았던 것이다.

당황한 탓에 상상이 제멋대로 나래를 펼쳤다. 남편은 일을 잘 못한다. 만약 그렇다면 그는 하루하루가 괴로울 것이다. 회사라는 곳은 일을 못하는 사원에게는 한없이 냉혹하다. 메구미 자신도 얼마 전까지 회사에서 일했기 때문에 경험으로 잘 안다. 특히 그런 남자는 노골적으로 월급 도둑 취급을 받는다. 그렇게 생각하자 가슴이 메었다. 가족의 불행은 그 어떤 일보다 마음이 아프다. 이런 기분을 느끼기는 두 살 아래 남동생이 고등학교 시절 뼈아픈 실연을 당하는 걸 옆에서 본 후로 처음이다.

후배 사원이 말하는 걸 목격하고 나서는 되도록이면 남편 근처에 가지 않으려고 했다. 펜스 밖으로 나가, 응원을 위해 동원된 부인 부대와 시합 후에 먹을 과일 펀치를 만들면서 우울한 심사를 무마하려고 애썼다. 남편도 아내가 옆에 있어 주기를 바라지 않을 것이다. 그러고 보니 아내가 오는 걸 꺼리는 듯한 눈치를 보인 것 같기도 했다.

"굳이 안 와도 괜찮아. 회사 행사에 무슨 볼거리가 있다고."

오늘 아침에도 시큰둥한 표정으로 그렇게 말했다.

조금 있다가 남편이 안타를 쳤는데도 상대 팀인 다른 부서 사람은 그를 놀려 댔다.

"이봐, 이노우에! 이런 때만 힘을 쓰면 어떡하나!"

이때도 남편은 베이스를 밟고서 쓸쓸하게 웃을 뿐이었다.

수많은 가족이 있는 앞에서 그토록 무례한 말을 아무렇지 않게 할 정도니 평소에는 어땠을까. 그것도 경험상 충분히 알 수 있었다. 일을 잘 못하는 사원에게는 친절하게 대하고 싶지 않은 것이 인지상정이다.

남편은 직장에서 찬밥이다, 그런 생각이 머릿속을 맴돌았다.

메구미는 그날 하루를 불안한 심정으로 보냈다. 무의식적으로 자신의 둥근 배를 몇 번이나 쓰다듬기도 했다. 임신 6개월. 해가 바뀌면 첫아이인 아들이 태어난다.

메구미보다 두 살 위인 슈이치를 알게 된 것은 2년 반 전이었다. 회사 동료가 주선한 소개팅에서 사무기기 대형 메이커의 영업 사원이라며 나타난 남편은 그런대로 잘생기고 성실해 보였다. 참가한 여자 전원이 그에게 좋은 인상을 품었다. 메구미 역시 직감적으로 '괜찮네.'라고 생각했다. 눈썹을 매끈하게 정리하지 않은 것 하나만 봐도 왠지 남자다워 보이고 믿음이 갔다.

"이노우에 씨가 메구미 씨를 마음에 들어 하나 봐."

일주일 후, 자리를 주선한 동료에게 그런 말을 들었고, 그 얼마 후에는 둘이 데이트를 하게 되었다. 메구미는 자신 쪽에서 먼저 남자를 점찍는 적극파가 아니라서 소개팅 자리에서도 그에게 잘 보이려 노력하지 않았던 터라 '어, 정말?' 하는 기분이었다. 내가 어디가 좋은데요, 라고 물어보고 싶을 정도였다. 그녀는 자신을 평범한 여자라고 생각하고 있었다. 대단한 걸 바라지 않는 성격은 농가에서 태어나 대가족 사이에서 자란 어머니의 영향이다. 애당초 기대란 어긋나는 법이라고 생각하고 있었다. 물론 그가 호의를 보였다는 사실이 싫지는 않았다. 어머, 여자 보는 눈이 없지는 않네, 하고 우쭐한 기분이 들기까지 했다.

첫 데이트에서 슈이치는 일 얘기를 했다. 메구미에게 당당하게 회사를 두둔하고, 자신이 지금 얼마나 일에 몰두하고 있는지 열변을 토했다. 자랑처럼 들리는 구석도 조금 있었지만, 남자라면 그 정도는 해야 하는 법이라며 오히려 바람직하게 여겼다. 자기 일에 열을 올리지 않는 남자가 매력적으로 보일 리 없다.

슈이치가 메구미를 선택한 이유는 화려하게 꾸미지 않아서인 듯했다.

"나는 브랜드 좋아하는 여자를 아마 평생 이해하지 못할 거야."

얼마 지나지 않아 슈이치가 그런 말을 했다. 메구미는 유행이 지나간 옷을 잘 응용해서 입기를 좋아했기 때문에 가치관이 같아 반가웠다. 책이나 영화에 대해서 얘기할 때도 죽이 잘 맞았다. 코언 형제의 팬이라니 농담도 잘 통할 것 같았다.

1년을 사귀다가 아주 자연스럽게 결혼했다. 메구미 나이가 서른이 코앞이라 상황상 그렇게 된 면도 있었다. 결혼하는 게 인생의 중대 결심일지도 모르지만, 자신의 인생에 큰 의미를 두지 않으면 지나치게 신중할 필요도 없다. 요컨대 균형이다. 평범한 자신에게는 평범한 남자가 어울린다고 생각했다.

생각만큼 슈이치의 월급이 많지 않다는 점과 이웃 도시에 사는 시어머니의 간섭이 심하다는 점을 제외하면 결혼 생활은 그런대로 순조로웠다. 슈이치는 친절했고, 큰 소리 한 번 낸 적이 없었다. 술과 도박은 적당한 선에서 즐겼고 바람기도 없었다. 올해 들어서는 시댁의 지원을 받아 교외에 있는, 지은 지 조금 된 아파트를 샀다. 바로 뒤에 공원이 있고, 햇빛이 잘 드는 방 두 개짜리 아파트였다.

그 아파트로 이사한 후에 바로 임신했다. 아이는 둘을 원했기 때문에 시기에 맞춰 가졌다. 임신을 계기로 메구미는 회사를 그만두었다. 보좌역에 불과한 사무직이어서 미련은 없었다. 집에 있으면서 아이를 키우고 회사에서 돌아오는 남편을 기다린다. 사회에 진출한 적극적인 여자들은 깔볼지도 모르겠지만 메구미는 그게 좋으니 어쩔 수 없다. 집안일도 좋아한다. 셔츠에 묻은 얼룩을 깔끔하게 지우는 것에서도 작은 행복을 느낄 수 있다. 그것도 굉장한 재능이라고 생각한다.

그런 메구미가 남편이 회사에서 찬밥 신세라는 사실을 알았으니 마음이 편할 리 없었다. 집안의 기둥이라느니 하는 고리타분한 얘기를 할 마음은 없지만, 경제적으로 완전히 기대고 있다는 걸 생각하면 바늘방석에 앉은 것처럼 엉덩이가 따갑다.

메구미는 하느님에게 기도했다. 별 탈 없게 해 주세요, 하느님. 저는 애당초 남편의 출세를 바라는 여자가 아닙니다.

"요즘 빨리 들어오네."

무를 넣어 조린 방어를 오물오물 먹으면서 메구미가 말했다. 평일에는 대개 야근하고 늦게 들어오는 슈이치가 사흘 내리 7시 전에 들어왔기 때문이다.

"이런 때도 있지, 뭐."

슈이치는 시선을 프로 야구 일본 시리즈 중계에 준 채 곤약 요리를 안주 삼아 맥주를 마시고 있었다.

"상반기 결산도 끝났고 영업도 일단락된 셈이라서 그래."

"그래도 거래처는 계속 관리해야 하는 거 아니야? 전에 당신도 말했잖아, 영업부는 모든 게 거래처에 달렸다고."

"뭐야, 내가 일찍 들어오면 안 좋은 거라도 있어?"

"그런 말이 아니잖아. 외식하는 거보다 집에서 먹는 편이 돈도 덜 드는 마당에."

"돈이 문제군요, 애정이 아니라."

슈이치가 삐딱하게 말하고는 "밥." 하면서 공기를 내밀었다. 메구미는 잡곡밥을 공기에 담아 건넸다. 그때 요미우리 자이언츠의 우쓰미가 홈런을 맞았다.

"에이, 저런 바보."

슈이치가 한숨을 쉬면서 동안의 투수를 비난하더니 "요즘 경기 좋은 데가 없어. 우리 회사 제조부는 설에 공장 가동을 중지하고 14일이나 쉰대."라고 말했다.

"정말? 그럼 당신은 괜찮은 거야?"

메구미의 목소리가 저도 모르게 높아졌다.

"글쎄, 영업부는 어떻게 될지. 보너스가 깎이는 것 정도는 각오하는 편이 좋겠지."

"흠, 그래."

내심 초조했지만 최대한 아무렇지도 않은 척했다.

"업계 전체의 흐름이 그러니 노조에서도 어쩔 수 없을 거야."

"그야 그렇겠지."

"당신, 의외로 담담하네. 투덜거릴 줄 알았더니?"

그리고 텔레비전에서 광고가 흐르자 슈이치는 식탁으로 고개를 돌렸다. 종지에 담아 놓은 검은콩을 다람쥐마냥 쉴 새 없이 집어 먹는다.

"내가 투덜거릴 일이 뭐 있어, 당신 탓도 아닌데."

"그래, 걱정할 거 없어. 대출금 상환 스케줄도 여유 있게 짰으니까 절약하면 어떻게든 되겠지."

"그래, 그럴 거야."

메구미는 남편을 바라보며 살짝 한숨을 쉬었다. 대출금 상환 스케줄을 여유 있게 짠 것은 가족이 늘어날 것을 고려해서였지 수입이 줄어들 것을 예상해서가 아니었다.

"우리만 가난하게 살면 불안하지만 다들 그렇다니 마음이 편해."

슈이치의 말에 메구미는 하마터면 "뭐야?"라고 소리를 지를 뻔했다. 절약은 습관이 되어 있지만 가난한 것은 싫다.

"아래층 사는 야마시타 씨는 직장을 옮겼나 봐."

메구미는 이웃 사람 얘기로 방향을 돌렸다.

"그 아마추어 야구 하는 아저씨 말이지, 매일 밤 공원에서 방망이를 휘두르는?"

"맞아. 그 부인 말로는 전에 다니던 회사가 일을 너무 시켜서 이대로 가다가는 정년이 되기 전에 몸이 망가질 것 같더래. 그래서 과감하게 전직했대."

"이번에는 어떤 일인데?"

"창고 회사인가 봐."

"구조 조정 당한 거 아나?"

슈이치가 의미심장하게 씩 웃는다.

"모르겠어. 어쨌건 그 집은 딸이 내년에 대학을 졸업한다니까 이제는 기를 쓰고 일할 필요가 없지 않겠어?"

"좋겠네. 나도 창고지기나 하면서 살고 싶다."

"오십 대 부부랑 비교하면 어떻게 해, 우리는 이제 시작인데."

"알고 있습니다요."

슈이치가 다시 텔레비전으로 고개를 돌렸다. 이번에는 자이언츠의 공격인데, 대타로 나온 선수가 대뜸 내야 플라이를 치고 말았다.

"아아, 저런 바보가 있나. 좀 더 버텨야지. 이거 이번 시즌이 끝이겠군."

자신은 공을 스치지도 못할 주제에 심한 말을 한다.

메구미는 남편이 보고 있는 텔레비전을 바라보면서 프로야구 선수는 참 힘들겠다 싶어 동정이 갔다. 전국에 있는 소위 팬이라는 사람들이 제멋대로 한마디씩 지껄이니 말이다.

카메라가 양 팀의 벤치를 차례로 비췄다. 유니폼을 입은 체격 좋은 남자들이 전선의 참새처럼 조르르 앉아 있다. 야구는 잘 모르지만, 경기에는 각 팀 아홉 명씩만 나갈 수 있다고 하니 남아 있는 선수들은 아마 후보일 것이다.

느닷없이 선수 아내들의 기분이 상상되었다. 스포츠 선수의 아내는 자기 남편이 직장에서 어떤 입장에 있는지를 텔레비전을 통해 보게 된다.

힘들겠네. 메구미는 마음이 짠했다. 만약 내 남편이 프로야구 선수인데 후보로 저 벤치에 앉아 있다가 대타로 나가 범퇴로 아웃당하는 바람에 온 일본의 무책임한 샐러리맨들에게 욕설을 듣게 된다면 도저히 못 견디고 화장실로 도망치고 말 것이다.

자이언츠의 타자들이 잇달아 범퇴를 당해 공수가 전환되었다.

"이놈이나 저놈이나, 하나같이 도움이 안 되는 놈들뿐이네."

슈이치가 또 욕설을 퍼붓는다. 메구미는 저도 모르게 남편을 바라봤다. 대체 내 남편은 어느 정도나 자신을 객관적으로 볼 수 있을까.

"아, 맞다. 어머니한테서 부적 왔어?"

"부적이라니, 무슨 부적?"

"순산 기원 부적. 아버지랑 같이 니혼바시에 있는 스이텐구에 일부러 사러 갔다는데. 집으로 갖다 주겠다고 해서 그냥 택배로 보내 달라고 했거든."

"흐음, 그럼 내일 오려나."

"아버지와 어머니, 첫 손자 탄생이 다가오니 완전히 흥분하신 것 같아."

"그러시겠지."

메구미는 눈을 내리깔고 쓴웃음을 지었다. 솔직히 말하면 성가시다. 배 속에 있는 아이가 사내아이라는 것을 안 시아버지의 첫마디는 "해냈구나."였다. 지금도 간혹 그 말이 떠오르면 화가 난다.

"이름은 어떻게 할지, 그런 것까지 걱정하시더라니까."

"괜한 걱정을 하시네."

"그렇지? 말씀드려 둘게."

"그러지 마."

젓가락질을 멈추고 진지한 표정으로 못을 박았다.

"고헤이(公平) 어때?"

슈이치가 메구미 눈치를 살피듯 하며 묻는다.

"공정한 인간이 되라는 뜻으로."

"음, 괜찮네."

메구미는 고개를 끄덕였다. 평범한 이름으로 짓자고 전부터 둘이서 얘기해 왔다. 후보에 포함시켜도 좋을 듯하다.

경기는 자이언츠의 패배로 끝났다. 카메라가 고개 숙인 채 퇴장하는 선수들의 모습을 비췄다.

슈이치는 단무지를 아작아작 씹으면서 화면을 향해 투덜거렸다.

메구미는 마음속으로 우쓰미 선수와 그의 아내에게 사과했다. 남자들이란 자기 주제를 모르고 남만 욕하는 데는 선수라니까요.

배 속에서 아기가 맞장구라도 치듯이 배를 걷어찼다.

2

이날은 오전에 집안일을 다 끝내고 오후에는 시에서 주관하는 산모 교실에 갔다. 낯을 많이 가리는 메구미는 처음에는 참가하는 데 용기가 필요했다. 그러나 어차피 앞으로는 아기를 데리고 공원에도 가야 하고 유치원도 선별해야 하는 등 사람들과 관계하지 않을 수 없다고 스스로를 격려하며 이얍, 하고 마음에 기합을 넣고 신청했는데, 정작 참가해 보니 하나같이 친절해서 큰 힘이 되었다. 게다가 다들 출산이라는 일생의 대사를 앞두고 불안하다는 것이다. 남들도 그렇다는 사실을 안 것만으로도 천군만마를 얻은 기분이었다.

임신 16주부터는 수영 코스가 시작되어 수영장으로 가서 임신부들을 위한 수중 운동을 했다. 순산을 위한 체력 증강과 태교 효과 등 여러 가지 효능을 기대할 수 있지만 뭐니 뭐니 해도 가장 큰 효능은 집 밖으로 나갈 수 있다는 것이었다. 외출할 장소가 있고 이야기를 나눌 상대도 있다. 임신 중인 전업 주부에게 그만큼 위안이 되는 일도 없었다.

물에서 튜브를 머리 밑에 대고 천장을 향한다. 턱을 들고 가슴, 허리, 무릎 순서로 물에 띄운다. 배가 수면 밖으로 섬처럼 모습을 드러낸다. 배 속에 있는 아기와의 일체감을 그 어느 때보다 느끼게 되는 순간이다. 천장에는 조명이 반짝반짝 빛나고 있다.

"자, 힘을 빼세요. 릴랙스 합니다."

강사가 그렇게 말할 필요도 없이 몸은 이미 하나의 부유물이 되어 있었다.

"코로 숨을 쉽니다. 자, 천천히."

차분하게 심호흡을 하고 있자니 뭐라 말할 수 없는 행복감이 몸 깊은 곳에서 피어올랐다. 메구미는 요즘, 여자로 태어나기를 참 잘했다고 날마다 생각하고 있다.

운동이 끝난 다음에는 친해진 여자들과 스포츠 센터 로비에서 수다를 떤다.

평소에는 그저 가볍게 일상적인 얘기를 나눴지만 이날은

반에서 제일 젊은 임신부가 걱정거리를 털어놓았다. 남편이 직장을 그만두고 싶다고 해서 고민이라는 것이다.

"신랑이 몇 살인데?"

"저보다 두 살 많은 스물일곱이에요."

"딱 그럴 만한 때네. 하지만 안 돼, 그러도록 내버려 두면."

"그래. 재취업하기가 얼마나 어려운데. 요즘은 한번 비정규 직이 됐다 하면 정규직으로 돌아가기 힘들어."

다들 입을 모아 말렸다. 남의 신상에 관한 얘기에는 쉽게 달아오른다.

"그래도 머지않아 아이가 태어날 텐데 회사를 그만두겠다 고 하는 걸 보면 신랑에게 뭔가 힘든 일이 있는 게 아닐까?"

메구미가 물었다.

"맞아요. 회사에서 희망하는 부서로 좀처럼 보내 주지 않는 대요. 그래서 더는 참기가 어렵다네요."

젊은 임신부가 입을 오므리고 대답한다. 아무래도 그녀의 남편은 현재의 상사가 애지중지하며 놓아주지 않아 견딜 수 없는 모양이다.

"그럼 능력이 있나 보네. 그런 거라면 사치스러운 고민 아 냐? 정리 해고를 당하느냐 마느냐 하는 사람이 널린 판에, 하 고 싶은 일을 못 하는 것 정도는 아무것도 아니지, 뭐."

다른 여자의 말에 젊은 임신부는 "저도 그렇게 생각해요."

라고 대답했다.

정말? 메구미는 실례라고 생각하면서도 한편으로 의심이 고개를 쳐드는 걸 어쩔 수 없었다. 슈이치도 지금까지 걸핏하면 투덜대곤 했다. 상사가 책임을 부하 직원에게 떠넘긴다느니 결단력이 없다느니 배포가 작다느니 하고 말이다. 그 말을 곧이들은 메구미는 그런 시답잖은 상사 밑에서 일하는 남편을 안쓰럽게 여겨 왔다. 그래서 더욱이 며칠 전 소프트볼 대회에서 슈이치가 놀림감이 되는 것을 보았을 때 충격을 받았던 것이다. 상사 험담을 늘어놓았던 건 남편의 오기와 허세였다.

자기 신랑, 사실은 회사에서 견디기 힘들어하는 거 아니야? 상사를 탓하는 건 괜한 핑계고 말이지. 그렇게 묻고 싶었지만 물론 입 밖으로 내지는 않았다.

"이노우에 씨 남편은 회사 그만두고 싶다는 말 안 해요?"

잠자코 있었더니 저쪽에서 먼저 묻는다.

"그러게. 우리 남편도 찬밥 신세인 것 같던데."

얼떨결에 그렇게 대답하고 말았다.

"찬밥이라니요?"

여자들이 화들짝 놀라며 서로의 얼굴을 마주 본다.

"으응, 그, 그게 아니라……."

식은땀이 삐질 나왔다.

"그런데 말이지, 대출받아서 집을 사면 남자가 얌전해진다더라."

누군가가 말했다.

"남자는 대개 회사에 대해 큰소리치는데, 집을 사기 위해 사내 융자를 받는 순간 풀이 죽고 만다는 거지. 우리 집이 딱 그렇잖아."

"하하. 맞아 맞아. 내가 회사에 다닐 때도 마흔다섯 살 이상인 사원을 대상으로 희망퇴직 신청을 받았는데, 갑자기 충견이 되는 아저씨들이 있더라니까."

"있지, 그런 아저씨들. 아하하."

웃음소리가 로비에 메아리쳤다. 그러나 메구미는 웃으면서도 희망퇴직 신청이라는 말에 간담이 서늘해졌다. 남편 회사에 그런 일이 생기면 어쩌나.

"결국 남자와 회사의 관계란 영원한 짝사랑인 셈이지, 뭐."

"맞는 말이야. 평생의 절반 이상을 지내는 곳이잖아. 그러니 사랑받고 싶은 거지."

여자들이 주고받는 얘기에 메구미는 점점 우울해졌다. 슈이치는 회사에서 사랑을 받기는커녕 짐짝 취급을 당하고 있다. 그런 곳을 매일 다닌다는 건 어떤 기분일까.

산모 교실에서 돌아오는 길에 늘 가는 슈퍼마켓에 들러 장을 봤다. 요즘에는 양손에 비닐 주머니를 들고 걷기가 힘들어 배달 서비스를 이용하고 있다. 이날도 계산을 치른 후 배달 서비스 코너에 가서 물건들을 카운터에 올려놓았다. 카운터 안쪽에 마흔 정도 되어 보이는 남자 종업원이 "오서 오세요."라고 하며 우두커니 서 있다.

이 남자는 늘 이 모양이다. 앞에 있는 여자 손님이 임신부라는 것 정도는 한눈에 봐도 알 것이다. 그렇다면 카운터 밖으로 나와 도와주는 것이 서비스업에 종사하는 사람의 상식 아닌가. 그런데도 끙끙거리며 바구니를 올려놓는 메구미를 그저 구경하고만 있다.

2단식 카트의 아래 칸에는 음료수 박스가 놓여 있었다. 설마 이건 들어 주겠지 싶어 잠시 움직임을 멈추고 기색을 살폈다. 그러나 남자는 배달 전표에 필요한 사항을 기입하기 시작했을 뿐 전혀 알아차리지 못했다.

메구미는 은근히 화가 났다. 이 나이쯤 되면 대개는 관리직이다. 이렇게 눈치가 없으니 중년이 되도록 단순 작업밖에 못 하는 것이다.

"아유, 무거워."

들으란 듯이 말하고는 음료수 박스를 들어 올렸다. 그런데 남자가 시선을 다른 쪽으로 돌린다. 게다가 웃기까지 한다.

아니, 어떻게 저렇게 눈치가 없지. 문득 슈이치의 얼굴이 떠올랐다. 아무리 그래도 이렇게까지 심하지는 않겠지. 남편이 둔감한 사람이었다면 메구미가 벌써 알아차렸을 것이다.

그녀가 배달 전표에 주소를 적어 넣는 동안 남자는 종이 상자에 물건을 집어넣었다. 그 손놀림이 또 서툴러 메구미는 답답했다. 지난번에는 포테이토칩을 맨 밑에 넣어 다 부서지게 만들더니 오늘은 계란을 맨 먼저 담고 그 위에 리필용 세제를 올려놓는다. 계란 상자 찌부러지는 소리가 났다.

"그거 깨지지 않았어요?"

메구미는 저도 모르게 앙칼진 소리를 내고 상자 안을 들여다보았다.

"괜찮습니다. 자, 보세요."

남자가 웃는 얼굴로 계란 상자를 보여 준다.

"배달 도중에 깨질 수도 있잖아요."

"그럼 계란만 따로 들고 가실래요?"

남자가 명랑하게 묻는다. 이 사람 일본 사람이 맞나 싶어 이름표로 눈길이 갔다.

"들고 가실래요, 라니요. 여기 배달 서비스 하는 데 아니에요?"

메구미는 또 참지 못하고 버럭 소리를 질렀다. 이런 태도로 무슨 서비스를 한다는 말인가.

폭발 직전의 분위기가 전해졌는지 근처에 있던 젊은 여종업원이 얼른 뛰어왔다.

"손님, 왜 그러세요?"

"물건을 좀 조심해서 다뤄 줬으면 하는데요."

메구미가 차분히 대답했다.

"그리고 이 사람이 계란은 들고 가라네요."

"죄송합니다. 제가 처리해 드릴게요."

여종업원이 열심히 고개를 숙이는데 그 얼굴에 '우리 얼간이가 누를 끼쳐 죄송합니다.' 라고 쓰여 있다. 그러는 사이 관리자로 보이는 양복 차림의 남자가 달려왔다.

"손님, 죄송합니다."

눈썹을 여덟팔자로 늘어뜨리고 연신 허리를 굽힌다. 필시 카운터 남자가 한두 번 손님을 화나게 한 것이 아닌 것이다. 얘기를 들어 보지 않아도 사정을 아는 듯했다.

"야마다 씨, 나 좀 봐요."

관리자가 남자에게 턱짓을 했다. 칸막이 커튼 뒤로 데려가려는 것이다. 남자의 안색이 변했다. 혼이 날 모양이다. 자알됐다, 이 멍청한 아저씨야.

그런데 다음 순간, 공이 벽에 맞고 튀어오르듯이 완전히 반대되는 감정이 끓어올랐다.

"저, 죄송한데요."

메구미는 자신도 모르게 외치고 있었다.

"딱히 망가진 건 없어요. 그러니까 그 사람이 실수를 한 건 아니고……, 됐어요. 괜찮습니다, 괜찮아요."

남자도 슈이치와 같은 신세인지 모른다는 생각이 들었다. 상상도 하고 싶지 않은 일이지만 그럴 가능성이 크니 어쩔 수 없다.

그에게도 가족이 있을 것이다. 갚아야 하는 대출금도 있을 것이고, 아이들 교육비도 들 것이다. 악의도 전혀 없어 보인다. 러시아나 중국에 가면 흔한 타입의 점원에 불과하다. 그렇게 생각하자 갑자기 두둔하고 싶어진 것이다.

"혼내실 것까지는 없어요. 별일 아니니까요. 계란 정도는 들고 가도 괜찮아요. 그렇죠, 깨질 염려가 있는 물건은 들고 가는 편이 안전하죠. 그래서 배려한 건지도 모르는데, 화를 내서 죄송해요. 그 사람이 나쁜 사람이라서는 아닐 거예요. 그러니까 부탁드려요."

메구미는 마치 자신이 용서를 구하기라도 하듯이 애걸했다.

그 자리에 있던 모두가 어안이 벙벙해서 배불뚝이 임신부를 바라보고 있었다.

집에 돌아온 메구미는 저녁 식사를 준비하면서 회사에 다니던 시절을 돌이켜 보았다.

약 10년을 다니는 동안 수없이 많은 찬밥 사원이 있었다.

결근한다는 전화를 어머니가 대신 걸어 주는 머더 콤플렉스 남자, 걸핏하면 상사를 제치고 상석을 차지하고 앉는 중역 군, 여러 사람이 있는 자리에서 올드미스 선배에게 왜 결혼을 안 하느냐고 묻는 외계인, 직장에서 풍수를 따지며 자리를 바꿔 달라는 황당남…….

그중에서도 기억에 남는 사람은 오락 프로그램에 고정 출연 제의를 받은 적이 있다는 꽃미남 신입 사원이다.

명문 사립대 출신에 키가 훤칠하고 옷도 센스 있게 입는 그가 입사했을 때 여사원들은 일제히 긴장했다. 근처에서 알짱거리며 꼬리 치는 여사원이 속출했다. 그런데 연수가 끝나고 영업부에 발령 난 지 석 달이 채 못 되어 아무짝에도 쓸모없는 인간이라는 사실이 판명됐다. 실수 연발에다가 번번이 거래처 사람들의 화를 돋우곤 해서 상사의 꾸지람을 들었다. 여사원 정보망에 따르면 '구제 불능 지질이'라는 것이다. 그렇게 되자 오히려 멀끔한 허우대가 놀림감이 되고 말았다. 그가 1년 만에 퇴사하게 되었을 때도 붙잡는 사람은 물론이고 동정하는 이조차 없었다.

메구미 또한 부서도 다르면서 그런 그를 우습게 보곤 했다. 그만둔다는 소문이 돌았을 때는 다들 그럴 줄 알았다며 비웃었다.

남편은 실제로 어떤 상황에 놓인 것일까. 궁금한 반면에 귀를 막고 싶은 심정도 있었다.

　메구미는 해가 저물어 가는 창밖 하늘을 바라보며 헛된 상상을 했다. 아무리 그래도 아까 그 슈퍼마켓 남자만큼 심하지는 않겠지. 인상이 비교적 좋아서 그를 만나 본 사람들은 대체로 좋은 느낌을 받는 편이었다. 친정에 처음 소개했을 때도 부모님은 좋은 사람이어서 다행이라며 안도의 숨을 내쉬었다. 그러니까 말하자면 인간성의 문제가 아니라 능력의 문제인 것이다. 좋은 아이디어가 없어서 기획안을 내지 못하거나 인맥을 쌓지 못해 파벌에 끼지 못하거나 하는.

　남편은 점심을 누구와 먹을까, 그런 의문이 불쑥 들었다. 회사원 사이에서 파벌을 알 수 있는 때는 점심시간이다.

　메구미가 점심때 뭘 먹었느냐고 물으면 "메밀국수." 또는 "사원 식당에서 삼치구이 정식."이라고 대답했지만, 누구와 먹었는지는 물어본 적이 없었다. 메구미가 아는 찬밥 사원들은 모두 혼자서 점심을 먹었다. 어디에도 끼지 못하는 것이다. 혹시나 남편도 혼자서 점심을 먹는 건 아닐까.

　또 가슴이 아려 왔다. 하느님은 사람의 개인차를 방치하고도 어찌 그리 태평할 수 있을까. 경쟁 사회는 거기에 참가하고 싶지 않은 인간에게는 달갑지 않은 세상이다.

　그날 슈이치는 7시 조금 넘어 집에 돌아왔다. 손에 스포츠

용품 가게 쇼핑백이 들려 있었다. 뭔가 했더니 가죽 장갑과 운동화가 들어 있다. 오는 길에 산 모양이다.

"뭐야, 그거? 웬 거야?"

메구미는 남편의 쇼핑이 의아했다.

"응, 야구 연습장에 다닐까 싶어서."

"야구 연습장?"

"응. 역 앞 주차장이 있던 자리에 새로 생겼어. 며칠 전에 아래층 사는 야마시타 씨와 아침에 전철을 같이 타게 되었는데, 이런저런 얘기를 하던 중에 야마시타 씨가 요즘 배팅에 푹 빠져 있다고 하잖아. 회사 끝나고 돌아오는 길에 들러서 30분 정도 공을 치면서 땀을 흘린다는 거야. 덕분에 어깨 결린 것도 싹 나았다고 하기에 나도 해 볼까 하고. 오늘 슬쩍 들러서 시험 삼아 쳐 봤는데 기분이 어찌나 시원하던지. 그래서 그 안에 있는 스포츠용품 가게에서 가죽 장갑하고 운동화도 샀어."

슈이치가 장갑을 끼고 즐거운 표정으로 설명했다.

"당신 또 충동구매를……."

"어때서. 싸게 먹히는 취미잖아. 그 야구 연습장, 밤늦게까지 문이 열려 있어서 회사원들이 꽤 많이 드나드나 봐. 야마시타 씨는 밤에 다시 나가서 치는 일도 있대. 공원에서 배트를 휘두르면 사람들이 수상하게 여기는데 야구 연습장이 생거서 좋다고 하더라. 사실 조금 전까지 같이 있었어. 얘기해 보니까 좋은 사람이더라고, 야마시타 씨."

슈이치가 이웃집 남자를 추어올린다. 지금까지 동네 사람들과는 인사도 제대로 하지 않던 남편이 무슨 바람이 분 것일까.

"아마추어 야구 하는 아저씨들을 바보 취급했잖아."

"바보 취급하기는. 그 나이에 운동도 하고, 훌륭하다고 생각했어."

그러고서 슈이치는 방 안에서 운동화를 신었다.

"구두 신고 하면 잘 미끄러지는데, 역시 용도에 맞는 신발을 신어야 되는 거군."

혼자서 아주 신이 났다.

메구미는 남편의 행동을 어이없어하면서도 한편으로는 복잡한 생각이 떠올랐다. 당신, 사실은 회사에서 할 일이 없어 한가한 거 아니야?

"비싸 보이는데."

"그렇지 않아. 1만 2천5백 엔. 배트는 빌려 쓸 거니까 골프에 비하면 새 발의 피지."

"그러고 보니 당신 요즘 골프 치러 안 가네."

메구미가 슬쩍 떠보았다. 전에는 주말마다 접대 골프를 치러 나가곤 했다. 그런데 지난 두 달 동안은 한 번도 나가지 않은 것이다.

"경비 삭감의 계절이니까. 접대 횟수가 줄었어."

그게 사실이라면 좋겠지만. 메구미는 생각이 자꾸만 다른 방향으로 미쳤다. 접대 담당에서 밀려난 것은 아닐까.

"그건 그렇고, 혹시 당신만 괜찮다면 도시락을 싸 줄까 하는데."

메구미가 조심스럽게 제안했다. 낮에 생각한 일이다. 만약 점심을 같이 먹을 상대가 없다면 혼자서 사원 식당이나 바깥에 있는 음식점에 가야 하니 즐거운 시간이 아닐 것이다.

"어, 당신이야말로 괜찮겠어?"

슈이치가 메구미를 바라보며 빙그레 웃는다.

"싸 주면야 고맙지만, 귀찮지 않아?"

"아니야. 크게 손이 가는 것도 아닌데, 뭐. 문제없어."

"아, 그럼 고맙지."

"회사 사람들이랑 점심 같이 안 먹어도 괜찮아?"

"괜찮아. 사원 식당도 늘 붐비고 하니까."

슈이치는 정말로 반색하는 눈치였다. 그렇구나……, 점심을 혼자 먹는구나. 적어도 특정한 그룹의 일원이 아니라는 건 확실하다. 천진하게 웃는 남편이 가엾게 여겨졌다.

그날 밤 저녁을 먹은 후 메구미는 역 앞에 있는 슈퍼마켓에 도시락 반찬거리를 사러 나갔다. 냉장고에 있는 것만으로도 민들 수 있지만, 오늘은 한 번도 밖에 나가지 않았으니 산책 삼아 다녀와야겠다고 생각하고 혼자 집을 나섰다. 가는 길에 남편이 다닌다는 야구 연습장도 보고 싶었다. 내일 가 봐도 되긴 하지만 어쩐지 마음이 급했다.

야구 연습장은 역 반대쪽, 건널목 건너편에 있었다. 탕! 탕! 하는 소리가 길에까지 울려 금방 알 수 있었다. 전면이 유리창이라 안이 훤히 들여다보였다. 걸음을 멈추고 구경하는 남자들도 몇 명 있다.

메구미도 유리창 너머로 안을 구경했다. 타석이 열 개 정도 늘어서 있고 거기서 사람들이 열심히 배트를 휘두르고 있었다. 무리 지어 온 학생이 절반, 회사원이 절반쯤일까. 남자 친구를 따라왔는지 엉거주춤한 자세로 배트를 휘두르는 젊은 여자도 있었다. 학생들은 와자지껄 서로 놀려 대거나 응원하기도 해서, 게임 센터와 골프 연습장의 중간 분위기다.

그런 중에 혼자서 묵묵히 배트를 휘두르는 손님이 몇 명 있었다. 메구미의 시선이 그리로 쏠린다. 회사원 같아 보였다. 아내가 있을까. 하는 일은 뭘까. 스트레스를 해소하러 오는 것일까, 아니면 단순히 야구를 좋아하는 것일까.

이 사람들 사이에 남편이 섞인다고 생각하니 조금은 서글 펐다. 남자는 당연히 밖에 나가 열심히 일해야 한다고 생각하는 쪽은 아니지만, 남아도는 시간을 주체하지 못하는 남자의 모습을 보는 것도 괴롭다. 메구미는 그런 생각을 하며 20분 정도 그들을 바라보았다. 작심삼일로 끝내 주면 고맙겠다고 생각했다.

3

야구 연습장에 다니는 것이 슈이치의 일과가 되었다. 야근이 없는 날은 역에 내리면 곧바로 야구 연습장에 들러 30분 정도 공을 치면서 땀을 흘린 후 집에 돌아온다. 때로는 느긋하게 치고 싶다면서 일단 집에 돌아와 저녁을 먹은 후 다시 나가는 일도 있었다. 그럴 때는 아래층 야마시타 씨와 함께 갔다. 어느 틈엔가 친해진 모양이다.

그 취미가 이토록 오래갈 줄이야. 베란다에서 식물을 가꾸는 일도, 복근 운동도, 교육 방송에서 한국어 강좌를 듣는 것도 모두 도중에 포기한 남편인데.

메구미가 싸 주는 도시락은 매일 깔끔하게 먹고 있었다.

"어디서 먹어?"

그렇게 물었더니 자기 책상에서 먹는다고 했다. 점심시간에 동료들이 모두 사원 식당으로 가거나 밖에 나간 후 텅 빈 사무실에서 혼자 도시락을 먹는다……, 그런 광경을 상상하자 이내 또 서글퍼졌나.

메구미는 남편에 대해 신경 쓰이는 점이 한두 가지가 아니었다. 요즘은 매일 일찍 들어올뿐더러 주말에 출근하는 일도 없는 데다 회사 얘기도 잘 하지 않았다. 사내 소프트볼 대회 이후로 메구미의 머릿속을 지배하고 있는 것은 동료의 말 한마디와 상사의 웃음소리다. 남편은 회사에서 정말 어떤 위치에 놓인 것일까. 메구미는 그게 불안해서 가슴속에 늘 잔물결이 일었다. 차라리 회사에도 생활 통지표가 있었으면 좋겠다. 그런 게 실제로 있다면 일본의 부부란 부부들은 모두 난리가 나겠지만.

일요일. 이웃 도시에 사는 시댁을 찾았다. 메구미는 전혀 가고 싶지 않았지만, 한 달에 한 번은 작은시누이 부부와 모여서 식사를 한다는 규칙이 있어 어쩔 수 없었다. '내게는 의논 한마디 없이 누가 정한 거야?'라고 따지고 싶지만, 그럴 용기는 물론 없다.

시아버지는 자동차 회사를 정년퇴직한 후 관계사의 총무부에 재취직했다. 지금도 당신 자신을 대단하다고 여기시는지, 가족 앞에서 "지금 다니는 회사에는 온통 얼간이들만 모여 있어."라며 한탄인지 자랑인지 모를 불평을 늘어놓는다. 이날도 만나자마자 슈이치와 사위를 붙들고 회사 얘기를 시작했다.

"결국 하류에는 인재가 없다는 얘기지. 간혹 쓸 만한 인간도 있기는 하지만, 그것도 모회사에 가 보면 쓸어버릴 정도의 수준이야. 한번은 사장에게 인재 교류를 하는 편이 좋지 않겠느냐고 제안도 했지만, 사장이라는 작자 본인이 모회사의 하수인인데 뭘 기대하겠어."

슈이치는 음식을 먹으면서 적당히 맞장구를 치고 있었다. 시누이 남편은 장인을 배려해 경청하는 자세를 취했다. 메구미는 그 내용에 조금도 관심이 없었지만 아전인수 격인 시아버지의 얘기가 우스워 저도 모르게 쫑긋 귀를 세웠다.

"간부 사원들도 수준이 낮다고 할까, 뜻이 없다고 할까. 한마디로 우물 안 개구리야. 내가 가끔 바깥세상 얘기를 해 주면 다들 달려들어서 흥미진진하게 듣거든. 용의 꼬리가 되느니 뱀의 머리가 되라는 속담이 있지만, 그건 다 헛된 말이야. 사람은 젊을 때부터 큰일을 해야지, 안 그러면 스케일이 큰 사람으로 자라지 못해."

마치 당신은 스케일이 큰 사람이라는 투다. 메구미는 표정을 관리하느라 애를 먹었다.

"그런데 슈이치, 너희 회사는 실적에 문제없냐?"

"글쎄요, 감산은 계속되고 있는데……."

"인원 삭감은 없고?"

"있죠."

슈이치의 말에 메구미는 화들짝 놀랐다. 그런 말은 처음 듣는다.

"다음 연도 말까지 그룹 전체에서 8백 명을 삭감한대요. 조합과 절충 중이라고 들었습니다."

뭐, 8백 명이라고? 대형 버스 몇 대분이다.

"너는 괜찮으냐?"

시어머니가 걱정스러운 듯이 물었다. 사실은 메구미 자신이 어깨를 붙들고 묻고 싶었다.

"대부분 공장 쪽에서 자르나 봐요. 본사에서는 마흔 살 이상이 중심이고요."

"그래? 그럼 너는 별 탈 없겠구나."

시어머니가 안도한다.

"형님은 아직 멀었죠."

시누이 남편도 두 살짜리 딸을 무릎에 앉힌 채 위로하듯 말했다.

과연 그럴까. 메구미는 점점 불안해진다.

"그래도 방심은 금물이야, 오빠. 회사에서 눈치를 주더라도 이제 곧 아이가 태어난다고 버텨야 해."

시누이가 옆에서 끼어들었다.

"우리 회사도 마흔 살 이상을 대상으로 희망퇴직 신청을 받

96

고 있는데, 실제로는 삼십 대에서도 퇴직을 권유받는 일이 속출하고 있단 말이야."

시누이는 아이를 낳은 후에도 광고 기획사 일을 계속하고 있는, 이른바 커리어 우먼입네 하는 자신만만한 인물이다.

"얘는⋯⋯, 그런 재수 없는 소리 하지도 마라."

시어머니가 눈썹을 찡그렸다.

"엄마도 참, 현실이 그런 걸 어떡해. 오빠는 옛날부터 의자 뺏기 게임에 약했잖아."

"또 그 소리냐?"

슈이치가 지겹다는 듯 얼굴을 찌푸렸다.

"네? 그게 무슨 얘기예요?"

"언니, 몰랐어요? 어렸을 때 동네 아이들이 모여서 놀면 의자 뺏기 게임을 자주 했는데, 오빠는 늘 1회전이나 2회전에 탈락했어요. 6학년 때도 아래 학년 아이들에게 밀리는 바람에 동네 전설이 됐을 정도라니까요."

"네 오빠가 사람이 좋아서 그렇지."

시어머니가 마지못해 웃으며 슈이치를 감싼다.

"무슨. 스타트부터 느린걸."

시누이가 그 얘기를 부득부득 계속한다. 남매다 보니 조심성이 없다. 시누이 말에 따르면 슈이치는 모두가 의자에 집중하면서 주위를 도는데 자기 혼자만 도는 일에 정신을 빼앗긴다는 깃이다.

"한마디로, 다음 수를 준비하지 않는 타입이야. 오빠는 원래 준비성이 없잖아."

그 지적에 메구미는 마음속으로 무릎을 쳤다. 그렇지. 세상에는 준비성이라는 능력이 있다.

슈이치는 준비라는 걸 모른다. 예를 들어서 택시를 탔을 때도 목적지에 도착한 다음에 지갑을 꺼낸다. 메구미 같으면 미터기를 보면서 택시가 서기 전에 대충 돈을 준비하는데 말이다. 게다가 슈이치는 만 엔짜리밖에 없을 때도 아무 생각없이 택시를 탄다. 아니, 지갑 속을 아예 확인도 하지 않는다. 메구미는 천 엔짜리가 없으면 택시를 타기조차 주저한다.

여태까지도 남편의 그런 행동 패턴이 거슬리긴 했지만 성격이 서로 다른 탓이라고 여기고, 사소한 것에 일일이 신경쓰는 자신이 소심하다고 결론 내렸었다. 그러나 지금, 펑, 마개가 열린 것처럼 납득되는 바가 있었다. 슈이치는 준비성이 없다.

"야, 적당히 해."

슈이치가 여동생을 노려본다. 그러나 이 남매의 역학 관계는 여동생 쪽이 단연 우세하다. 시누이는 우월감 가득한 표정으로 미소를 지었다.

준비성이 없다……, 그거로구나. 메구미는 그 말을 곱씹었다. 그렇다면 회사에서 핀잔을 받을 만도 하다. 여사원들도 짜증스러울 것이다.

메구미는 슈이치의 옆얼굴을 바라보았다. 핸섬한 얼굴에 또 그런 단점이 있었구나. 가엾은 마음에 가슴이 메어 왔다.

"요컨대 회사는 사람이야. 어떤 사원이 있느냐에 따라 회사의 격이 정해지지."

시아버지는 메구미의 심정을 아는지 모르는지 계속 떠들었다.

"내가 있던 시절의 ××은 그야말로 일당백을 하는 쟁쟁한 인물이 널려 있었어."

술이 들어가자 목소리가 커진다. 완전히 '회사 인간'의 전형이다.

시아버지는 당신 아들이 회사에서 찬밥 신세일지도 모른다는 상상은 해 본 적도 없을 것이다. 부모란 그런 것이다. 특히 어린 시절에 학교 성적이 좋으면 그 위치가 평생 계속될 거라고 착각한다.

메구미는 확 불어 버리고 싶었다. 아버님, 당신 아들이 말이죠…….

"애야, 많이 먹어라. 체중은 잘 늘고 있니?"

시어머니가 초밥을 메구미 앞으로 밀어 놓았다.

"네. 의사가 너무 많이 늘었다고 걱정할 정도예요."

"이름은 결정했어?"

"아직요."

"이름을 잘 짓는 사람이 있다더라. 부인회에서 소개받았는데, 전화번호를 가르쳐 줄 테니 다음 주에라도 한번 만나 보렴."

시어머니의 간섭에 얼굴이 찡그러지려고 한다.

"엄마, 괜한 참견 하지 마."

시누이가 대신 나서 주었다.

슈이치는 말없이 음식을 먹고 있었다. 그렇게 봐서 그런지 안색이 안 좋아 보인다. 여보, 인원 삭감, 정말 괜찮은 거야? 메구미는 그렇게 묻고 싶은 마음이 목까지 차올라 식욕을 잃고 말았다.

"얘야, 이 고기만두도 먹으렴."

시어머니가 접시에 만두를 덜어 간장까지 뿌려 준다.

하는 수 없이 꾸역꾸역 입에 집어넣었다. 단박에 목이 콱 막혀 눈물까지 찔끔 나왔다.

그날 밤 집에 돌아온 슈이치는 야구 연습장에 간다며 도로 나갔다. 9시가 넘었는데 "잠깐 땀 좀 흘리고 올게."라며 나갈 채비를 하는 것이었다. 늦었으니 가지 말라며 메구미가 말리는데도 "응, 그런가."라고 대답 아닌 대답을 하고 나가 버렸다. 그 모습이 어딘지 모르게 쓸쓸해 보여, 혹시 여동생에게 놀림을 받아 상처 입은 것 아닐까 하고 쓸데없는 생각까지 했다.

혼자 목욕을 하고 있는데 슈이치 생각만 머리에 가득했다.

결혼 전에 데이트를 할 때도 남편은 도대체 계획이라고는 없이 약속 장소에 나타났다. 영화도 레스토랑도 그때그때 정하는 게 보통이었다. 메구미는 남편의 그런 트릿한 성격을 남자다움이라고 여기고 스스로 데이트 계획을 짜곤 했다. 영화가 몇 시에 끝나니까 그다음에는 긴자에서 쇼핑을 하고, 전시회를 보러 가고……. 그렇게 계획을 짜고 준비하는 것이 즐거워 그 이상은 생각하지 못했다. 남자가 이끌어 주기를 바라는 여자였다면 분명 성에 안 찼을 것이다. 그런데 거들 먹거리는 남자를 싫어하는 메구미는 오히려 그런 슈이치를 바람직하다고 보았다.

따뜻한 물을 떠서 얼굴을 씻었다. 이어 볼 마사지를 한다.

그렇다. 남편은 요리를 못했다. 실을 끌어당기듯 그런 생각을 떠올렸다.

메구미가 발목을 삐었을 때 그가 대신 부엌에서 뭘 만든 적이 있다. 마파두부였는데, 요리 순서가 엉망이었다. 다진 고기를 볶고 소스와 두부를 넣은 다음에야 물에 푼 녹말이 필요하다는 것을 알고 허둥지둥 준비했다. 그리고 마지막에는 파를 미리 썰어 놓지 않아 우왕좌왕했다. 만드는 법을 미리 읽어 두었어야 하는 건데 남편은 순서 ①만 먼저 읽고 ①을 실행했다. 그때는 남편의 태평함에 어이가 없었는데, 생각해 보면 그것 역시 준비성이 없어서였다. 남편의 그런 성격을 남자 특유의 것이라 여기고 문제 삼지 않았다니, 얼마나 어리석은 일인가.

참 좋은 사람인데. 화도 잘 안 내고, 거짓말도 안 하고, 바람도 안 피우고……. 한숨이 푹 쉬어졌다.

지금쯤 슈이치는 무슨 생각을 하며 배트를 휘두르고 있을까. 회사 일일까, 집안일일까.

아니지. 보나 마나 아무 생각 하기 싫어서 땀을 흘리고 있을 것이다. 남편은 현실에서 도피하고 싶은 것이다.

배를 쓰다듬으며 아기에게 말을 건넸다. 남자는 힘들어. 너, 괜찮겠니?

배 속 아기는 생각에 잠긴 것처럼 이렇다 할 반응이 없었다.

4

매일 집에만 있으니 망상만 부풀어 갔다. 집안일을 하다가 잠시 차를 마시면서 쉴 때도 남편은 지금 뭘 하고 있을까 하는 생각밖에 들지 않았다.

상사에게 혼나고 있지는 않을까. 거래처 사람을 화나게 하지는 않았을까. 동료들에게 험담을 듣고 있지는 않을까. 여사원이 심술을 부리는 것은 아닐까. 그럴 때마다 소프트볼 대회에서 씁쓸하게 웃던 남편의 얼굴이 떠올라 가슴이 미어졌다.

차라리 대놓고 물어볼까 하는 생각도 들었다. 당신, 회사에서 나가라고 하는 거 아냐? 사실은 일을 잘 못하는 거 아니야? 물론 정말로 물어보지는 않을 것이다. 만일 물었는데 그렇다고 털어놓으면 어떻게 할지 대책이 없었다. 회사를 그만둔다는 것은 말도 안 되는 얘기고, 이혼은 더더욱 말이 안 된다. 속수무책인 것이다.

메구미는 시장을 보러 가는 길에 구인 정보지를 집어 와 출산 후 자신이 할 수 있는 일이 있는지 찾아보았지만, 겨우 어린이집 비용이나 감당할 정도의 저임금 일자리뿐이라 오히려 더 우울해지고 말았다.

세상 참 만만치 않다. 금융 위기로 대기업의 파견 사원 해고가 속출했을 당시 근로자의 자기 책임론을 외치는 지식인이 많았는데, 이렇게 되고 보니 '당신들 왜 그렇게 정이 없어?'라고 호통이라도 치고 싶은 심정이다.

그래, 정이란 말이지. 메구미는 자문했다.

슈이치와 열렬한 연애 끝에 맺어진 건 아니다. 여자는 자칫 자신의 연애를 과대평가하기 쉬운데, 메구미는 그 점에서 아주 냉정하다. 하지만 애정이 전혀 없느냐 하면 절대 그렇지 않다. 같이 살다 보면 사랑과는 별개로 정이 샘솟는 법이다. 지금은 정이 차지하는 부분이 더 많다. 그러니 이혼은 선택지에 없다. 남편의 슬픔은 나의 슬픔이다. 남편이 기쁘면 나도 기쁘다.

생각 끝에 메구미는 맛있는 도시락을 싸 주기로 했다.

지금까지도 아무렇게나 싼 것은 아니지만, 먹다 남은 반찬이나 냉동식품을 많이 이용했던 것도 사실이다. 전부 내 손으로 직접 만든 애정을 담은 도시락, 뚜껑을 열었을 때 저도 모르게 와, 탄성이 나올 만큼 예쁜 도시락을 싸 주자.

오전에 실수를 했다면 점심을 먹으면서 기분을 전환하고, 오후에 어려운 일이 기다리고 있다면 점심을 먹으며 용기를 내도록 만들어야지. 회사가 힘겨운 곳이라면, 점심을 먹을 때만이라도 쉴 수 있기를 바란다.

다른 방법이 있으면 가르쳐 줘. 메구미는 도쿄 타워 꼭대기에 올라가서 전 국민을 향해 외치고 싶은 심정이었다.

일단, 칸이 나뉘어 있지 않은 알루미늄 도시락 두 개와 대나무 젓가락 두 벌을 새로 샀다. 내용물로 승부한다는 마음가짐을 나타내고 싶었기 때문이다. 도시락을 싸는 보자기는 짙은 남색 미니 보자기를 준비했다. 이것도 정성을 들인다는 표시다.

그리고 도시락을 싸는 원칙을 정했다. 첫째, 반찬은 최대 세 종류로 한다. 그 정도로도 충분히 보기 좋을뿐더러 종류가 너무 많으면 하나하나 제대로 맛보기 전에 없어지고 만다. 게다가 반찬을 만드는 자신도 오래 계속하기 어렵다. 둘째, 색감을 나타내기 위한 채소는 한 가지로 한다. 말 그대로 원 포인트다. 경우에 따라서는 붉은 생강 절임 하나로도 족하다. 셋째, 같은 달에 같은 내용의 도시락은 싸지 않는다. 세세한 변화를 주면 그렇게 힘든 일도 아니다. 옷 몇 벌을 이렇게 저렇게 바꿔 입는 것과 마찬가지다.

요컨대 너무 애쓴다는 느낌도 주지 않고 아무렇게나 싼 것처럼 보이지도 않도록 아주 자연스럽게, 주부가 바쁜 아침 시간을 쪼개서 효율적으로 싼, 영양가 있고 애정 만점의 도시락이라는 콘셉트인 것이다.

새로운 도시락, 그 첫 번째는 '양배추와 돼지고기 볶음 도시락'이다. 스스로에게 힘을 불어넣으려고 앞치마도 새로 마련했다. 그리고 2인분을 만든다. 계란말이도 한 개를 만드는 것보다 두 개를 만드는 편이 단연 맛있게 만들어진다.

중화 프라이팬에 참기름을 둘러 달군 후, 소금과 후추로 밑간해서 녹말을 뿌린 돼지고기를 볶았다. 이어서 숭숭 썬 양배추와 살게 채 썬 생강을 넣고 기름이 돈다 싶을 때 뚜껑을 덮는다. 고기가 익는 동안 굴소스와 맛술과 간장으로 양념을 만들어 고기가 적당히 익었다 싶을 때 뿌려서 섞는다. 수분이 날아가 자르르하게 윤이 나면 다 된 것이다.

"뭐야, 아침부터 좋은 냄새가 나네."

잠에서 깬 슈이치가 부엌으로 들어와 말했다. 그는 냉장고에서 우유를 꺼내 컵에 따라 마셨다.

"밥이랑 된장국은 당신이 떠서 먹어."

메구미가 지시했다. 구운 연어와 시금치 무침은 이미 식탁에 차려 놓았다.

"당신도 낫토 먹을래?"

"응. 2인분 섞어 놔."

돼지고기 볶음이 완성되자 계란말이를 시작했다. 계란 두 개를 깨뜨린 다음 설탕과 소금과 가다랑어 육수와 섞는다. 송송 썬 쪽파도 넣는다. 계란말이용 프라이팬에 식용유를 두르고 팬이 적당히 달궈졌다 싶을 때 계란 물을 흘려 넣었다. 칙, 소리가 나면서 계란의 달짝지근한 냄새가 올라온다. 살짝 굳기 시작할 때 두 바퀴를 말아 반숙 상태에서 불을 끈다. 그다음은 남은 열로 익기를 기다리면 된다.

색감을 줄 채소는 홍당무로 정했다. 강판으로 얇게 썰어 소금을 치면 끝.

알루미늄 도시락에 40퍼센트 정도 밥을 담고 뚜껑을 살짝 닫았다. 식으려면 시간이 좀 걸리니까 그사이에 메구미도 아침을 먹기로 했다.

부엌에 라디오 소리가 흐르고 있다. 텔레비전은 보지 않기로 했다. 경기 후퇴라든지 연금 문제 같은, 사람을 위협하는 뉴스만 나오기 때문이다.

"어젯밤에 야마시타 씨가 아마추어 야구 팀에 들어오지 않겠냐고 하던데, 어떻게 할까? 약한 팀이라 젊은 사람에게 같이하자고 하기 미안하다고 하지만, 나야 경험도 없으니까 마침 잘된 거 아닌가 싶은데."

남편이 낫토의 실을 젓가락으로 끊으면서 말했다.

"좋을 것 같아. 나도 아마추어 야구 좋아해. 응원하러 가도 돼?"

메구미가 감자 된장국을 후루룩 마시고 나서 물었다.

"오는 거야 좋지만, 따분할 텐데."

"아니야. 밖에 나가고 싶어서 그래."

"그럼 하겠다고 한다. 이번 주말에 시민 공원에서 바로 시합이 있어."

"와! 외출할 일이 생겼네. 날씨가 맑았으면 좋겠다."

메구미는 마음속으로 만세를 불렀다.

아침을 다 먹자 다시 도시락 싸는 작업을 시작했다. 돼지고기 볶음을 한쪽에 듬뿍 담는다. 칸이 따로 없기 때문에 밥과 반찬의 경계선이 마치 대결의 양상이라도 보이듯 팽팽하다. 도시락이 살아 있는 느낌이다. 계란말이는 일부러 줄을 맞추지 않았다. 마지막으로 소금에 절인 홍당무를 한구석에 올리고 밥에 큼직한 매실장아찌를 하나 박았다.

"다 됐다."

절로 그런 소리가 나왔다. 기분이 날아갈 것 같다. 내가 봐도 훌륭해서 디지털 카메라로 사진을 찍었다.

뚜껑을 덮은 후 보자기로 쌌다. 나비 모양으로 단단히 묶으면 끝.

"자, 도시락."

슈이치에게 건넸다.

"오, 도시락 통이 바뀌었네."

슈이치는 웃으며 도시락을 받아 들어 손가방 맨 밑에 넣었다.

"그럼, 다녀올게."

"그래요. 잘 다녀와요."

메구미는 손을 흔들며 남편을 배웅했다.

낮 12시. 근처 공장에서 사이렌이 울린다. 가을 하늘은 높고, 그 색감은 소다수 같다. 메구미는 창문을 열어 환기를 했다. 햇살은 밝지만 공기는 싸늘하다. 베란다에서 심호흡을 했더니 배 속 아기가 살짝 움직였다.

슈이치의 회사가 있는 동쪽을 향한다. 도시락 열어 봤어? 어때, 맛있겠지? 눈을 감고 마음을 보낸다.

거실의 좌탁에 앉아 메구미도 똑같은 도시락을 열었다. 반찬의 물기가 밥에 스미지 않았을까 걱정했는데 괜찮았다. 밥이 한없이 하얗다.

잘 먹겠습니다, 하고 두 손을 모은다. 양배추 돼지고기 볶음을 한 입. 음, 간이 딱 맞는다. 밥도 한 입. 음, 맛있네. 너무 질지도 너무 되지도 않고, 식었을 때 가장 맛있을 정도로 알맞게 지어졌다.

등을 쫙 펴고 꼭꼭 씹어 먹는다. 온몸에 행복감이 차올랐다.

남편 것과 같은 양을 무난히 해치웠다. 배 속에 아기가 있어 식욕이 왕성하다.

자, 내일은 뭘 만들까. 벌써 다음 메뉴를 생각하고 있다.

두 번째 도시락은 '연어 포일 찜 도시락'으로 정했다. 냉동 연어가 남아 있기에 도시락에 사용해서 없애기로 했다. 그리고 연근 검은깨 무침과 피망 볶음. 메뉴를 메모하는 것만으로도 완성된 그림이 눈앞에 떠오른다.

어제 도시락은 대호평이었다. 슈이치는 집에 들어오자마자 가방에서 빈 도시락을 꺼내며 맛있었다고 말해 주었다. 짧은 한마디였지만, 집에 오면 그 말부터 해 주려고 별렀을 마음이 전해져 메구미는 남편이 꼭 안아 줬을 때처럼 마음이 따뜻해졌다. 자연히 힘도 솟았다.

연어 포일 찜은 연어에 양파와 느타리버섯을 올리고, 된장과 마요네즈를 섞어서 얹은 후 포일로 꼭꼭 싸서 연근과 함께 쪘다.

피망 볶음은 우선 달군 프라이팬에 참기름을 두르고 소금을 뿌린 후 채 썬 피망을 넣어 화르르 볶는다. 요리 잡지에서 알게 된 비법이다.

어제처럼 멋지게 완성되었다. 사진을 찍고 있는데 뒤에서 슈이치가 들여다보려 해서 팔꿈치로 밀어냈다. 도시락은 보물 상자. 뚜껑을 여는 즐거움이 있어야 한다.

점심때가 되자 또 베란다에 나가서 남편 회사 쪽을 향해 마음을 보내고 메구미 자신도 도시락을 먹었다. 세일할 때 산 연어인데 살이 포슬포슬하고 맛도 잘 배어 있었다. 연근도 아삭아삭하다.

자, 내일 메뉴는……. 산모 교실에 가면 다른 사람들에게도 물어봐야지. 각자 비장의 도시락 메뉴가 있을 것이다. 그런 생각을 하자 매일매일의 시간이 사랑스럽게 여겨졌다. 이런 것이 살아 있다는 느낌이다.

슈이치는 매일 회사에서 돌아오면 그날 먹은 도시락의 감상을 말해 주었다. 그것도 그저 '맛있었다'는 한마디가 아니라 여러 수식어를 사용해 표현하게 되었다. 가령 어제 만들어 준 볶음밥 도시락은 '베이징의 어느 뒷골목 식당에서 종업원들이 먹는 밥 같은 본고장의 소박함. 거기에 오이 매실장아찌 무침이 수수께끼를 내듯 출신을 숨기고 그윽함을 슬쩍 내비친다'나.

당신, 직업을 잘못 선택한 거 아냐? 남편이 열심히 머리를 쥐어짜는 모습을 상상하자 메구미는 웃음이 뿜어져 나오려고 했다.

그렇게 보름쯤 도시락 싸기를 계속하다 보니 생각지도 못한 곳에서 반응이 나타났다. 회사 여사원들이 매일 점심시간이 되면 슈이치의 도시락을 구경하러 온다는 것이다.

"당신이 싸 주는 도시락이 여사원들 사이에서 화제인가 봐. 어제도 누가 그러더라고, 부인이 도대체 어떤 사람이냐고."

그 말을 처음 들었을 때 메구미는 경계심을 품었다. 여사원들이란 신랄하다. '이노우에 씨는 회사에 도시락 먹으러 오나 봐.'라는 험담 정도는 쉽게 한다. 직장에서 찬밥 신세를 면치 못하는 사원은 넥타이 하나에도 트집을 잡히는 법이다. 그래서 메구미는 도시락을 싸면서 세심한 주의를 기울였다.

여성적인 귀여움이리든지 보란 듯한 과시를 되도록 배제하고 자연스러움에 중점을 두었다. 매일 멋 부리러 회사에 온다는 이미지를 주면 안 되듯이 도시락도 너무 호화로워서는 안 된다.

슈이치의 증언은 계속되었다.

"어떤 여사원이 그러는데, 이노우에 씨 부인이 싸 주는 도시락은 평범한 감각이 좋대. 가장 적당한 평범함이라나 뭐라나."

메구미는 폴짝 뛰고 싶을 정도로 기뻤다. 가장 적당한 평범함이라고? 자신이 지향하는 바를 아주 괜찮은 말로 표현해 준 느낌이었다.

"그리고, 다른 말은?"

"스크램블드에그가 맛있어 보인다면서 그렇게 만드는 법을 가르쳐 달래."

"그거야 간단하지. 핵심은 불 조절이야. 초보는 겁이 나서 불을 세게 올리지 못하니까 보슬보슬해지지 않는 거야."

"그래? 알았어. 그렇게 전할게. 그리고 점심시간에 회사 앞에서 도시락을 팔면 틀림없이 사람들이 줄을 설 거라는 말도 했어."

"치, 거짓말. ……한번 해 볼까?"

"7백 엔 정도 받아도 팔릴 거라던데? 여사원들이 말이야."

"우와!"

정말로 폴짝 뛰었다.

다행이다. 도시락 효과다. 여사원들이 이제 남편을 꺼리지 않는다. 더 나아가 관심을 보이고 있다.

"도시락이 맛있어서 일이 잘되고, 그래서 부장님에게 칭찬 듣고, 그렇지는 않아?"

"하하. 그런 일은 없는데."

슈이치가 웃는다. 표정 끝에 약간의 딱딱함이 있다. 역시 일은 별개의 문제인 듯하다. 남편은 여전히 악전고투하고 있는 것이다.

메구미도 더는 바라지 않기로 했다. 앞으로도 남편이 갑자기 능력 있는 사람이 되어 승진도 하고 월급도 오르는 일은 아마 없을 것이다. 그보다는 자회사로 쫓겨 가거나 조기 퇴직을 권고받거나 스스로 회사를 그만두겠다고 할 가능성이 높다. 그러나 그것 또한 인생이다. 의자 뺏기 게임에서 졌다고 행복까지 빼앗겨야 하는 것은 아니다.

메구미는 배 속의 아기에게 말을 걸었다. 네가 어른이 되었을 때도 엄마는 딱 두 가지만 바랄게. 농담이 통하는 사람일 것. 그리고 포기하지 말 것.

그날 밤에도 슈이치가 야구 연습장에 가 있는 동안 메구미는 다음 날의 도시락 메뉴를 생각했다.

닭 가슴살이 있으니 그걸로 찜을 해야지. 찌는 김에 감자와 홍당무와 양파도 같이 쪄서 찜 요리로 통일하는 것도 괜찮을 거야. 닭 가슴살에는 송송 썬 쪽파와 간 생강과 참기름을 섞어 너무 느끼하지 않을 정도로 뿌리고, 홍당무는 소금 간만, 감자에는 홀 그레인 머스터드와 마요네즈.

그때 전화벨이 울렸다. 시어머니였다. 슈이치가 나가고 없다고 하자 태어날 아기의 이름에 대해 장황하게 늘어놓기 시작했다.

"태어날 아기에게 좋은 이름을 지어 주는 것도 부모의 의무 아니겠니. 내가 슈이치를 낳았을 때는 다섯 개 정도 후보를 들고 가서 작명가에게 보여 드렸다. 지금도 기억하는데, 그 작명가가 슈이치(秀一)로 하면 무슨 일에든 뛰어난 아이가 될 거라고 하더구나. 그런데 정말 그대로 되었잖니?"

메구미는 귀를 의심했다. 교훈 하나. 자신은 절대 이런 아들 바보는 되지 말자.

"와세다 대학 나와서 대기업에 취직했으니 일단은 성공한 거지."

교훈 둘. 자식을 성공과 실패로 가르지 말자.

"그래서 말인데, 네 시아버지가 손자 이름을 생각해 내시지 않았겠니. 가쓰히데(勝秀)라고 말이다. 승리의 승 자에 아빠 이름에서 한 글자를 따서 가쓰히데. 좀 구식이다 싶지만, 앞으로의 시대에는 무슨 일에든 승리를 이룰 수 있는 바이털리

114

티가 필요할 터이니 이런 이름이 좋겠다고 네 시아버지가 슈이치에게 전하라시는구나. 강한 이름을 지어 주면 강한 남자로 자란다고 말이지. 그리고 참고로 나는 슈토(秀人)라는 이름을 생각했다. 좋지 않니, 현대적이고? 이 이름도 슈이치에게 전해 주렴."

"네, 알겠어요. 고맙습니다, 어머니. 슈이치 씨에게 그대로 전할게요."

전화를 끊고 식탁에 털썩 엎드렸다. 가쓰히데가 뭐야, 가쓰히데. 우리 아이더러 전국 시대의 무신이 되라는 거야? 슈토는 또 어떻고. 축구라도 못했다가는 따돌림당하기 딱 알맞겠네. 시댁 식구를 상대할 때마다 외계인과 대화하는 듯한 착각을 일으킨다.

메구미는 정신을 차리고 다시 메뉴 정하기로 돌아갔다. 지금까지 썼던 도시락 사진을 순서대로 보면서 상상력을 발휘한다.

그렇지, 덮밥을 만드는 것도 괜찮겠네. 가리비와 아스파라거스 버터 구이 덮밥. 아니면 소고기덮밥에 수란을 올려도 좋고. 연골이 들어간 닭고기 완자 덮밥……. 메뉴가 줄줄이 떠오른다. 답답하던 기분이 한결 가벼워졌다.

행복하다고까지 한다면 살짝 과장이겠지만, 메구미는 지금 자신이 무척이나 좋아하는 시간 속에 있다.

에리의 4월

1

아무래도 엄마 아빠가 이혼하려는 모양이다.

고등학교 3학년생인 하마다 에리는 엉뚱한 일로 그런 사실을 알게 되었다. 4월의 어느 일요일, 나고야에 사는 외할머니한테서 전화가 왔는데 살짝 치매기가 있는 할머니가 집을 지키다 전화를 받은 에리를 그만 당신의 딸로 착각하고 깜짝 놀랄 만한 말을 꺼낸 것이다.

"어쩌냐, 히로시랑 얘기는 잘 나눠 봤니? 너, 최소한 슈헤이가 고등학교를 졸업할 때까지는 참아야 한다. 앞으로 3년이야. 아이 생각만 해라. 그다음에는 너희 부부 마음대로 해도 엄마가 반대하지 않으마."

에리는 가슴이 철렁했다. 히로시란 에리의 아빠다. 슈헤이는 두 살 아래 남동생으로 이번 봄에 고등학생이 되었다.

"할머니, 저 에리예요. 엄마 아니고요."

에리의 말에 할머니가 수화기 저편에서 "어이쿠." 하고 당황하는 소리를 냈다.

"이 할미가 노망이 났나 보구나."

할머니는 웃으면서 얼버무리려 했다.

"에리야, 목소리가 완전히 엄마랑 똑같구나."

"똑같다고요? 전혀 다른 것 같은데……."

부모를 닮았다는 소리에 달가워할 자식은 없다.

"아니야, 닮았어, 닮았어."

할머니는 애써 화제를 바꾸려고 했다.

"드래건스가 올해는 영 아니더구나."

"팥떡 좀 보내 줄까?"

얘기가 왔다갔다……, 일부러 이 얘기 저 얘기 꺼내는 기색이 역력했다.

전화를 끊고 난 에리는 자기 방 침대에 앉아 상한 머리카락을 자르면서 생각했다. 할머니가 맨 처음에 한 말을 어떻게 해석해야 할까.

'히로시랑 얘기는 잘 나눠 봤니?'

무슨 말이지? 얘기를 나눈다는 것은 의견이 일치하지 않는 문제가 있다는 말이고, 적어도 좋은 얘기는 아닐 것이다.

'슈헤이가 고등학교를 졸업할 때까지는 참아야 한다.'

엄마가 뭘 참아야 한다는 걸까. 게다가 동생이 고등학교를 졸업하면 부부가 마음대로 해도 좋다니.

사실 굳이 추리를 하지 않아도 대답은 이미 나와 있었다. 상황을 짐작하지 못하리만큼 둔하지도 않고 어린아이도 아니다. 그러나 그 해답의 뚜껑을 열기가 두려워 달리 뭔가 있는 것은 아닐까 열심히 생각해 보는 것이다.

아빠가 회사를 그만두려고 한다? 이건 엄마가 참을 일이 아니다.

집에 돈이 없어서 엄마가 밖에 나가 일을 하려고 한다? 이건 그럴듯하지만, 우리 집은 지난달에 새 차를 뽑았다.

에리는 침대에 드러누워 하얀 천장을 바라보았다. 중학생 시절 내내 아이돌의 포스터를 붙여 놓아 그 부분만 바래지 않고 색이 다르다.

마음을 다잡고 다시 생각을 이어 나갔다. 다른 가능성은 없다. 아무리 생각해 봐도 아빠와 엄마가 이혼할 작정이고 그 사실을 에리와 슈헤이에게 숨기고 있다고밖에 해석할 수 없었다. 할머니는 엄마에게 그 얘기를 듣고 어떻게든 슈헤이가 대학생이 될 때까지는 딸의 이혼을 막으려고 한다. 달리 무슨 해답이 있을 수 있을까.

그런 결론에 도달하자 갑자기 심장이 쿵쿵거리기 시작했다. 가슴이 답답해지면서 불안이 홍수처럼 밀려왔다.

부모님이 그토록 사이가 나빴던가? 그렇다면 그 사실이 에리로서는 무엇보다 충격적이다. 그 말은 즉, 자식들 앞에서는 불화를 줄곧 숨겨 왔다는 뜻이다.

에리는 중학생이 된 후로는 내내 자기 일에 바빠 집안 사정에 완전히 무관심했다. 더 나아가 이것저것 간섭하려 드는 부모님이 귀찮아서 스스로 거리를 두었다. 저녁을 먹고 나면 얼른 2층 자기 방에 틀어박혔고, 가족끼리 외출할 일이 있어도 이런저런 구실을 만들어 빠져나가려고 했다. 특히 아빠와는 지난 몇 년 동안 얘기도 제대로 나눠 본 적이 없다.

진학에 관해서도 자신의 뜻을 엄마에게 통보만 했을 뿐이다. 에리 쪽에서 먼저 얘기를 꺼내 본 적이 아예 없었다. 심한 말이지만 부모님이 시야에 없었던 것이다. 그러니 부모님의 일에 대해 알려고 했을 리 없다.

대체 언제부터 엄마와 아빠의 사이가 나빠진 것일까. 에리는 기억을 더듬어 실마리를 찾아내려 했다. 마지막으로 가족 여행을 한 게 언제였더라? 그래, 아이치 만국 박람회다. 손가락을 꼽아 보았다. 에리가 중학교 1학년, 슈헤이가 초등학교 5학년 때였으니 벌써 5년 전 일이다. 세월이 그렇게 빨리 지나갔다니, 정말 놀랍다.

부모님의 태도나 행동에 변화가 있었나? 아무리 기억을 되새겨 봐도 에리로서는 잘 알 수 없었다. 다른 부부들이 일반적으로 어떤지 모르니 판단할 수가 없다. 초등학교 때 친구 가족의 캠핑에 따라갔다가 설거지하는 친구 아빠의 모습을 보고 깜짝 놀란 적이 있다. 집에서는 아빠가 설거지를 하는 일이 한 번도 없었기 때문이다. 자기 집 사정밖에 모르니 자기 집에서 일어나는 일을 모두 당연하다고 생각하고 있었다.

일요일 오후에 집중해서 공부하려고 했던 에리는 그럴 기분이 싹 가시고 말았다. 이럴 줄 알았으면 전화를 받지 말 걸 그랬다. 에리 본인에게 볼일이 있는 전화는 모두 휴대 전화로 온다.

"다녀왔습니다."

현관에서 슈헤이의 굵직한 목소리가 들렸다. 농구 시합에 갔다 왔을 것이다. 물론 1학년이라 응원이나 하고 짐이나 날랐겠지만. 잠시 종종거리며 걸어 다니는 소리가 나더니 2층으로 올라왔다.

"누나, 집에 있었어?"

"응."

"엄마는?"

"나이토 아줌마랑 부인회 바자에 갔어. 엄마가 말하지 않았나, 못 들었어?"

문을 사이에 두고 대화했다.

"냉장고에 있는 김밥, 먹어도 돼?"

"당연히 안 되지, 그게 저녁인데. 엄마가 좀 늦게 들어올 거라면서 준비해 놓고 간 거야."

"그때까지 어떻게 기다려, 이제 겨우 3시인데. 배고파 죽을 것 같아."

"그러면 죽든지."

"먹을 것 좀 없어?"

"없어."

"쳇."

슈헤이가 자기 방으로 들어가더니 잠시 후 다시 나왔다.

"역 앞에 가서 라면 사 먹고 올게."

그 말을 남기고 다시 외출했다.

참 어린애 같은 고등학교 1학년생이다. 동생의 관심사란
오직 농구와 여자와 먹는 것뿐으로, 지진 말고는 뭐 하나도
눈치를 못 채는 둔감한 녀석이다.

아빠는 아침 일찍 골프를 치러 나갔다. 은행원인 아빠는 일
요일에도 대개 집에 없다. 거래처 접대와 친구들 모임 등등
으로 어렸을 때부터 아빠는 집에 거의 없는 사람이었다. 그
래서 슈헤이도 "아빠는?"이라고 묻지 않는 것이다. 있으면
오히려 어색하다.

그건 그렇고. 이혼의 원인 하면 맨 먼저 떠오르는 것이 남편
의 바람인데……, 있을 수 없는 일이다. 에리는 머릿속에 아
빠의 모습을 떠올리고는 얼굴을 찡그렸다. 배가 불룩 튀어나
온 쉰이 다 된 중년 남자를 과연 누가 좋아할 수 있을까. 어마
어마한 부자라면 모르겠지만, 아빠는 평범한 샐러리맨이다.

그렇다면 엄마 쪽에서 바람을 피웠을 가능성은……, 더욱

더 있을 수 없다. 엄마는 매일 집에 있으면서 도시락도 싸 주고 아플 때는 간병도 해 준다.

에리는 잠시나마 천박하기 그지없는 상상을 한 자신에게 혐오감을 느끼고 제 손으로 머리를 때렸다. 아무튼 외도의 가능성은 지워 버려도 좋을 듯하다.

계속 한숨이 나왔다. 머릿속에서는 할머니가 했던 말이 몇 번이나 떠올랐다 사라졌다 하면서 기분을 어둡게 만들었다.

공부는 포기했다. 오늘은 영어 단어 하나도 머리에 들어올 것 같지 않다. 답답한 마음에 누군가에게 문자라도 보내 볼까 생각했지만, 뭐라고 설명해야 좋을지 몰라 그만두었다.

에리는 침대로 들어가 몸을 웅크렸다. 지금 할 수 있는 일이라고는 잠자는 것 정도밖에 없다.

그날 저녁은 가족 넷이서 먹었다. 김밥과 닭튀김과 당면 샐러드다. 밥을 먹으면서 엄마는 바자에서 누구를 만났다느니 하는 얘기를 아이들에게 하고, 골프를 치고 돌아온 아빠는 대화에 끼지 않고 텔레비전 야구 중계를 보면서 반주를 곁들였다. 슈헤이는 방금 라면을 먹었다고 생각하기 어려울 정도로 식욕이 왕성했고, 에리는 조금 먹다가 젓가락을 내려놓고 말았다.

그 모습을 본 엄마가 걱정스러운 표정으로 물었다.

"에리야, 밥맛이 없니?"

"으응, 포테이토칩을 한 봉지 다 먹었더니⋯⋯."

거짓말로 둘러댔다.

"어, 치사하게. 내가 먹을 거 없냐고 물었을 때는 없다고 해 놓고서 자기 혼자만 먹고 그래."

슈헤이가 밥알을 뿜으면서 투덜거렸다. 정말 유치해서 짜증 난다.

"내가 산 걸 왜 너한테 줘야 하는데?"

"누나는 의리도 없어?"

"없다, 왜? 아, 짜증 나."

"닭튀김, 누나 거 내가 먹어도 돼?"

"좋아. 한 개 백 엔."

"정말 나빠."

"농담이야, 농담. 너 다 먹어."

슈헤이는 젓가락으로 두 개를 집어 단번에 입에 넣더니 신이 나서 우물거렸다.

이렇게 천진한 동생이 부모가 이혼한다는 사실을 알면 어떤 반응을 보일까. 덩치만 컸지 속은 어린애다. 엉엉 울어 버릴지도 모른다. 애당초 마마보이다. 엄마도 동생이라면 꼼짝을 못 한다.

그런 생각을 하다 보니 만약 부모님이 이혼할 경우 자신과 슈헤이는 어느 쪽을 따라가야 하나 하는 상상이 뒤따랐다.

엄마가 둘 다 데려갈 가능성이 크다. 슈헤이는 말할 것도 없고 에리 자신도 아빠와 둘이 사는 건 상상도 할 수 없다. 그러니 아빠 혼자 집을 나가게 될 것이다.

자신도 모르게 아빠를 쳐다봤다. 어쩐지 불쌍하다.

"에리야, 왜? 아빠 얼굴에 뭐 묻기라도 했어?"

김밥을 우물거리면서 아빠가 물었다.

"아니야, 아무것도."

시선을 돌린다.

집안일이라고는 전혀 못하는 아빠가 이혼하면 어떻게 살아갈까. 아파트에서 혼자 사는 건 젊은 남자라면 몰라도 중년 남자에게는 너무 쓸쓸한 일이다.

이 집은 어떻게 될까. 팔아서 그 돈을 양쪽이 절반씩 나눠 가진다, 그리고 에리와 슈헤이는 어쩔 수 없이 각자 산다, 가족이 뿔뿔이 흩어진다……. 생각할수록 암담하다.

"에리, 안색이 안 좋은데?"

엄마가 물었다.

"그래? 난 괜찮은 것 같은데……."

"설마 공부를 너무 많이 해서 그런 건 아니겠지?"

아빠가 장난스러운 말투로 끼어든다. 농담을 하고 싶은 거 겠지.

아빠는 평소에 가족과 별로 대화를 나누지 않는다. 그러다 보니 어쩌다 끼어들면 오히려 썰렁해질 뿐이다.

집에 있을 때면 아빠는 대개 역사 소설을 읽는다. 막부 말기와 메이지 유신에 꽂혀 있어 거실 책꽂이가 온통 시바 료타로 천지다.

저녁을 먹고 난 후에는 차례로 목욕을 했다. 아빠, 그다음은 에리나 슈헤이, 그다음이 엄마다. 아빠가 집에 있을 때는 이 순서가 바뀌지 않는다. 생각해 보면 엄마는 언제나 마지막이었다. 가족이 목욕하는 동안 설거지를 하고 뒷정리를 한다. 그게 불만스러웠던 적은 없을까.

목욕을 하고 나면 평소에는 재빨리 2층으로 올라가는데, 이날 밤에는 거실에서 텔레비전을 봤다. 신문에서 텔레비전 편성표를 보니 마침 좋아하는 아이돌이 출연하는 예능 프로그램이 있었기 때문이다. 엄마 아빠의 분위기를 슬쩍 관찰하려는 의도도 있었다. 지금까지는 의식한 적이 없어서 부모님이 밤 시간을 어떤 식으로 보내는지 기억나지 않았기 때문이다.

아빠는 거실 소파에 앉아 책을 읽었다. 애당초 예능 프로그램 같은 건 관심 밖이라 텔레비전은 거들떠보지도 않는다.

엄마는 부엌에서 내일 아침 식사와 도시락 쌀 준비를 하고 있다. 그 등에서는 아무런 감정을 느낄 수 없고 그저 늘 하던 일을 할 뿐이라는 식이다.

슈헤이는 욕실에서 나오자 곧장 자기 방으로 가 틀어박혔고, 텔레비전을 보는 사람은 에리뿐이었다.

"에리야, 도시락, 뭐 쌌으면 좋겠어?"

웬일로 거실에 있는 딸에게 엄마가 도시락 메뉴를 묻는다.

"아무거나 괜찮아. 닭튀김 남은 것도 좋고."

대답하다가 문득 궁금한 게 있어서 아빠에게 물었다.

"아빠, 점심은 늘 어디서 먹어?"

"어?"

아빠가 책에서 고개를 든다.

"구내식당이지, 뭐. 외주 업체에서 그날그날 준비하는 대로."

"싫증 나지 않아? 아빠도 엄마한테 도시락 싸 달라고 해. 어차피 준비하는 김에 말이야. 돈도 절약되잖아."

"점심 값은 회사에서 대는데, 뭐. 지점에서 근무하는 사람들은 기본적으로 점심 외식이 금지되어 있어. 그래서 모두들 식당에서 먹어."

"아, 그렇구나."

"에리가 싸 준다면야 먹을 수도 있지."

누가 싸 준대? 마음속으로 대뜸 그렇게 되받아친다.

"입시 공부는 잘돼 가니? 6대 대학에 들어갈 수 있겠어?"

아빠가 물었다. 오랜만에 둘이 나누는 대화라 어딘가 모르게 어색하다.

"모르겠어."

"모르면 어떻게 해, 자기 일인데."

"내 일이라도 모를 수 있지."

정작 대화를 하게 되자 귀찮아져서 퉁명스럽게 대답했다. 그리고 텔레비전으로 눈길을 돌리자 아빠도 다시 독서로 돌아갔다.

부엌일을 끝낸 엄마가 "자, 나도 이제 목욕을 해 볼까."라고 명랑하게 혼잣말을 하고는 욕실 쪽으로 걸어갔다.

아직까지 부부의 대화는 없다. 딱히 분위기가 험악한 것도 아니고 서로를 무시하는 눈치도 아니다. 혹시 서로 간섭하지 않는 것이 당연해진 걸까.

아빠와 둘이 있자니 어색해서 프로그램이 끝나자마자 2층으로 올라왔다. 적어도 영어 예습 정도는 하려고 했는데 여전히 집중이 되지 않아 침대에서 패션 잡지를 뒤적거렸다.

절로 귀를 쫑긋 세우게 된다. 1층에서는 아무 소리도 들리지 않았다.

에리의 가슴속에 회색 바람이 휘몰아친다. 아빠와 엄마는 정말로 이혼하고 싶은 것일까.

불안한 마음에 친구 나오에게 문자를 보냈다.

'오늘 완전 충격적인 일이 있었어. 내일 의논 좀 하자.'

곧바로 답신이 왔다.

'얼마든지.'

조금은 위로가 되었다.

그날 밤에는 불길한 꿈만 계속 꾸었다.

2

다음 날 아침, 등교하자마자 같은 반 나오와 둘이 비상계단 층계참으로 달려갔다. 교실에서 기다리고 있던 나오가 "조용한 곳으로 가자."며 팔짱을 끼었던 것이다.

에리는 사립 여고에 다니고 있다. 수업 시간이 아닌 때에는 학교 전체가 시끌벅적했다.

"뭐야, 무슨 일이야? 히가시고의 그 남자애 때문?"

마주 서자마자 나오가 물었다. 연애 상담인 줄로 착각한 모양이다. 여고생에게 고민거리 하면 우선은 연애이니 그럴 만도 하다.

"아니, 그게 아니라 우리 집 얘기야."

에리가 고개를 저었다.

"에이, 난 또. 어젯밤에 한껏 상상했단 말이야. 에리가 드디어 그 히가시고 남자애랑 무슨 일이 있구나 하고."

"아니야. 나, 그 아이랑 사귈 마음 없어. 불량스럽잖아. 늘 담배나 피우고, 다른 학교 애들이랑 싸움이나 하고."

"그래도 부모가 의사잖아. 집은 사쿠라자카초에 있는 호화 주택이고."

"그게 무슨 상관이야. 아무튼 지금은 입시가 더 중요해."

"아, 아깝다. 그 아이, 짐짓 불량스러운 척하는 것뿐인데."

"있지, 지금 그게 중요한 게 아니야."

"아, 미안. 너희 집 얘기라고 했지?"

"응. 저기 말이지…… 우리 부모님, 이혼할지도 몰라."

"뭐? 말도 안 돼!"

나오가 대뜸 고함을 지르면서 눈을 동그랗게 떴다.

"진짜면 큰일이잖아."

친구가 예상했던 것보다 훨씬 놀라자 그 점은 만족스러웠다.

"어제 나고야 외할머니한테서 전화가 왔는데, 집에 아무도 없어서 내가 받았거든……."

에리는 어제 일을 자세하게 털어놓았다. 요점을 간추려 설명하는 건 잘하는 편이다.

"네가 착각한 거 아니야?"

나오가 반문했다.

"통화하면서 이혼이라는 말은 한 마디도 안 나왔잖아."

"그야 그렇지만, 다른 게 뭐가 있겠어. 할머니가 그런 말을 꺼낼 정도면 이혼밖에 없어."

"너희 부모님, 사이가 안 좋으셔?"

나오가 묻는다. 그 단도직입적인 표현에 에리는 조금 울컥했다.

"몰라. 부부 싸움을 자주 한다거나 그런 건 아니야."

"그럼 아닌 거 아닐까? 우리 엄마 아빠는 얼마나 자주 싸우는데."

"그래?"

"대개 엄마가 먼저 신경질을 부려서 아빠랑 티격태격하다가 급기야는 서로 막 던져. 그래도 옛날에는 나랑 동생이 울면 싸움을 그쳤는데 요즘은 우리가 안 우니까 더 심하게 싸우는 느낌이야."

"그렇게 자주 싸우셔?"

"아니, 그렇게 자주는 아니고 반년에 한 번 정도. 그럴 때 빼고는 아주 깨가 쏟아진다고 할까. 어제도 둘이 영화 보러 가더라."

"부부 싸움은 칼로 물 베기라더니, 너네 부모님은 그런 거 아니야?"

"응, 그럴지도 몰라. 에리 너, 아는 것도 많다."

"우리는 싸우지는 않지만 깨가 쏟아지지도 않아."

"그럼 사랑이 완전히 식은 거네."

나오가 아무렇지도 않게 말한다. 말을 좀 골라서 할 수 없나 싫어 에리는 짜증이 났나.

"잘 모르겠어. 다른 부부들이 어떤지 모르니 비교할 수가 있어야지."

그때 수업 시간을 알리는 벨이 울렸다. 복도와 운동장에 있던 학생들이 우르르 교실로 뛰어 들어간다.

"나머지 얘기는 점심시간에 하자. 쇼코랑 아사미에게도 얘기할 거지?"

나오가 다른 반 친구들의 이름을 들먹였다. 점심시간에는 그렇게 네 명이서 도시락을 늘 함께 먹는다.

안 그래도 에리는 친구들에게 각자의 부모님에 대해서 물어보고 싶었다. 부부란 어떻게 지내는 게 일반적인지 알고 싶었기 때문이다.

학교는 외로움을 달래기에 안성맞춤인 곳이다. 오늘 집에 혼자 있었더라면 분명 아무것도 손에 잡히지 않았을 것이다.

답답하리만치 느리게 시간이 지나가 겨우 오전 수업이 끝나고 점심시간이 되었다. 수업 내내 에리는 엉뚱한 생각만 하고 있었다. 지금 교단에 서 있는 선생님은 집에서는 어떤 남편, 또는 어떤 아내일까, 그런 것들 말이다. 특히 수학 선생인 고바야시는 겉으로는 안 그런 척하면서 속으로 밝히는 성격이라 학생들이 모두 싫어하기 때문에 아내가 있다는 사실

자체가 신기했다. 그 부인에게 "대체 어디가 좋아서 결혼하셨어요?"라고 묻고 싶은 심정이다. 사람의 취향이란 어찌나 다양한지, 감탄스럽기도 하고 황당하기도 하다. 오전 내내 수업은 안중에도 없었다.

날씨가 좋아 밖에서 점심을 먹기로 했다. 잔디밭에 넷이 둥그렇게 둘러앉았다.

쇼코와 아사미에게 같은 얘기를 한 번 더 했다. 둘 다 표정이 흐려지더니 진심으로 안타까워한다. 특히 내로라하는 청순파인 아사미는 눈물까지 글썽거렸다.

"다시 한 번 확인해 보는 게 좋지 않겠니? 네가 뭔가 오해했을 수도 있잖아."

나오가 말했다.

"무슨 수로 확인을 해. 엄마한테 대놓고 물어봐, 혹시 아빠랑 이혼할 거냐고?"

에리가 닭튀김을 오물거리면서 말했다. 친구들 얼굴을 보니 식욕이 돌아왔다.

"하긴 그렇게 물을 수는 없지."

나오가 스스로 의견을 철회했다.

"그래도 알아보는 방법이 있지 않을까? 만약 이혼을 생각하고 있다면 뭔가 증거품이 있을 거 아냐."

공부를 잘하는 쇼코가 말한다.

"예를 들면?"

"그러니까…… 장롱 속에 이혼 서류가 들어 있다든지, 아니면 이혼에 대비해서 부부가 저금통장을 따로 만들었다든지. 집 안을 한번 뒤져 봐."

"넌 어떻게 그런 걸 다 알아?"

"내가 작가 지망생이잖아."

"근데 나더러 그런 짓을 하란 말이야?"

"그럼 너 말고 누가 해?"

"그야 그렇지만……."

"제일 좋은 방법은 휴대 전화 문자를 훔쳐보는 거야. 별문제 없는 부부라면 뻔질나게 주고받을 거 아냐."

"그건 싫어."

에리가 단호히 거부했다. 누가 자기 휴대 전화를 훔쳐본다고 생각하면……, 그건 죽어도 싫다.

"엄마한테 편지를 쓰면 어떨까?"

이번에는 아사미가 제안했다.

"난 말하기 힘든 건 곧잘 편지로 써. 그러면 엄마도 성의 있게 답해 주고."

셋이서 얼굴을 마주 본다.

"있잖아, 그런 건 아사미 너네 집에서나 가능한 일이야."

나오의 반응이다.

"맞아. 우리 가족은 글 쓰는 거라면 딱 질색이야."

에리가 대답했다.

아사미네는 가족 신문까지 발행하는 집이다. 아사미가 한 번 보여 준 적이 있는데, 그걸 본 에리는 손발이 오그라드는 느낌이었다.

"그런데 엄마 아빠가 이혼할 것 같다고 여겨질 만한 행동이 있었어?"

"글쎄, 그걸 잘 모르겠어. 적어도 최근에는 별다른 변화가 없었어."

"부부가 침실을 따로 쓴다든지."

"아니. 우리 집이 그럴 만큼 크지도 않고."

"그럼 침대를 따로 쓴다거나."

"뭐? 쇼코, 너네 엄마랑 아빠는 한 침대에서 자?"

"당연하지. 아니, 너희 부모님은 처음부터 따로 잤어?"

서로가 놀랐다. 에리의 부모님은 사택에 살던 시절에는 한 침대를 썼지만 단독 주택으로 이사한 후로는 침대를 따로 사용하고 있다. 에리는 그걸 단순히 공간의 문제라고 생각했다. 사택 시절에는 자신도 동생과 한 침대에서 잤으니까.

그 얘기를 하자 셋 다 다른 대답이 나왔다.

"우리는 더블 침대에서 둘이 자는데."

쇼코네는 그렇고,

"우리는 다다미방에서 이불 두 채 깔고 자."

나오네는 그렇고,

"우리는 싱글 침대 두 개를 나란히 놓고 따로 자."

아사미네는 그렇단다.

대체 어느 쪽이 일반적인 거지?

그때 물리 선생인 이시카와가 지나갔다. 머리는 푸석푸석하고 일 년 내내 흰 가운을 입고 있지만 마음씨는 좋은 아저씨다.

"선생님, 질문요!"

나오가 손을 번쩍 들고 말을 걸었다. 이시카와가 걸음을 멈췄다.

"선생님, 밤에 사모님이랑 한 침대에서 주무세요?"

"난데없이 그게 무슨 소리야?"

중년인 이시카와가 얼굴을 붉힌다.

"가정 수업 설문 조사예요. 대답해 주세요."

"그야…… 한 침대에서 자지."

"따로 자는 건 있을 수 없는 일인가요?"

이시카와가 잠시 생각에 잠긴다.

"그렇지는 않지. 신혼이라면 몰라도, 그 시기가 지나면 혼자 자고 싶다고 생각할 수도 있어."

"그럼 선생님은 왜 따로 안 주무세요?"

"왜냐하면……, 따로 자자고 말을 꺼내기가 쉽지 않아, 아무리 오래 같이 산 부부라도."

이시카와가 가까이 다가와 속삭이듯 말했다. 수업 때와는 달리 조금 귀여웠다.

"어머, 그런 건가요?"

"응, 그런 거야. 부부 사이에도 예의와 매너라는 게 있으니까."

"아아."

넷이 고개를 끄덕인다. 참고가 되었다.

"고맙습니다, 선생님. 이제 가셔도 돼요."

나오가 선생님에게 가라는 듯이 손짓을 한다.

이시카와는 피식 웃더니 머리를 긁적거리면서 사라졌다.

"부부라도 지켜야 할 게 있구나."

"그렇겠지, 서로 다른 인격체니까."

"그래그래. 그럼 에리 부모님의 경우도 지금의 단독 주택으로 이사할 때 어느 한쪽이 침대를 따로 쓰자고 하셨을 거 아니야. 부부 사이에 먹구름이 끼기 시작한 건 그때부터라고 추측할 수 있지 않을까?"

쇼코가 탐정처럼 팔짱을 끼고 말했다.

"이사한 게 언제인데?"

나오가 물었다.

"내가 초등학교 5학년 때니까……."

에리가 손가락을 꼽았다.

"벌써 7년 됐네."

"그럼 그때부터 이미 사이가 벌어지기 시작했을지도 모르겠다."

"아, 싫다, 정말."

에리가 얼굴을 찡그렸다. 그렇게 오랜 시간 동안 서로 참고 있었다고 생각하니 그 사실만으로도 가슴이 꽉 막히는 것 같다.

"에리네 아빠, 일주일에 몇 번이나 집에서 저녁을 드셔?"

"평일은 거의 야근이고, 집에서 먹는 건 주말뿐이야."

"아니, 정말? 우리는 매일 집에서 저녁을 먹는데."

나오가 꽥 소리를 질렀다.

"6시에 회사가 끝나는데 7시면 항상 귀가야."

그 점도 집집마다 사정이 달랐다. 쇼코네 아빠는 9시 조금 지나서 들어와 혼자 저녁을 먹는 듯하고, 세무사인 아사미네 아빠는 일주일의 절반은 집에서 먹는 듯하다.

"에리네 아빠가 매일 밤늦게 들어오시는 건 어떻게 생각해? 좀 이상하지 않아?"

쇼코가 마치 형사가 취조하듯이 묻는다.

"그건 어렸을 때부터 그랬는걸. 은행은 일이 바쁘다면서 말이야."

"야근 때문만은 아니지 않을까? 요즘은 어느 회사나 야근 없는 날이 있는데."

"모르겠어. 아무튼 술 마시고 오는 날도 있고, 마작 하다 왔다는 얘기를 들은 적도 있어."

"에리네 집은 뿌리가 깊다고 봐야겠다. 집에 들어와도 쉴 곳이 없으니까 동료들이랑 술을 마시거나 마작을 하면서 귀가를 늦추시는 거야."

"하지만 그게 사실인지 아닌지 어떻게 확인하겠어."

에리는 점점 부모님에 대해 모를 것투성이라는 생각이 들었다. 의식하고 본 적이 없으니 이변이 생겨도 눈치챌 도리가 없다.

"일단은 계속 관찰해 봐, 어른들은 연기하는 데 선수니까. 우리 엄마 아빠는 할아버지가 말기 암으로 돌아가셨을 때도 끝까지 본인에게 알리지 않고 반드시 나을 거라고 했을 정도야. 나한테도 안 가르쳐 주고 말이지."

그렇게 말하는 쇼코가 왠지 어른스러워 보였다.

"그래, 알겠어. 다들 들어 줘서 고마워."

에리가 친구들에게 고마움을 나타냈다.

"무슨 소리야. 우린 친구잖아."

마지막으로 넷은 허그를 했다. 1학년 때 네 사람은 누구 하나라도 곤경에 처하면 이렇게 허그를 해 주자고 약속했다.

마음이 따뜻해졌다. 친구는 최고의 재산이다.

그날은 아빠를 제외한 가족 셋이서 저녁을 먹었다. 평일에
는 당연한 일이다. 식탁에 앉아 거실에 켜 놓은 텔레비전을
보면서 먹는 게 일상이다.

아까부터 오가는 대화가 없었다. 평소에도 그렇긴 하지만,
이혼 문제가 머릿속에 있는 탓에 괜히 부자연스럽다.

"엄마, 하루에 문자 몇 통이나 보내?"

에리가 불쑥 물었다.

"글쎄, 문자는 거의 안 쓰는데."

"나오네 엄마는 문자 보내는 걸 좋아해서 휴대 전화 요금이
나오보다 많이 나오는 달도 있대."

순간적으로 지어 낸 말이다. 아빠와 문자를 주고받는지, 그
걸 알고 싶은 것이다.

"나오네 엄마는 일을 하니까 연락할 일이 많겠지. 엄마는
부인회 사람들이랑 너희들밖에 연락할 사람이 없는걸, 뭐."

"아빠한테는 문자 안 보내?"

물으면서 가슴이 콩닥거렸다.

"아니, 안 보내는데. 할 말이 있으면 전화로 하지."

"아빠한테서는 전화 오는 일이 거의 없잖아."

"아빠가 바쁘니까 그렇지."

"그래도 일찍 들어온다고 말해 줄 때라든가……."

"엄마, 밥 좀 더 줘."

슈헤이가 고개는 텔레비전을 향한 채 밥공기를 내밀었다. 예능 프로그램을 보면서 "카하하." 웃고 있다. 엄마가 밥공기를 받아 들고 일어섰다.

"야, 밥 정도는 네가 퍼 먹을 수 있잖아."

에리가 톡 쏘아붙였다. 한창 얘기하고 있는데……

"누나도 자기가 안 퍼 먹잖아."

"나는 한 공기밖에 안 먹으니까 그렇지."

"헤, 그래 봤자 다이어트 효과도 못 보면서."

동생이 얄밉게 히죽히죽 웃는다.

"뭐야? 이 여드름쟁이가! 기름기 많은 것만 먹어서 여자애들한테 인기도 없는 주제에."

"인기 있거든요."

"웃기고 있네. 밸런타인데이에도 초콜릿 하나 못 받았으면서."

"무슨 소리야, 모르면 가만있어. 명예 훼손이야."

슈헤이가 약이 올라 되받아친다. 엉뚱하게 남매 전쟁이 벌어졌다. 이런 광경에 익숙한 엄마는 상관도 하지 않는다.

"야, 이 뚱보야!"

"시끄러워, 땅딸보!"

디격태격하면서도 그 수준이 하도 낮아 자괴감이 들었다.
이 멍청한 동생은 만일 엄마 아빠가 이혼하면 어찌 될까.

아무튼 한 가지는 확인되었다. 엄마와 아빠는 문자를 주고
받지 않는다.

3

혼자서 아무리 고민해 봐야 진전이 없자 에리는 친구들을
대상으로 조사에 나섰다.

너희 엄마 아빠는 사이가 좋니?

다들 무슨 뚱딴지같은 소리냐는 표정을 짓다가 사정을 얘
기하자 동정을 금치 못하면서 조사에 응해 주었다. 여고생들
은 신상에 관한 얘기를 아주 좋아한다.

같은 반인 미모의 사사키는 지금까지 제대로 대화를 나눠
본 적도 없는 친구인데 부모님이 이혼했다는 얘기까지 해 주
었다.

"내가 초등학교 2학년일 때 아빠가 집을 나갔어. 처음에는
충격을 받아서 울기만 하다가, 동생이 있으니까 내가 정신을
똑바로 차려야 한다고 생각하고 참았어. 나중에 아빠가 바람
을 피워서 그렇게 됐다는 걸 알고는 이혼하는 게 당연하다고

생각했고. 이후로 엄마랑은 사이가 좋아."

사사키는 담담하게 털어놓았다. 아빠가 바람피운 상대와 가정을 꾸렸기 때문에 이제는 만날 일도 없다고 한다.

"어쩔 수 없잖아, 부모님에게는 부모님의 인생이 있는데."

나도 저렇게 쿨하게 털어 버릴 수 있을까. 에리는 상상이 안 갔다.

사사키는 정보도 풍부했다.

"1반의 간다랑 2반의 나카가와도 부모님이 이혼했어. 5반의 안도네 집은 이혼은 안 했지만 별거 중이고."

"그런 걸 어떻게 다 알았어?"

"그냥 알아, 같은 냄새를 풍기는 사람끼리는. 동물적인 후각이랄까."

그렇게 말하고는 키득 웃는다. 그 모습이 같은 여자가 보기에도 넋이 나갈 만큼 예뻤다.

그 귀한 정보를 바탕으로 나오와 함께 얘기를 들으러 다녔다. 다들 창피해하기는커녕 아주 당당했다. 그중에서도 1반의 간다는 부모님이 작년에 이혼을 해 얼마 되지 않았는데도 전혀 흔들림이 없었다.

"우린 엄마가 우울증이 생겼어. 계속 부부 사이가 안 좋았는데 자식들을 위해 오랫동안 참고 지내는 바람에 신경이 고장 난 것 같아. 이모들이 이제 한계에 왔으니까 헤어지는 편이 낫겠다고 권했고, 우리 자매에게도 부모님의 상황에 대해 설명해 주어 충분히 납득할 수 있었어. 그래서 이혼하게 된 거야."

"충격받지 않았어?"

"처음 들었을 때는 큰 충격이었지. 엄마 아빠가 사이가 나쁘다는 것조차 전혀 몰랐으니까. 하지만 중학생이면 또 몰라도 이젠 고등학생이잖아. 우리도 정신적으로 독립해야지."

사사키와 마찬가지로 간다도 자신에게 닥친 비극에 휘둘리지 않고 담담한 태도를 보였다. 부모의 이혼은 자식을 강하게 만드는 것일까.

"아. 맞다. 영어 선생 하시모토도 이혼했어."

"어떻게 알아?"

"우리 집 근처에 살거든. 혼자 아이 키우느라 힘들어하는 것 같더라."

에리는 사람을 보는 눈이 순식간에 달라졌다. 모든 가정이 나름대로 문제를 안고 있다. 그러나 일상에서는 조금도 그런 티를 내지 않고 조용히 살아가고 있다.

"다들 어른이네."

나오와 둘이서 감탄했다. 자극도 되고 격려를 받은 듯한 기분이었다.

그래서 간이 커진 건지, 하시모토 선생님을 찾아가 보기로 했다. 1학년 때 교과 담임이었기 때문에 모르는 사이는 아니다. 나이가 삼십 대 초반에다 나이보다 젊어 보이는 분이니 이야기를 나누기도 쉬울 것 같았다.

점심시간에 나오와 교무실 앞 복도에서 기다리고 있다가 상담을 청할 게 있다고 말을 건넸다. 상담실에 마주 앉자 에리는 자기 집 사정을 털어놓았다. 하시모토 선생님의 표정이 점점 어두워졌다. 간다에게 선생님이 이혼하셨다는 말을 들었다고 하자 소리 없이 피식 웃더니 "교사가 의외로 이혼율이 높다."고 했다. 그리고 한층 더 충격적인 사실을 가르쳐 주었다.

"누구라고 밝히기는 어렵지만 지금 교무실에도 돌싱이 다섯 명이나 있어."

에리와 나오는 "네에?"라고 소리를 지르며 몸을 뒤로 젖혔다.

"누군지 캐려고 들지는 마. 선생님도 사람이니까."

둘 다 몇 번이나 고개를 끄덕였다. 그러나 둘 다 결국은 떠벌리고 말 것이다.

"아무튼 에리야, 네 고민은 알겠는데, 지금 네가 할 수 있는 일이 아무것도 없어. 그건 입시가 더 중요하다든가 하는 이유 때문이 아니라, 어른에게는 어른들만의 세계가 있기 때문이야."

하시모토 선생님이 평소에 안 보이던 성숙한 여자의 얼굴로 말했다.

"부모님이 집안 사정이나 경제 형편, 사회적인 상황 등 여러 가지 요소를 고려해서 결단을 내리실 거야. 이혼을 선택하시든 안 하시든 부모님의 결정을 존중해야 해. 보고도 못 본 척해 주는 것도 가족으로서 할 수 있는 배려야."

"하지만 자식을 위해서 참고 있는 거라면 자식의 의견도 중요하지 않나요?"

에리가 묻고 싶은 것을 나오가 대신 물어 주었다.

"그렇긴 해. 하지만 에리가 그걸 부모님에게 말해 버리면 부모님의 선택지가 줄어드는 셈 아닐까. 어른들은 반드시 감정만 앞세우지는 않거든."

"그게 무슨 뜻이죠?"

"그걸 이해하려면 인생 경험이 더 필요해."

"아이, 너무해요, 선생님. 지금 당장이 고민인데."

에리가 입을 뾰족 내밀었다.

"아무튼 에리 얘기를 들어 보면 부모님이 두 분 다 침착하신 것 같으니까 에리가 나서서 뭘 할 필요는 없을 거야. 끝내 헤어지시게 되면 그때는 또 그때고. 에리도 법적으로는 결혼도 할 수 있는 나이니까 동요하지 않도록 노력해."

하시모토 선생님이 입가에 미소를 띠고 에리의 어깨를 두

드렸다. 솔직히 말해 이해는 잘 가지 않았지만 어른으로 대해 주는 느낌이 들었다.

"그래도 공부를 소홀히 하면 안 돼. 지금 네게는 공부가 제일 중요해."

마지막으로 그렇게 격려해 주어 선생님이 조금 좋아졌다.

선생님과 헤어진 후에는 도시락을 가지고 평소에 점심을 먹는 잔디밭으로 뛰어갔다. 기다리고 있던 쇼코와 아사미에게 곧바로 보고했다.

"어른이 되면 알 수 있다고? 에이, 얌체 같아."

아사미가 볼이 부루퉁해서 말했다. 청순파다운 반응이다.

머리 좋은 쇼코는 논리적인 해석을 시도했다.

"부모님의 선택지가 줄어든다는 건 다시 말해서 자식에게 들키면 이혼하지 않을 수 없게 된다는 뜻일 거야. 반드시 감정만 앞세우지 않는다는 말은 요컨대 어른들은 주판알을 튕긴다는 얘기일 테고. 이 이혼이 이득이냐 손해냐."

시험 문제처럼 술술 풀어내는 모습에 에리는 감탄하고 말았다.

"알겠다. 에리 엄마는 지금은 일단 참고 아빠 퇴직금이 나올 때까지 기다릴 작정이신 거야."

나오가 탐정마냥 손뼉을 짝 치고서 말한다.

"생각해 봐. 지금 와서 일을 하는 것도 쉽지 않고, 그때가 되면 자식들도 독립해서 돈이 안 들 테니 아빠가 정년퇴직할 때를 노려 이혼하는 게 제일 이득이잖아."

그 말에 에리는 또 속으로 울컥했다. 나오가 어떤 어른이 될지 상상이 간다.

도시락을 먹으면서도 이혼 얘기만 했다. '교무실에 다섯 명이나 있다'라는 정보에는 쇼코와 아사미도 눈을 반짝였다. 보나 마나 사흘 안에 학교 전체가 알게 될 것이다.

"에리 너는 부모님이 이혼하면 어떻게 할 건데?"

아사미가 걱정스런 얼굴로 묻는다.

"글쎄, 어떻게 할지……."

에리 자신도 알 수 없었다. 얼마나 슬플지, 얼마만큼이나 가족의 기분을 이해할 수 있을지.

또 넷이서 허그를 했다. '동요하지 않도록 노력해.' 하시모토 선생님의 말을 마음속으로 되새겼다.

수업이 끝난 후 에리는 학원에 가기 위해 혼자 터미널 역에서 지하철을 내렸다. 인파를 헤치며 역 앞 길을 걷고 있는데 맥도날드 앞에서 누가 알은체를 했다.

"이봐, 에리."

돌아보니 히가시 고교의 사토 유이치다. 어깨에 가방을 메고 웃고 있었다. 하교하는 길인가 보다.

작년에 문화제 때 친구에게 소개받은 후로 영화를 같이 보러 간 적이 한 번 있었다. 그때 유이치가 사귀자고 했지만 에리가 대답을 얼버무려 흐지부지된 채 시간이 흘렀다. 얼마 후면 입시생 처지가 되는 데다 그 아이의 불량스러움에 거부감이 있어서였다. 스케이트보드 팀에 속해 있어 밤마다 공원에서 연습을 한다고 했다. 에리는 어렸을 때부터 신중한 성격이다. 특히 남자에 대해서는 소심하다고 할 정도다.

"혼자서 어디 가?"

"학원."

"착실하네. 저기 맥도날드에 가서 커피라도 마실까? 내가 살게."

"아니야, 수업 가야 해. 너는 학원 안 다녀?"

"여름 방학에 다닐 거야."

"그래도 괜찮아, 의대 갈 거라면서?"

"의대는 무슨 의대. 나는 의사 같은 거 안 될 거야."

그러면서 고개를 젓는데 앞머리가 찰랑거린다. 가뭇하게 그을린 얼굴에 하얀 이가 눈부셨다.

"의사 집안인데 대를 이어야 하는 거 아냐?"

"공부 잘하는 동생이 있어서 그 녀석한테 맡겼어."

"아아, 동생이 있구나."

"응. 같이 살지는 않지만, 니시고에 다니는 두 살 아래 동생

이 있어. 네가 아빠 뒤를 이어라, 하고서 나는 물러나기로 했
지."

"왜 같이 안 사는데?"

"부모님이 이혼했거든, 내가 초등학생 때. 그래서 나는 아
빠를 따라가고 동생은 엄마와 살게 돼서 떨어진 거야. 지금
고쿠분지에 살아."

그런 엄청난 얘기를 유이치는 아무렇지도 않게 했다. 에리
는 내심 놀랐다. 이 아이에게 그런 가정 사정이 있을 줄이야.

"아빠는 뒤를 이을 자식이 필요했을 뿐이더라. 내가 공부를
못 하니까 고지를 데려올 걸 그랬다고 하는 거야. 아, 고지가
내 동생 이름이야."

"저, 나, 커피 마실게."

에리가 말했다. 유이치에 대해 알고 싶어졌다.

"아, 그래? 신난다. 너, 나한테 줄곧 쌀쌀맞았잖아."

"됐고, 들어가자. 내가 살게."

유이치의 등을 떼밀어 맥도날드로 들어갔다. 하교 시각이
라 가게 안이 고등학생 천지다. 아이스커피를 사서 2층으로
올라갔다. 커플로 보이는지 고등학생 손님들이 호기심에 찬
시선을 던졌다. 창가에 있는 테이블에 앉았다.

"실은 있잖아, 우리 부모님도 이혼할지 모르겠어."

에리가 속 얘기를 털어놓았다. 요 며칠 사이 몇 번째인지

152

모르겠다. 아예 스토리가 하나 만들어졌다.

"음, 속상하겠다. 하지만 이혼하는 수밖에 없어. 자식을 위해서 참는다는 거, 어리석은 일인 것 같아."

"그렇게 생각해?"

"그래. 나는 2주일에 한 번 엄마를 만나는데, 옛날에 비하면 엄마가 얼마나 밝아졌는지 몰라. 액세서리 가게를 열어서 활기차게 일도 하고 있고. 괜찮으면 다음에 같이 갈래? 선물 사 줄게."

"생각해 봐서. 그런데 부모님이 이혼한 후에 달라진 점이 있어?"

"글쎄, 잘 모르겠어. 지금도 가끔 부모님을 원망하기는 하지만, 그렇다고 빗나가는 것만큼 어리석은 일도 없잖아."

유이치가 두 손을 머리 뒤로 깍지 끼더니 생각에 잠겼다.

"내가 포기를 잘하는 건가……. 인생이 생각대로 되는 게 아니라고 어렸을 때부터 귀에 못이 박히도록 들었으니까."

"아……."

에리는 뜻밖이라고 생각했다. 이 남자, 의외로 어른이다.

"너한테 차이고도 '어쩔 수 없지', 하고 생각하고 말았으니까."

"내가 언제 널 찼니?"

"어라, 차인 거 아니야?"

유이치가 몸을 불쑥 앞으로 들이밀었다. 에리는 웃지 않고 어깨를 으쓱했다.

학원은 땡땡이치기로 하고 유이치와 얘기를 계속했다. 주제는 부모의 이혼과 자식의 처신 방법. 아버지의 폭력이라든지 빚, 친족 간의 불화, 그런 심각한 문제가 원인이 아닌 이상 자식은 부모의 이혼을 순순히 받아들이고 적응해야 한다는 것이 유이치의 지론이었다.

"요즘 들어 생각한 건데, 자식의 인생이 부모 것이 아니듯이 부모의 인생도 자식들 것은 아니라고 봐."

유이치가 아이스커피를 다 마시고 나서 남은 얼음을 입에 넣고 오도독 씹으면서 말한다. 가슴이 살짝 찡했다. 이 남자는 자기 의견이 뚜렷하다.

결국 두 시간이나 얘기를 나눴다. 가족에 대해서, 그리고 학교에 대해서. 이야기 끝에 황금연휴 때 하루 시간을 내어 같이 영화를 보러 가기로 했다. 아무리 입시생이지만 그 정도 휴식은 괜찮을 것이다.

집에 돌아오니 엄마가 저녁 준비를 하고 있었다. 카레 냄새가 집 안을 떠다닌다. 슈헤이는 아직 돌아오지 않았다. 에리는 평상복으로 갈아입고 거실에서 저녁 뉴스를 봤다.

무심결에 식탁 아래로 눈길이 갔다. 구인 정보지가 있었다.

자신도 모르게 마른침을 삼킨다. 엄마가 사 왔을 것이다. 달리 그럴 사람이 없다.

엄마의 등을 흘끔 보면서 집어 들었다. 이런 종류의 잡지를 들여다보는 건 처음이다. 구인 광고가 빽빽하게 실려 있었다. 사무직, 판매직, 오퍼레이터⋯⋯, 직종별로 정리되어 있다. 그중 몇 페이지가 접혀 있었다. 엄마가 점찍어 놓은 일자리일까. 그렇게밖에 생각할 수 없다. 엄마는 이혼하고 일을 가지려 한다. 심장이 쿵쿵 울리기 시작했다.

심호흡을 한 번 하고 접힌 페이지를 펼쳤다. 가사 도우미 구인 광고가 줄줄이 실려 있다. 엄마는 가사 도우미를 할 작정일까. 다른 페이지도 봤다. 공장의 단순 작업, 도시락 체인점 점원 등 주로 몸을 사용하는 일들이었다. 그것도 모두 정규직이 아니라서 시급이 천 엔도 되지 않는다.

엄마는 결혼 전에 회사에 다녔다. 단기 대학을 졸업하고 유명한 보험 회사에서 일했었다. 그 당시 사진에서는 정말이지 직장의 꽃처럼 보인다. 그런 엄마가 20년이 지난 지금, 고등학생 수준의 시급을 받으며 단순 노동을 하려고 한다.

에리는 가슴이 아려 왔다. 어디까지가 엄마의 진심일까.

엄마, 정말 이혼할 거야?

처음으로 엄마가 낯선 존재로 느껴졌다.

답답함이 목구멍까지 차올랐다.

갈수록 공부가 손에 잡히지 않았다. 수업 중에도 선생님의 말이 귀 오른쪽에서 왼쪽으로, 마치 빨대를 통과하듯이 빠져나간다. 혼자 있으면 생각에만 골몰한다. 점심시간에는 4인조가 이혼을 놓고 토론회를 연다.

"에리 엄마, 왜 일하려고 할까? 아빠가 은행원이니까 설사 이혼한다 해도 양육비를 줄 테니 돈에 쪼들리지는 않을 텐데 말이야."

나오가 말했다. 은행원이 월급이 세다는 정보를 어디선가 입수한 모양이다.

"전남편에게 기대기 싫어서 그러는 거 아닐까? 나는 이해가 돼. 일하려는 건 에리 엄마의 자존심일 거야."

아사미가 웬일로 맞는 말을 한다. 아닌 게 아니라 에리 같아도 애정이 식은 상대에게서 돈을 받고 싶지는 않을 것이다.

"시뮬레이션 아니겠어? 만일 지금 이혼해서 일을 한다면 어떤 일자리가 있는지, 어느 정도 벌 수 있는지에 대한. 에리 엄마, 한번 조사해 봤을 거야. 왜, 우리도 일할 마음이 없으면서 클럽에서 아르바이트하면 얼마나 받을 수 있는지 궁금하잖아."

쇼코가 자신의 추리를 펼쳤다. 에리는 그 가설을 믿고 싶었다. 에리도 공상을 좋아해서 시뮬레이션을 종종 한다.

문제는, 아무리 얘기를 나눠 봐도 에리로서는 아무런 해결책이 없다는 것이었다. 부모님이 어떻게 나오는지 기다리는 수밖에 없고, 그건 다시 말해 묵묵히 보고만 있어야 한다는 뜻이다.

그 와중에 슈헤이가 다쳤다. 농구 연습을 하다가 부원끼리 부딪쳐 넘어지면서 다리뼈가 부러진 것이다. 단순 골절이었지만 머리를 부딪쳤기 때문에 검사하고 상태를 지켜보기 위해 이틀간 입원하게 되었다.

"누나, 내일 내 방에서 만화책 좀 갖다 줘. 『슬램덩크』 전부."

슈헤이는 태평하기 짝이 없다. 따분한 시간을 만화책 보는 것으로 때우려 한다. 게다가 병원에서 주는 밥으로는 부족하다며 매점에서 사 온 빵을 몇 개째 먹고 있는지 모른다.

"너, 온 김에 위 검사도 좀 받지그래? 혹시 두 개 아닌지 말이야."

"아, 그 말 웃긴다. 우하하하."

누나의 편잔에 천진하게 웃는다. 에리는 걱정하는 자신이 바보다 싶었다.

엄마는 슈헤이가 다쳤다는 연락을 받고 곧바로 병원으로 달려왔지만 아빠는 오지 않았다.

"아빠는?"

에리가 묻자 엄마는 "근무 중이잖아."라고만 대답했다.

엄마가 안 와도 된다고 그런 걸까, 아니면 아빠 자신이 일을 우선시한 걸까. 어느 쪽이든 에리의 마음은 아쉬움으로 물들었다. 슈헤이의 부상으로 가족 전원이 병원에 모인다, 그런 홈드라마 같은 광경이 펼쳐지면 좋겠다고 생각했다. 그러나 현실은 그보다 훨씬 냉정하다.

그날 밤 아빠는 야근을 하고 지친 표정으로 11시가 넘어서 집에 들어왔다. 에리는 이미 침대에 들어가고 난 후였지만, 슈헤이 상태를 보고하려고 1층으로 내려갔다.

"슈헤이는 괜찮은 것 같아. 이틀 계속 머리 엑스레이를 찍는다는데, 별문제 없을 거야. 돌 머리잖아."

에리가 그렇게 말하며 거실로 들어서자 아빠가 얼른 표정을 가다듬으며 대꾸했다.

"그래? 그렇다면 다행이고."

표정을 가다듬었다고 생각한 것은 얼굴 한쪽에 긴장의 흔적이 남아 있었기 때문이다.

거실 분위기가 확실히 경직되어 있었다. 엄마는 아빠 양복을 손에 들고 말없이 침실로 걸어갔다. 말다툼까지는 아니었을지 모르지만 조금 전까지 가시 돋친 말을 주고받은 것 같다.

"무슨 일 있었어?"

에리가 물었다.

"아니야. 얼른 자라, 내일 일찍 일어나려면."

아빠는 에리와 눈을 마주치지 않은 채 말했다.

그 이상은 참견할 수 없을 것 같아 에리는 자기 방으로 돌아왔다.

침대에 몸을 파묻었다. 온몸에서 핏기가 빠져나가는 느낌이었다. 아빠와 엄마 사이의 긴장된 분위기를 처음으로 목격했다. 더는 안이한 공상이 허용되지 않는다. 엄마와 아빠는 이미 끝났다.

얼른 내일이 왔으면 좋겠다고 생각했다. 나오와 쇼코, 아사미의 허그라도 받지 않고서는 버틸 수 없을 것 같다.

다음 날 수업이 끝난 후 병원에 면회를 갔다. 별 탈 없을 거라고 생각하고는 있지만 역시 동생의 머리에 관한 일이라 조금은 신경이 쓰였다.

어제와는 달리 슈헤이가 1인실에 있었다. 밤에 잠을 제대로 못 잤다면서 엄마에게 병실을 바꿔 달라고 한 모양이다. 정말이지 아들에게 꼼짝 못 하는 엄마다.

슈헤이는 침대에서 만화를 보고 있었다. 부러진 다리는 크레인처럼 생긴 금속 기구에 매달려 있고, 깁스에는 매직으로 쓴 낙서가 여기저기 있었다. 면회 온 친구들이 쓴 게 틀림없다.

"엄마 왔다 갔어?"

"응, 점심때. 아빠랑 같이."

슈헤이가 대답했다.

"아빠도 왔어?"

"응. 그 시간에 MRI 검사 결과가 나온다고 해서 같이 왔나
봐."

"흠, 그래서?"

"별 이상 없대."

"아아, 네 머리?"

에리는 아빠와 엄마의 상태를 물었던 것이라서 피식 웃음
이 나왔다.

어젯밤의 다툼은 아들의 검사 결과를 둘이 같이 보러 가느
냐 마느냐를 놓고 옥신각신했던 건지도 모르겠다. 그랬을 것
같다.

"그래서, 같이 돌아갔어?"

"아니. 아빠는 의사 선생님 얘기 듣고 나서 은행으로 돌아
가고, 엄마는 여기 좀 더 있다 갔어."

"흠."

에리는 한숨을 쉬고 창밖으로 시선을 돌렸다. 초여름 같은
햇볕이 내리쬐고 나무들이 반짝거린다. 벚나무는 이미 초록
잎이 무성했다. 봄은 언제나 빠른 걸음으로 사라진다. 결코

기다려 주는 법이 없다.

"있지, 슈헤이."

에리가 동생을 향해 돌아섰다.

"우리 아빠랑 엄마, 사이가 어떤 것 같니?"

눈 딱 감고 물어보았다. 동생에게도 마음의 준비 정도는 시켜야 할 것 같다.

슈헤이가 만화에서 고개를 들었다.

"그런 걸 왜 물어?"

"그냥. 대답해 봐."

슈헤이가 잠시 생각에 잠긴다.

"글쎄, 잘 모르겠어."

왠지 조금 언짢은 듯이 대답한다.

"있지, 우리 엄마랑 아빠, 이혼할지도 모르니까 슈헤이 너, 그런 일이 닥쳐도 당황하지 마."

말하고 말았다. 맥박이 빨라진다.

잠시 침묵이 흘렀다.

"누나도 알고 있었어?"

슈헤이가 툭 내뱉는다. 그리고 만화를 덮으며 침대에서 몸을 일으켰다.

"아니, 그럼 슈헤이 너도?"

에리는 어리둥절했다.

"봄 방학 때 야마다랑 영화 보러 가려고 집을 나선 적이 있어. 일요일이어서 아빠는 집에 있고 누나는 학원에 가고 없는 날이었어. 그런데 역까지 갔다가, 야마다에게 돌려줄 게임을 두고 나왔다는 걸 알고 집으로 다시 돌아갔어. 그랬더니 엄마 아빠가 싸우고 있는 거야. 내가 다시 돌아온 줄도 모르고 싸우고 있어서 뭐라고 말도 못 붙이고 그대로 현관에서 살짝 돌아 나왔어. 뭐랄까, 깜짝 놀랐다고 할까, 충격을 받았다고 할까……."

"뭐라면서 싸우던?"

"나고야 외갓집 제사 때 가느냐 마느냐 하는 얘기였는데, 그보다도 그동안 쌓인 게 많은 느낌이었어. 엄마가 도중에 울더라. 더는 싫어, 더는 싫어, 그런 소리도 했어."

"엄마가 울었단 말이야?"

"응."

"그랬더니 아빠가 뭐래?"

"매사를 강요하는 당신이 나쁘다, 그렇게 말했어."

"그거, 결정적이네."

에리는 뒤통수를 망치로 얻어맞은 듯이 충격을 받았다.

"누나는 어떻게 알았어?"

에리는 할머니한테서 전화가 왔었던 얘기를 했다. 덧붙여서 엄마가 구인 정보지를 보고 있더라는 말도 했다.

"그럼 엄마가 나 고등학교 졸업할 때까지 참는 거야?"

"몰라. 엄마한테 물어봐."

"알았어. 물어볼게."

"아니, 정말 물어볼 거야?"

"나 때문에 참는 거라면 미안하잖아. 나는 엄마랑 아빠가 이혼해도 별 상관 없어. 체면 따위도 관계없고. 그리고 좀 가난해져도 나는 괜찮아."

"너, 제대로 물어볼 수 있겠어? 말 잘 골라서? 엄마한테 상처 주면 가만두지 않을 거야."

"그럼 누나가 물어봐."

"난……."

에리는 말문이 막혔다. 하지만 우울하면서도 동시에 마음속으로 사명감이 불끈 솟아올랐다. 어느새 동생도 어엿한 어른이 되어 가고 있었다. 언제나 먹을 것만 찾는 어린애가 아니었던 것이다. 그렇다면 자신도 누나다운 면모를 보여야 한다.

"학교에 이혼한 여자 선생님이 있는데, 그 선생님은 당사자들 일이니까 자식이 할 수 있는 일은 아무것도 없다고 조언하시더라."

"그 말도 맞긴 하지만, 그래도 억지로 참으면서 부부로 있는 건 인생 낭비라고 생각해. 3년도 귀중한 시간이야."

"알겠어. 내가 엄마한테 물어볼게."

"정말?"

"응. 안 그러면 공부가 손에 안 잡힐 것 같아. 헤어질 건지 안 헤어질 건지 분명히 해 두는 편이 좋겠어."

"그럼 부탁해, 누나. 내가 케이크 살게."

"그래, 알았어."

슈헤이와 에리는 잠시 서로를 마주 보았다. 동생이 다시 보였다. 형제가 있어 다행이다.

"어떻게 될 것 같아?"

에리가 다시 물었다.

"자식에게 들켰다는 걸 알면 이혼할 가능성 80퍼센트."

슈헤이가 냉정하게 대답한다.

"그렇겠지?"

"응. 그래도 어떻게든 될 거야."

"네가 그런 생각을 하고 있는 줄은 몰랐어."

"나도 처음에는 너무 답답해서 주위 친구들에게 물어보러 다녔어. 그랬더니 부모가 이혼한 집이 꽤 있더라고. 그래서 그 아이들 얘기도 듣고 의견도 물어보고……. 다들 씩씩하게 잘 살고 있었어. 그러니까 나도 잘 살아가야겠다고 생각했지."

에리는 콧속이 찡해 왔다. 동생도 자신과 같은 과정을 겪었던 것이다.

심호흡을 하고 의자에서 일어났다.

"자, 그럼 내일 다시 올게."

"내일은 퇴원인데."

"그렇구나. 그럼 집에서 보자."

병실을 나왔다. 계단을 내려가 로비를 지나 밖으로 나왔다. 좀 더 용기가 필요해서 나오에게 문자를 보냈다.

'있잖아, 나, 지금부터 집에 가서……'

나오에게서 바로 전화가 왔다. 지금 시립 도서관에 쇼코와 아사미와 셋이 있다고 한다.

"금방 갈게. 역에서 만나자."

나오가 말한다.

"정말 와 줄 거야?"

"당연하지. 허그해야지."

"응, 허그해야지."

지금 인생 최초의 중요한 고비가 기다리고 있다. 17세의 체험으로, 사람 마음의 행방에 관여하는 것이다. 게다가 상대는 엄마. 밝은 결말은 없다.

에리는 휴대 전화를 꼭 쥐고 역을 향해 뛰었다.

남편과 UFO

1

남편이 UFO를 봤다고 한다.

남편 다쓰오가 처음 그 말을 꺼낸 것은 여름의 연장선 같은 9월이 지나고 겨우 가을다운 바람이 불기 시작한 10월 초순의 어느 밤이었다. 야근을 하고 밤 10시가 넘어 집에 돌아온 남편이 출출하다면서 녹차에 만 밥을 먹고 나서 그런 말을 툭 내뱉었다.

"실은 UFO가 나를 지켜 주고 있어. 최근에는 그들과 교신도 하게 되었고. 뭔가 느낌이 좋아."

전업 주부인 다카키 미나코는 도대체 무슨 말인가 싶어 한동안 멍하니 남편을 바라볼 뿐 대꾸를 하지 못했다. UFO? 일 얘기인가? 새로운 전문 용어나 뭐 그런 거?

"오늘은 말이지, 지구는 어떠냐고 물었어. 뭐, 그런대로 돌아가고 있다고 했지. 뭐랄까, 인류를 대표하는 기분? ……괜찮아, 굳이 믿지 않아도. 나도 사실 반신반의하는 심정이니까."

다쓰오는 입가에 별 감정 없는 미소를 머금었다.

아니……, 뭐라는 거지? 미나코는 몹시 당황스러웠다.

"아아, 미안. 신경 쓰지 마. 얘기할 생각 없었는데 기분이 좋아서 그만……."

아니, 잠깐. UFO라는 거, 그거, 혹시 공중을 날아다니는 원반 말이야?

"자, 목욕이나 할까."

다쓰오가 기지개를 켜면서 일어섰다. 뿌웅, 방귀를 뀌더니 거실에서 욕실로 걸어간다. 미나코는 입도 뻥긋하지 못한 채 그 뒷모습을 바라보았다. 하도 얼토당토않은 고백이라 사고 회로가 정지된 모양이었다. 쫓아가서 캐물어야 하나, 아니면 못 들은 걸로 치고 그냥 넘어가야 하나.

미나코는 무의식적으로 후자를 선택했다. 느닷없는 일이라 두려움이 앞섰던 것이다. 말이 되는가, 마흔두 살 남자가 UFO라니. 누구라도 제정신이 아니라고 할 것이다.

그날 밤에는 도무지 잠이 오지 않았다. 가슴속에서 불안감이 소용돌이치고 신경이 잔뜩 곤두섰다. 그러고 보니 생각나는 일이 몇 가지 있었다. 최근에 남편은 마음이 딴 데 가 있는 것처럼 멍하니 생각에 잠겨 있는가 하면 "그래, 맞아. 역시 포스의 암흑면이 문제야."라는 둥, 의미를 알 수 없는 말을 혼자 중얼거리곤 했다. 일과 관련된 말이겠거니 하고 굳이 묻지 않았는데, 그게 전조였단 말인가.

다쓰오는 옆 이부자리에서 평소처럼 잠들어 있었다. UFO라, UFO……. 대체 무슨 소리야, UFO가 지켜 주고 있다는게. 그들과 교신한다고? 미나코는 생각하면 생각할수록 잠이달아났다. 아무 일도 일어나지 않도록 해 주세요. 이불을 덮어쓰고 하느님께 기도했다.

미나코가 다쓰오와 만난 것은 19년 전의 일이다. 그는 직장2년 선배로, 나름 이름 있는 사립대학을 졸업한 영업 사원이었다. 처음에는 연애 감정 따위는 전혀 없었지만, 매일 시간을 함께 보내다 보니 일에 몰두하는 모습과 한결같은 성격에서서히 매력을 느끼게 되었고, 급기야는 사귀게 되었다. 연애에 서툰 다쓰오를 미나코가 리드하는 식이었다. 첫 데이트때 회사 근처에 있는 꼬치구이 집에 데려갈 정도로 멋대가리없는 남자였다. 그 대신 바람을 피울 염려가 없어 마음은 편했다. 무엇보다 거짓말을 하지 않는 점이 좋았다. 사람은 정직한 게 최고다.

2년의 교제 기간을 거쳐 자연스럽게 결혼에 이르렀다. 결혼당시에는 맞벌이였지만, 첫째가 태어난 것을 계기로 미나코는 일을 그만두고 전업 주부가 되었다. 회사에 미련은 없다. 원래부터 미나코는 사람을 밀어내고 앞에 나서는 타입이아니었다. 가족을 보살피는 일이 좋았다. 이제는 중학교 1학년 딸과 초등학교 5학년 아들, 두 아이의 엄마다. 갖은 노력 끝에 교외에 단독 주택도 샀다. 평범하지만 행복한 나날을 보내고 있다. 때로 지금과 다른 인생도 있지 않을까 하는 생각도 들지만, 불황에 허덕이는 요즘 상황을 보면 평범하게 살아가는 게 최고라고 느낀다.

그러니까 남편도 힘을 내서 앞으로도 씩씩하게 일해 주었으면 한다. 생활이 전적으로 남편의 수입에 의해 이루어지기 때문이다. 그런데 UFO라니.

다음 날 아침, 다쓰오는 평소와 똑같았다. 아이들과 식탁에 둘러앉아 여느 때와 다름없이 아침을 먹고 있었다. 안색도 좋다. 딸인 미사키는 반항기라서 아빠와는 말도 제대로 하지 않지만, 축구광인 아들 다이키는 J리그 경기에 데려가 주길 기대하고 있어 아주 살갑게 군다.

"아빠, 이번에 FC 다마에 들어간 브라질 선수 대단하더라. 무회전 프리킥을 했어."

"그래? 그거 정말 대단한걸."

"상파울루에서는 10번 달았대."

"다이키는 남미 축구를 좋아하나?"

"응, 엄청 재밌잖아. 기술도 좋고."

그러자 다쓰오가 한 호흡 두었다가 천천히 말했다.

"다 같이 남미에 한번 다녀올까? 아빠도 예전부터 가고 싶었거든."

"와아! 해외여행 가는 거야?"

시무룩한 얼굴로 앉아 있던 미사키가 맨 먼저 반응했다.

"가자, 가자. 브라질 축구 보고 싶어."

다이키도 눈을 반짝거리며 두 팔을 번쩍 든다.

"이왕 갈 거면 하와이나 호주로 가자. 브라질 같은 데는 가 봐야 친구들에게 자랑할 수도 없단 말이야."

미사키가 권리라도 주장하듯 말한다.

"아빠가 그냥 해 본 소리야. 안 가. 우리 집에 그럴 돈이 어디 있어?"

싱크대 앞에 서 있던 미나코가 끼어들었다. 가뜩이나 돈 쓸 데가 많은 시기에 가족 전체가 외국 여행이라니.

"차 바꾸는 거 연기하면 되지 않겠어?"

다쓰오가 반문한다.

"여보, 진심으로 하는 말이야? 그런 데 쓸 돈이 있으면 주택 융자금을 먼저 갚아야지."

"그렇긴 하지만……."

다쓰오는 입에서 죽 늘어진 낫토 실을 젓가락으로 끊으면서 이번에는 다이키를 보고 말했다.

"너, 브라질 옆에 있는 페루라는 나라 알아?"

"몰라. 그 나라도 월드컵에 출전한 적 있어?"

"그건 모르지만 나스카 지상화로 유명한 나라야."

"아, 그거 알아. 사회 시간에 배웠어."

"학교에서 그런 걸 다 배워?"

"우리 학년에서 세계 유산 목록을 만들었는데 우리 반이 남미 담당이었거든. 공중에서 보면 무슨 그림처럼 보인다는 거 말이잖아. 그거 어떻게 그린 거야?"

"다이키 너는 어떻게 그렸을 것 같아?"

"우주인이 그린 거 아닐까? 우리 반 애들은 다 그렇게 말하던데."

"호오, 우주인이라 이 말이지……."

다쓰오의 눈이 반짝 빛났다. 젓가락을 내려놓더니 다이키 쪽으로 몸을 기울인다.

"새의 시점에서 보지 않는 한 당시의 인류가 그런 그림을 그릴 수는 없었겠지. 설령 측량을 해서 그렸다 쳐도, 자신들이 확인할 수도 없는 걸 굳이 그릴 필요는 없었을 거야. 그렇지 않겠어? 운동장에다 사람 인 자를 새긴다 해도 볼 사람이 아무도 없다면 쓸데없는 일이잖아. 그림이라는 건 봐 주는 사람이 있으니까 그린다는 게 자연스럽지. 우주인이 그렸다는 설도 있지만, 당시 인류는 볼 수 있는 방법이 없었으니 그런 의미 없는 일을 했을 것 같지도 않아. 그러니까 나스카 지상화는 우주인이 그렸다기보다, 인류가 하늘에 있는 누군가에게 뭔가 전하고 싶어서 그렸다고 생각하는 편이 이치에 맞는 거 아니겠어?"

"하늘에 있는 누군가가 누구야?"

"그야 UFO에 탄 우주인이겠지."

미나코는 흠칫했다. 또 나왔다, UFO.

"우주인이라는 게 정말 있어?"

다이키가 묻는다.

"글쎄다······, 아빠도 본 적은 없어. 하지만 없다고 단정하기에는 수수께끼가 너무 많아."

"그럼 있다는 거야?"

"있을 가능성이 높다고 간주하는 게 과학적인 시각이라고 아빠는 생각해."

"UFO는?"

"UFO는 목격담이 많잖아. 그걸 다 착각이나 거짓말이라고 단언하는 건 과학의 횡포라고 봐야겠지. 게다가 남미에서는 UFO가 당연히 존재한다고 믿는대."

"무슨 얘기를 그렇게들 해?"

미나코가 다시 끼어들었다. 어젯밤의 어두운 기분이 되살아났다.

"UFO와 우주인 얘기."

다이키가 거리낌 없이 대답한다.

"그런 거, 우리 집에는 없어."

"집에 있다는 말이 아니잖아. 하늘에 있다는 거지. 아하하."

다쓰오가 소리 내어 웃는다.

"있잖아 아빠, 우리 하와이나 호주에 가자."

미사키가 짜증스러움을 드러내며 말했다. 미사키는 사립 여중에 다니면서부터 자기가 마치 부잣집 딸이라도 된 것처럼 군다.

"난 남미가 좋아."

"싫다니까. 남미는 정글이랑 악어 이미지밖에 없잖아."

"안 가. 아타미 온천도 못 가니까 그런 줄 알아."

미나코가 선언했다. 불황의 여파는 우리 집에도 밀려오고 있다. 올해는 다쓰오의 보너스마저 삭감되었다.

하고 싶은 말이 더 있었지만 바쁜 아침이라 참았다. 남편과 아이들은 아침을 먹고 나자 지체 없이 식탁을 떠났다.

"오늘 늦을 거야."

다쓰오는 그런 말을 남기고 집을 나섰다.

"엄마, 우리 남미 가자, 응?"

다이키는 들뜬 기색이다.

"학교 가서 괜히 이상한 소리 하지 마. UFO라느니 우주인이라느니 말이야. 그런 게 있을 리 없잖아."

미나코는 그렇게 못을 박은 뒤 다이키를 학교에 보냈다.

미사키는 토라져서 다녀오겠다는 인사도 없이 횅하니 나가 버렸다. 정말이지 남편이나 아이들이나 다들 제 생각밖에 안 한다.

미나코는 부엌을 정리하고 빨래를 세탁기에 던져 넣은 후 청소를 시작했다. 마냥 켜 놓은 텔레비전에서는 모닝 쇼를 하고 있는데 시끄러운 청소기 소리 때문에 내용이 들리지는 않는다. 아무튼 또 UFO 타령이다. 대체 남편은 무슨 생각을 하고 있는 것일까.

다쓰오는 올봄에 당당히 과장으로 승진했다. 사내에서는 평균적인 승진으로, 본인도 기뻐하기보다는 안도하는 것처럼 보였다. 그와 동시에 일이 바빠져 야근이 늘었다. 집에 있을 때도 휴대 전화가 쉴 새 없이 울린다. 부하 직원이 한 일에도 책임이 있으니 이해할 수 있는 일이다. 평일에는 집에서 저녁을 먹는 일이 거의 없었다. 쉬는 날에도 접대 골프로 집을 비우는 일이 다반사다. 간신히 집을 샀더니만……, 하면서 미나코는 못내 안쓰러웠지만 그것이 회사원의 숙명이니 누구를 원망할 수도 없다. 자신도 전에는 회사원이었으니 그 정도는 안다.

손님방을 청소하다가 문득 책꽂이에 눈길이 갔다. 세 평짜리 다다미방은 원래 손님용이지만 평소에는 손님이 없기 때문에 다쓰오가 책상과 책꽂이를 들여놓고 서재로 사용하고 있다. 비즈니스 서적이 대부분인 가운데 책등에 'UFO'라고 쓰여 있는 책이 있었다. 그것도 한두 권이 아니다. 미나코는 자신도 모르게 얼굴을 들이대고 훑어봤다. 『UFO 현상 파일 2010』『UFO, 당신에게만 하는 이야기』『초자연 현상과 UFO』……. 오싹한 제목이 줄을 이었다. 말도 안 돼. 언제 이렇게 많이…….

한 권을 뽑아 페이지를 넘겨 보았다. 허접한 잡지다. 한눈에 봐도 일러스트나 레이아웃의 수준이 낮은 데다 출판사도 들어 본 적 없는 이름이었다.

뭘 그렇게 열심히 읽나 했더니만……. 절로 한숨이 나왔다. 책꽂이에는 여행사 봉투도 꽂혀 있었다. 속을 들여다보니 '남미 여행—나스카 지상화 투어'라는 팸플릿이 들어 있다. 이거 문제가 심각하네. 미나코는 얼굴을 찡그렸다. 투어 가격이 무려 38만 엔이다. 머리로 피가 왈칵 치솟았다.

그보다 다쓰오가 문제다. 대체 무슨 생각을 하는 걸까. 혹시 UFO 같은 걸 진짜라고 믿고 완전히 빠져 버린 것 아닐까.

미나코가 아는 한 다쓰오는 오컬트적인 것에는 전혀 관심을 보이지 않는 타입이었다. 결혼 전에도 후에도 그런 얘기는 입도 뻥긋한 적이 없다. 점성술이나 혈액형 성격 진단 같은 것도 믿으려 하지 않았다. 오히려 그런 미신에 코웃음을 치는 사람이었다.

신경이 쓰여 서랍을 열어 보았다. 'UFO 연구 보고회'라는 제목의 수상한 전단지가 나왔다. 설마 남편이 이런 모임에 참가하고 있을까? 이건 완전 오컬트인데.

점점 기분이 어두워졌다. 한번 제대로 물어보는 게 좋겠어, 하고 미나코는 혼잣말을 했다. 분위기로 봐서는 시작된 지 얼마 안 된 느낌이다. 깊이 빠져들기 전에 기필코 막아야 한다. 아이들이 한창 자라고 있고, 우리 집은 지금부터가 본게임이다.

2

그날 밤 당장 캐묻기로 했다. 용기는 별로 나지 않지만, 이대로 내버려 두기가 겁났다. 다쓰오가 집에 들어온 시각은 밤 11시였다. 역 앞에서 마지막 버스가 10시에 떠나니까 역에서 집까지 15분 이상을 걸어왔다는 뜻이다. "전화하면 차로 데리러 나갈게."라고 늘 말하는데도 다쓰오는 건강에 좋다면서 비 오는 날이 아니면 걸어서 온다.

목욕을 하고 나서 거실에 앉아 맥주를 마실 때를 선택했다.

"있잖아 당신, 어젯밤에 이상한 말을 했잖아."

미나코가 나쓰오 맞은편에 앉아서 물었다. 입가에는 미소를 띠고 있었지만 내심 콩닥거렸다.

"이상한 말이라니?"

"아니, UFO가 지켜 준다느니 어쩐다느니······."

"아아, 그거. 했지. 미안해. 신경 쓰지 마."

다쓰오는 안주로 내놓은 우엉조림을 우물우물 씹으며 떨떠름하게 웃었다.

"신경이 쓰이는 걸 어떡해. 오늘 아침에 다이키에게 했던 얘기도 그렇고. 그리고 당신 책꽂이를 보니까 언제 사다 모았는지 UFO에 관한 책이 잔뜩 있던데."

"아, 그거 말이구나. 기대하고 읽었는데 별로 재미없더라. 우주인의 습격 같은 관점에서 쓴 글은 나로서는 좀 아니지 않나 싶어."

"뭐가 아닌데?"

미나코가 물고 늘어지자 다쓰오는 조금 성가시다는 표정을 지으면서 입을 다물었다.

"숨길 거 없잖아, 부부 사이에."

"숨기는 게 아니라······."

다쓰오가 시선까지 다른 곳으로 돌렸다.

"말해 봐. UFO니 뭐니, 불안해서 그래."

"화내지 마. 나도 아직 정리가 제대로 안 돼서 그래. 설명하기가 어렵다고 할까."

"그래도 얘기해 봐. 정리가 안 돼 있어도 괜찮아."

다쓰오가 입술을 오므렸다. 그리고 잠시 무언가를 생각하다가 코로 길게 숨을 내뿜고 나서 입을 열었다.

"알았어, 말할게. 나, 최근에 UFO를 봤어."

"어디서?"

"다마 강 근처에서."

"다마 강?"

다마 강이란 집 근처를 흐르는 큰 하천이다. 시민의 쉼터로 쓰이는 잘 정비된 넓은 강변에는 야구장과 축구장이 여러 개 있다. 처음에 집을 샀을 때는 근처에 그런 장소가 있다는 게 기뻐서 쉬는 날마다 가족이 함께 산책했다.

"응. 버스가 끊길 때마다 집까지 걸어서 오잖아. 그러다가 좀 멀찍이 돌더라도 주택가를 걷는 것보다는 덜 지루하지 않을까 싶어서 강변 산책로를 걷게 됐어. 그런데 어느 날 밤에 보니까 다이키가 늘 연습하는 축구장에 빨간 램프가 몇 개 켜져 있는 거야. 강변에는 램프 같은 게 없으니까 처음에는 반딧불이인가 했는데, 그렇게 보기에는 너무 빨갛고 너무 컸어. 게다가 움직이지도 않고. 처음에는 그런가 보다 하고 지나쳤는데 그 램프 숫자가 날마다 늘어나는 거야. 네 개였던 것이 여섯 개가 되고, 여덟 개가 되고……. 그것도 같은 간격으로 말이야. 더 이상한 건 램프가 때로 점멸하는 거야. 저게 뭘까 곰곰이 생각하다가 퍼뜩 깨달았지. 아, 저건 활주로다, 하고 말이야."

다쓰오가 진지한 표정으로 말했다. 미나코는 꿀꺽, 침을 삼켰다.

"빨간 램프가 비행기 유도등이었던 거야. 여기로 착륙해라, 하는. 그래서 그 자리에서 잠시 기다려 봤어. 열대야라서 땀도 식힐 겸. 그랬더니 마침내 램프가 점멸하기 시작했어. 반짝, 반짝……. 얼마나 예쁘던지 한참 넋을 잃고 봤어. 몇 분이나 지났을까. 어쩌면 1분도 채 안 지났는지도 몰라. 그림자 같은 게 휙 내려오기에 뭐지, 하고 올려다봤더니, 아담스키형 원반이 머리 바로 위에 있는 거야."

"당신, 지금 나 놀리는 거야?"

미나코가 속삭이듯 물었다.

"아니, 놀리는 거 아니야. 진짜야."

다쓰오는 더없이 진지한 표정이었다.

"알았어. 계속해."

"응. 아담스키형이었어. 사진으로 본 것과 똑같았지. 밥공기처럼 생긴 것 세 개가 원반 아래에서 빛을 내면서 빙글빙글 돌고 있었어. 크기는 보통의 단독 주택 한 채만 하고. 완전히 넋을 잃고 쳐다봤지. 그런데 어쩐지 그쪽과 내가 서로 바라보고 있다는 생각이 드는가 싶더니 다음 순간 UFO가 인사라도 하는 것처럼 몸체를 앞으로 약간 기울이는 거야. 나도 무의식중에 머리를 숙였어. 그랬더니 슈욱, 하늘로 올라가 사라져 버렸어. 첫날 밤은 그걸로 끝."

"주위에 다른 사람은 없었어?"

"그 시간에는 산책로에 사람이 거의 없어."

"그래도 그 정도로 컸으면 강변에 있는 아파트 베란다에서라도 보였을 텐데."

"뭐, 그렇겠지."

"그럼 목격자가 당신 외에도 더 있을 거 아냐. 그리고 누군가 봤다면 경찰에 신고해서 뉴스에 나오지 않았겠어?"

"아, 그건 당신이 몰라서 그래. UFO는 누구에게나 반드시 보이는 게 아니야. 그 일이 있고 나서 책을 여러 권 읽어 봤는데, 저쪽에서도 교신 주파수가 맞는 사람이 아니면 맞닥뜨리더라도 모습을 안 보여 준대."

다쓰오는 담담하게 얘기했다. 믿지 않아도 괜찮다고 하더니만 애초에 포기한 듯한 말투다.

"그게 언제 일이야?"

"8월 추석 연휴 끝나고 처음 출근한 날 밤."

"흐음."

미나코는 벽에 걸린 달력을 보았다. 추석 때는 신슈에 있는 시댁에 내려갔었다. 돌아올 때는 도로 정체가 심해서 파김치가 되어 집에 도착했다. 그다음 날 아침, 눈 밑에 다크 서클이 생긴 채 출근하는 다쓰오를 안쓰럽게 바라보았던 기억이 있다.

"더 들을래?"

다쓰오가 물었다.

"응."

"그러고 나서는 이상할 정도로 기분이 상쾌해져서 그날 밤에는 잠도 잘 잤어. 피곤이 싹 달아났다고 할까, 새로운 에너지가 주입되었다고 할까. 아무튼 그래서 다시 만날 수 있을까 하고 막차를 놓칠 때마다 다마 강변을 걸어서 왔던 거야."

"질문이 하나 있는데,"

미나코가 손을 들어 올렸다.

"무섭지 않았어?"

"나도 그게 의아해. 전혀 무섭지 않았어. 마음이 통하는 옛 친구와 우연히 마주친 기분이랄까. 치유되는 느낌마저 들더라고."

"흠……."

"그리고 그런 만남이 대여섯 번 계속되자 언젠가부터 교신을 할 수 있게 됐어."

"교신이라니?"

"그들이 자기소개를 했어. 우리는 MM 성운에서 온 카피별 사람이다, 지구에 대해 조사하러 왔을 뿐이니 경계하지 않아도 된다, 그렇게 말이야."

미나코는 완전히 할 말을 잃었다. 혹시 머리가 어떻게 된 거 아닐까. 대체 이게 무슨 일이란 말인가. 인생의 파트너라는 사람이 이 지경이 되다니.

"최근 들어서는 내 쪽에서 부르기도 했어. 만나고 싶다고 생각하면서 산책로를 걷고 있으면 활주로의 빨간 램프가 반짝, 켜지면서 UFO가 머리 위로 횡, 날아와."

다쓰오는 즐겁다는 듯 흐뭇한 표정으로 몸짓까지 해 가며 설명했다.

미나코는 마음의 동요를 필사적으로 감추며, 어떻게 대응해야 할지 고심했다. 제발 정신 차리라고 호소해야 하나, 아니면 가만 내버려 둬야 하나. 난생처음 겪는 일이라 갈피를 잡을 수 없었다.

"놀랍지 않아?"

다쓰오가 물었다.

"놀라고 있어."

"내가 미쳤다고 생각하는 거야?"

"그건 아니지만……."

말끝을 흐렸다. 대놓고 미쳤다고 할 수는 없다.

"괜찮아, 믿지 않아도. 어차피 당신한테 피해가 가는 것도 아니니까. 이게 무슨 신흥 종교라서 집에 있는 돈을 갖다 바친다거나 하는 거라면 문제지만 UFO는 돈이 전혀 안 들어가잖아."

"이 얘기, 회사에서도 했어?"

"아니. 오늘 당신한테 처음 얘기하는 거야. 아무도 믿지 않을 테니까."

다쓰오는 다 털어놓고 나니 후련한 모양이다. 눈빛이 맑아 보였다.

"다음번엔 나도 보여 줘."

"그건 장담할 수 없어. 교신 채널이 없는 사람 앞에 그들이 과연 나타나 줄지……."

미나코는 살짝 한숨을 쉬었다. 교신 채널이라니, 세상에.

"알았어. 그럼 한 가지만 부탁할게. 아이들 앞에서는 UFO 얘기를 안 했으면 좋겠어."

너무나 중요한 일이라 이것만은 분명하게 말했다.

"알았어. 말하지 않을게."

다쓰오는 밝은 소리로 대답하고 자리에서 일어나 복도로 걸어갔다.

미나코는 눈앞이 캄캄했다. 과대망상이나 환각 같은 정신 이상의 징후일까. 그렇다면 다쓰오는 마음에 병이 있다는 애

기다. 무슨 수로 남편을 병원에 데리고 간단 말인가. 아니 그
보다, 치료를 받으면 낫기는 할 것인가.

주택 융자금을 다 갚으려면 28년, 다이키가 대학을 졸업하
려면 11년……. 손꼽아 세자니 심장이 벌렁거린다. 안 되겠
어, 무슨 수를 써야지. 이건 우리 집의 위기다.

다음 날. 가만히 앉아 있을 수 없어서 미나코는 오전에 동
네 도서관에 갔다. 평소 이용하는 곳은 잡지 코너나 요리 또
는 주택 관련 서가라서 의학 관련 서적들 앞에 선 것은 처음
이었다. 우선 관련 서적의 종류가 풍부한 것에 놀랐다. 특히
심리학이나 정신 의학 관련 서적이 책장 하나를 다 차지하고
있었다. 우울증, 거식증, 자율 신경 실조증……, 그런 글자들
이 책등에 빼곡히 박혀 있다. 정신과 의사의 에세이나, 병을
극복한 사람의 체험기도 많았다. 세상이 이렇구나, 우리 남
편만 그런 게 아니구나 싶어 조금은 용기가 났다.

대출 최대한도인 7권을 빌려 집으로 돌아왔다. 그리고 곧
바로 읽기 시작했다. 다쓰오의 증상은 좀처럼 나오지 않았
다. 대부분 우울증이나 공황 장애, 불면증처럼 구체적인 신
체 증상이 나타나는 병들이었다. 다쓰오는 잘 먹고 잘 자고
기운차게 출근하고 있다. 다만 계속 읽다 보니 환각이나 환
청이 조현병의 증상으로 분류된다고 해서 그게 무슨 병일까

했는데, 과거에 정신 분열증으로 불리던 병이라는 사실을 알고 등골이 오싹해졌다. 설마하니 다쓰오의 증상이 그런 유의 병이라고는 생각하고 싶지 않았다.

책을 읽는 중에 문득 옛날 일이 떠오르기도 했다. 고등학교 시절, 매 수업 시간마다 화장실에 가는 남학생이 있었다. 쉬는 시간에 볼일을 봤는데도 수업 시간 50분을 견디지 못했다. 같은 남학생들도 이상한 놈이라고들 했는데 그게 바로 신경증이라는 마음의 병이었다. 소변이 마려운 것이 아니라, 화장실에 가고 싶어지면 어떡하나 하는 강박 관념에 휩싸여 있었던 것이다. 미나코를 비롯한 여학생들도 싸늘한 눈으로 그를 봤다. 얼마나 철없는 짓이었던가. 지금 같으면 좀 더 친절하게 대해 줬을 텐데.

회사 시절, 뭐에 씐 것처럼 단것을 먹어 대던 여사원도 떠올랐다. 점심으로 롤 케이크 한 덩어리를 통째로 먹곤 했다. 그러고 나면 반드시 화장실에 갔는데, 토하려는 것 아니었을까 싶다. 그녀는 섭식 장애였다. 이제야 알았다.

책은 모두 흥미롭고 도움이 되었다. 인간의 마음이라는 게 그토록 복잡하다는 사실을 알고 감탄하는 한편 두렵기도 했다. 아이들을 키우는 데도 참고가 될 것 같았다. 그리고 안타까운 사실도 알았다. 정신 질환에는 특효약이 없다는 것이다.

불면증에는 수면 유도제가 효과를 발휘하지만, 그것은 어디까지나 증상을 완화하는 것이지 불면증 자체가 치료되는 것이 아니다. 고소 공포증을 치료하는 약이 없는 것과 마찬가지다.

모든 치료법은 시행착오에 지나지 않는다. 요는 마음의 병이므로 마음에 자극을 주는 것이 효과적이다. 최면술이든 충격 요법이든.

다만 어느 책에나 공통적으로 '환자의 이야기를 잘 들어 줄 것'이라고 쓰여 있었다. 그 점에는 납득이 갔다. 어젯밤, UFO를 만난 사실에 대해 털어놓은 다쓰오는 어딘가 모르게 후련해 보였다. 통째로 부정하는 것은 역효과를 부른다. 등교 거부 아동도 '학교에 가지 않아도 돼.' 라고 말해 주는 것만으로 고통에서 해방된다고 한다.

좋아, 대화를 하자. 다쓰오는 아직은 차분히 대화할 수 있다. 그 점만은 위로가 됐다.

페이지를 넘기던 손을 멈추고 거실 창밖을 바라보았다. 구름 한 점 없이 맑은 가을날이다. 공중에서는 종달새가 한가롭게 지저귀고 있었다. 위기로구나……. 이런 위기는 경험해 본 적이 없다.

미나코는 의논 상대가 필요했다. 혼자 껴안고 있기에는 너무 버거운 문제였다. 하지만 가족에게는 말할 수 없다. 친정 엄마에게 말했다가는 걱정하느라 바싹바싹 마를 것이다. 동네 엄마들도 안 된다. 몰려다니기는 하지만 우정은 없다. 입방아거리를 제공할 뿐이다. 학창 시절 친구들과는 관계가 소원해지고 말았다. 동창회는 5년 전에 나간 게 마지막이다.

이런 일이 닥치고 보니 전업 주부는 고독하다는 생각이 들었다. 고락을 함께할 전우가 없다.

하여간 힘을 내는 수밖에 없다. 무엇과도 바꿀 수 없는 가족이다. 미나코는 아자! 하고 힘차게 외쳤다.

3

문제를 해결하려면 우선 상황을 파악해야 한다. 미나코는 남편의 뒤를 밟아 보기로 했다. 퇴근 시간에 역에서 기다렸다가 집으로 걸어오는 다쓰오를 미행하는 거다.

휴대 전화로 '오늘 몇 시쯤 들어와?'라고 문자를 보냈더니 '11시 조금 넘어서.'라는 답이 왔다. 역산해 보니 10시 반쯤부터 역에서 기다리면 될 것 같았다. 만에 하나 들키더라도 둘러댈 수 있도록 에코백을 들고 가기로 했다. 다이키가 다음 주에 체험 학습을 가게 돼서 역 앞 마트에서 새 도시락을 사려고 나왔다, 그렇게 둘러대려는 것이다.

밤이라 공기가 싸늘할까 봐 블라우스 위에 검은 카디건을 걸쳤다. 바지도 검정 계열을 골랐다. 어둠에 몸을 숨기기 위해서다.

나갈 준비를 하고 있는데 2층에서 미사키가 내려왔다.

"엄마 뭐 하는 거야?"

냉장고를 열어 주스를 꺼내 마시면서 타박하듯이 말한다.

"마트에 뭐 좀 사러 가려고."

"아, 그럼 나 랄프 로렌 감색 양말 하나 사다 줘, 목이 긴 걸로."

"학교에서는 하얀 거밖에 안 되잖아."

"하굣길에 다들 갈아 신는단 말이야."

"안 돼. 하얀 거 신으면 되잖아."

"유미나 가나도 다 신어."

"안 된다니까."

끝내 거절하자 미사키는 복어처럼 볼을 부풀리고는 홱 돌아서서 2층으로 올라가 버렸다.

이러고 있을 때가 아니다. 모자를 쓰고 운동화를 신고, 자전거를 타고 역으로 달렸다. 밤의 주택가는 정적에 싸여 있었다. 귀가를 서두르는 회사원들만 간간이 스쳐 지나갔다.

5분 정도 후 역에 도착했다. 마트에서 도시락을 산 다음 개찰구가 보이는 버스 정류장 기둥 뒤로 몸을 숨겼다. 버스는 이미 끊겼고, 택시 승차장에 사람들이 길게 늘어서 있다. 다쓰오는 걸어갈 테니 개찰구를 나오면 상가 쪽으로 향할 것이다.

전철이 도착했는지 사람들이 우르르 몰려나왔다. 대부분
회사원들로, 뛰듯이 개찰구를 나와서는 앞 다투어 택시 승차
장에 줄을 선다.

이러기는 싫겠네. 미나코는 이해가 갔다. 스타일을 중시하
는 다쓰오는 절대 힐레벌떡 뛰지 않는다. 저런 정도라면 집
까지 걸어가는 게 낫겠다고 생각할 것이다.

다음 열차가 도착한 모양이었다. 개찰구를 나오는 사람들
중에서 다쓰오를 발견했다. 물론 혼자다. 무표정하게 성큼성
큼 걷고 있다. 역사의 형광등 불빛에 비친 얼굴이 다소 창백
해 보였다.

가슴이 두근거렸다. 아무리 남편이라도 몰래 훔쳐보자니
양심에 찔린다.

다쓰오가 상가 쪽으로 들어섰다. 미나코는 자전거를 밀면
서 그 뒤를 쫓았다. 가게 셔터가 모두 내려진 길을 뚜벅뚜벅
구두 굽 소리를 울리며 걸어간다. 피곤한 기색은 아니었다.
다른 남자들은 발을 질질 끌며 걷는 느낌인 데 반해 다쓰오
는 오히려 리드미컬하기까지 하다.

다만, 새삼스레 바라보는 남편의 뒷모습이 사뭇 늙어 보였
다. 머리카락이 슬슬 빠지는 모양이다. 허리도 옛날만큼 호
리호리하지 않았다. 옆으로 늘어난 느낌이다. 물론 미나코

자신도 남 얘기 할 처지는 아니었다. 부부가 나란히 사십 대인 것이다.

다쓰오는 상가를 빠져나가자 옆길로 들어서 다마 강변으로 방향을 틀었다. 말했던 대로 강둑 아래 산책로를 걸으려는 것이다.

혹시 돌아볼까 싶어 거리를 좀 두었다. 오가는 사람은 거의 없다. 달리는 자동차도 없었다.

강둑에 다다르자 다쓰오는 주저 없이 산책로로 내려갔다. 거의 깡충거린다고 할 수 있을 정도로 발걸음이 경쾌했다. 방울벌레가 구성지게 운다.

미나코는 강둑 위에서 내려다보면서 자전거를 밀었다. 바로 앞에 축구장이 있었다. 다쓰오가 말한 '활주로'다.

그때 다쓰오가 걸음을 멈추더니 하늘을 올려다봤다. 어두워서 표정은 알 수 없지만, 그림자는 들뜬 모양새다. 마치 태양빛을 쪼이며 심호흡하듯 양팔을 넓게 벌린다. 미나코는 저도 모르게 자전거를 길가에 눕히고 풀 그늘에 쪼그려 앉았다. 긴장으로 등에서 식은땀이 흘렀다. 남편이 이상한 짓을 하지 않았으면……. 지켜보기가 두려웠다.

다쓰오는 공중에 있는 뭔가를 쳐다보고 있는 모습이었다. 그의 눈에는 UFO가 선명하게 보이는 것일까. 때로 손을 흔드는 것은 '교신'하고 있는 것일까. 이름이 뭐라고 했더라?

그래, MM 성운에서 온 카피별 사람이다.

막상 두 눈으로 보고 있자니 충격이 더 컸다. 남편의 짓궂은 농담일 가능성을 1퍼센트 정도는 기대하고 있었다. 그때였다.

"실례합니다."

등 뒤에서 누가 말을 걸었다. 미나코는 깜짝 놀라서 심장이 멈출 것 같았다.

"여기서 뭐 하시는 겁니까?"

자전거를 탄 젊은 경찰이었다.

"아, 아니, 그게…… 잠시 산책을……."

횡설수설한다.

"그 자전거, 부인 건가요?"

"아, 네. 제 자전거예요."

기어 들어가는 소리로 대답했다. 다쓰오에게 들키면 큰일이다.

"그런데 어디 불편하세요? 길가에 쭈그리고 앉아 계셔서……."

경찰은 정중했다. 위협적인 느낌은 아니다. 그가 시선을 강둑 아래로 향했다. 다쓰오를 발견한 것 같다.

"누굽니까, 저 남자는? 아시는 분인가요?"

"아니에요, 몰라요. 산책로를 걷는데 저 사람이 이상한 행동을 해서 무슨 일인가 싶어 조심조심 살펴보고 있었어요."

당황해서 입에서 나오는 대로 말했다.

"좀 이상하긴 하군요."

경찰이 자전거를 끌고 강둑 아래로 내려갔다.

"실례하겠습니다."

그가 다쓰오에게 말을 걸었다. 미나코는 다시 풀 그늘에 쪼그리고 앉았다. 여보, 미안해. 손을 모으고 마음속으로 사과했다. 적당히 둘러대. 나쁜 짓을 한 건 아니잖아.

"수고하십니다. 뭘 하고 계시죠?"

"아, 나요?"

다쓰오가 돌아보았다.

"아니, 그냥……."

"실례지만, 이 근처에 사십니까?"

"그런데요. 아사히초 2로에 삽니다."

"그럼 회사에서 귀가하시는 길입니까?"

"네. 버스가 끊기면 늘 이 산책로로 걸어서 집에 갑니다."

다쓰오는 당당했다. 젊은 경찰 따위에게 기죽을 사람이 아니다.

"죄송하지만 신분증 좀 볼 수 있을까요? 면허증이라도 괜찮습니다."

"필요하다면야 못 보여 줄 것도 없지만……."

"죄송합니다. 부탁드립니다."

경찰이 저자세여서인지 다쓰오는 순순히 면허증을 제시했다. 경찰이 손전등으로 면허증과 다쓰오의 얼굴을 번갈아 비췄다.

"다카키 씨로군요. 협조해 주셔서 감사합니다. 최근 이 부근에 치한이 출몰해서 말이죠. 아, 다카키 씨를 말하는 게 아닙니다. 치한으로 오인되면 곤란하니 가능하면 강둑 위로 다니시는 게 좋겠습니다."

"하지만 나는 최대한 가까이서 교신하고 싶은데."

다쓰오가 대뜸 말했다.

"네?"

"내가 UFO와 대화를 나누고 있거든, 여기서."

그 말을 듣고 미나코는 눈을 질끈 감았다. 경찰을 상대로 저런 소리를 하다니. 경찰의 표정이 굳어지고 있다는 것을 보지 않아도 느낄 수 있었다.

"아니, 그게 무슨 뜻입니까?"

"그러니까, 여기에 UFO가 내려온다는 거지. 저기 축구장 있잖소? 거기를 활주로로 하늘에서 UFO가 슈웅―."

"저기 말입니다, 죄송하지만 면허증 좀 다시 한 번······."

"뭐야, 귀찮게. 한 번 봤으면 됐잖아."

"죄송합니다. 부탁드립니다."

경찰이 공손히 머리를 숙이자 다쓰오는 하는 수 없다는 듯 다시 면허증을 꺼냈다. 경찰이 이번에는 주소와 이름을 메모했다. 직무상 당연한 행위일 것이다.

경찰과 다쓰오 사이에 한동안 대화가 오갔다. 경찰은 경계하는 한편으로 건드리면 터질까 봐 조심하듯이 맞장구를 쳤다. 다쓰오는 공공연하게 지역의 수상한 주민이 된 것이다.

더는 보고 싶지 않아 미나코는 자전거에 올라타고 그 자리를 떴다. 집에서도 UFO 얘기는 하지 말아야지 생각했다. 두근거림이 가라앉을 줄을 몰랐다.

사람 속을 알 리 없는 방울벌레 소리만 사운드 트랙처럼 귓가를 맴돌았다.

미나코는 도서관에서 정신 의학 서적을 또 빌려 와 열심히 읽었다. 인터넷도 검색했다. 무언가에 매달리지 않으면 불안해서 견딜 수 없었다.

인터넷에는 마음의 병을 앓고 있는 환자의 가족이 관리하는 사이트가 있었다. 거기에는 고민 상담과 의견 교환을 하는 코너가 있어 적잖이 위로가 되었다. 거기에 따르면, 역시 중요한 것은 환자와의 교감인 듯하다. 부정만 해서는 망상에 사로잡힌 사람이 그 말을 들어 줄 리 없다. 그보다는 입구를 찾아 환자의 마음속으로 파고드는 편이 길을 여는 방법이라고 한다. 과연 일리가 있다. 지금의 다쓰오에게 'UFO는 존재하지 않는다'고 기를 쓰고 말해 봐야 '다들 그렇게 말하지'라고 가볍게 받아넘길 게 뻔하다. 어쨌든 상대는 UFO를 보고 있다는데.

그렇다면 미나코 자신도 UFO에 관심을 보이는 척하는 게 좋을지도 모른다. 하는 수 없이 남편의 책꽂이에 있는 UFO 관련 책을 모조리 읽었다. 실로 얼토당토않은 내용뿐이었지만 꾹 참고 읽었다. 항공 자위대의 기밀문서에 UFO를 추적한 기록이 남아 있다느니 어쩌느니 하는 내용에는 한숨이 절로 나왔다.

그런 때에 다쓰오 앞으로 B4 사이즈 봉투가 날아들었다. 'UFO 연구 보고회 도쿄 본부'에서 보낸 것이었다. 얼마 전에 다쓰오의 책상 서랍에서 발견한 전단지를 발행한 단체라는 것을 금방 알았다. 이 사람 대체 무슨 짓을 하고 있는 거야. 벌써 이런 단체와 접촉을 하고 있는 것인가.

남의 우편물을 몰래 열어 보는 것은 아무리 부부라도 허용되지 않는 일이지만, 이건 우리 집안의 위기니 어쩔 수 없다고 자신을 설득하고 주전자 증기로 봉투를 열었다. 얇은 팸플릿과 함께 프린터로 출력한 편지가 들어 있었다.

'다카키 다쓰오 씨 귀하.

자료를 신청해 주서서 감사합니다. 오는 ×월 ×일, 신주쿠에 있는 이벤트 스페이스에서 본 연구회의 정기 연구 발표회가 개최됩니다. 참가비는 무료고 누구든지 참석할 수 있습니다. 부디 가족이나 친지와 함께 참가해 주시길 바랍니다.'

그리고 편지 말미에는 참가자 전원에게 '파워 펜던트'를 증정한다고 덧붙였다.

미나코는 갈수록 우울해졌다. 아무리 생각해도 이건 오컬트 신자들의 모임이다. 거기서 끝난다면 몰라도 신흥 종교와 연관이 있다면 그쪽에서 기대하는 것은 보시다. 자료를 청구했다는 건 이쪽에서 자진해서 관심을 보였다는 뜻이다.

날짜는 이번 주 일요일. 다쓰오는 과연 참석할 것인가. 이번에는 간과할 수 없다. 아니, 지금 벌어지고 있는 일 자체를 간과할 수 없다.

그날 밤늦게 집에 돌아온 다쓰오에게 봉투를 내밀었다.

"여보, 이게 뭐야?"

"아, UFO 연구회. 어떤 모임인지 궁금해서 자료를 신청했어."

다쓰오는 감추는 기색 없이 당당하게 대답했다.

"지금도 UFO가 보여?"

"그럼. 오늘 밤에는 곡도 배웠어."

"곡이라니?"

"응. 라— 라라라라라♪."

남편이 허밍을 했다.

"그들은 다섯 개의 음계를 조합해서 지구인과 대화를 시도하고 있는 것 같아."

미나코는 있는 힘을 다해 아무렇지도 않은 표정을 지었다. 그렇지, 관심을 보이는 척해야 해.

"어머, 정말 신기하네. 카피별 사람이라고 했지? 지능이 높은가 봐."

"그야 우주선을 만들 정도니까 인류보다 높겠지."

"지구를 지배한다든지, 그럴 위험성은 없어?"

미나코가 이것저것 질문하자 다쓰오는 은하계에는 이미 우주 헌법이 있고, 전쟁은 몇만 년 동안 한 번도 없었으며, 지구를 그 연맹에 가입시키고 싶은데 과학이 덜 발달해서 보류 중인 것으로 보인다고 막힘없이 설명했다. 정말이지 울고 싶은 심정이었다.

"여보, 당신 좀 더 일찍 퇴근할 수 없어? 버스가 끊기기 전에 말이야."

욕실에 가려는 다쓰오에게 미나코가 물었다.

"그건 힘들어. 영업부에서 세 가지 프로젝트를 동시에 진행하고 있는데 내가 전부 진두지휘해야 하거든."

"일은 순조로워?"

"응. 탈 없이 진행되고 있어."

"흠."

애를 써 봤지만 그 이상의 대화는 무리였다. 우주 헌법이라 니……. 해를 끼치는 망상은 아니지만, 정상이 아니라는 점 에는 변함이 없다.

다쓰오가 목욕을 하고 나온 후 미나코도 목욕을 하고 부부 침실에 이부자리를 깔고 나란히 누웠다. 다쓰오는 머리맡의 스탠드를 켜고 그 미심쩍은 팸플릿을 읽었다. 불길한 예감이 들어 슬쩍 떠 보았다.

"여보, 이번 주 일요일에 우리 쇼핑하러 갈까?"

"어, 일요일?"

다쓰오가 대답을 못 한다.

"그게……, 일요일에는 아마 출근해야 할 거야. 월요일 회 의 때문에 준비할 게 있어서 말이지."

그러고는 스탠드를 끄고 이불 속으로 기어든다.

보나 마나 거짓말이다. UFO 연구 보고회의 이벤트에 갈 속셈인 것이다.

미나코는 따져 묻고 싶었지만 참기로 했다. 행동을 저지한 들 망상을 막을 수는 없다.

생각이 꼬리에 꼬리를 물어 잠이 오지 않았다. 다쓰오는 옆에서 코를 골며 자고 있다.

4

일요일. 미나코는 UFO 연구 보고회인가 뭔가가 이벤트를 연다는 신주쿠 행사장 앞에서 잠복하기로 했다. 몰래 들여다본 안내장에는 오후 2시에 시작한다고 되어 있었다. 참가비는 무료. 다쓰오가 나타나면 자신도 행사장 안에 들어가 체험할 작정이었다. 물론 나타나지 않기를 바라지만.

다쓰오는 점심 전에 집을 나섰다. 평상복 차림에 가방도 들지 않고 나가면서 "저녁 전에는 들어올 거야."라고 말했다.

미나코가 서둘러 점심을 먹고 나서 미사키에게 집을 보라고 당부하자 "그럼 버버리 머플러 사 줘."라고, 마치 보상금이라도 청구하는 듯한 말투로 대답했다. 반 친구들이 모두다 버버리 머플러를 가지고 있으니 자신도 없으면 창피하다는 것이다.

안 그래도 복잡한 문제가 산적해 있는 마당에 그런 철없는 소리를 하는 미사키에게 미나코는 급기야 폭발하고 말았다.

"오늘 아빠 들어오시면 의논해서 공립학교로 옮기자. 자립적인 사람으로 키운다는 교육 방침에 공감해서 그 학교에 보낸 건데, 너는 완전히 거꾸로 가잖아. 이대로 가다가는 명품이나 밝히는 멍청한 여자밖에 더 되겠니? 그 친구들한테 어서 작별 문자나 보내!"

감정이 한꺼번에 터져 나오고 말았다. 딸을 이토록 호되게 나무라기는 처음이다.

미사키는 얼굴이 하얘지더니 아무 말도 못 했다. 옆에 있는 다이키까지 덩달아 겁에 질린 표정이었다.

이러고 있을 때가 아니다. 지금은 자식보다 남편이다.

최대한 눈에 띄지 않는 어두운 색 옷을 골라 입고 모자를 썼다. 도수 없는 안경도 준비했다. 자전거를 타고 역을 향해 달린다. 볼에 닿는 바람이 차가웠다. 가을은 언제나 불쑥 깊어진다.

신주쿠 행사장에는 'UFO 연구 보고회'라는 현수막이 당당히 걸려 있었다. 번화가 한가운데 자리하고 있어서 행인들이 신기한 듯이 쳐다본다. 현수막 한구석에는 조그만 글씨로 '공동 주최—갈매기 진리교'라고 쓰여 있었다. 그것 봐, 신흥 종교라니까. 미나코는 크게 외치고 싶은 심정이었다.

도로 건너편에 있는 전신주 뒤에서 지켜보기로 했다. 행사장으로 들어가는 남녀는 하나같이 젊고 수수한 오타쿠 스타일로, 너나없이 배낭을 메고 있었다. 다쓰오가 그런 곳에 들어가면 필시 눈에 뜨일 것이다.

다쓰오가 모습을 나타낸 것은 행사 시작 시각이 거의 다 되어서였다. 이 거짓말쟁이. 속으로 분개했다.

하는 수 없이 미나코도 안으로 들어가기로 했다. 접수에서 방명록을 내밀기에 엉터리 주소와 이름을 적어 넣었다.

행사장에 놓여 있는 간이 의자가 벌써 5백 석 정도 차 있었다. 주최 측이 동원한 가짜도 있겠지만, 그렇다 쳐도 대단한 성황이다. 다쓰오는 오른쪽 끝자리에 앉아 있었다. 미나코는 왼쪽 끝 맨 뒷자리에 가서 앉았다.

시간이 되자 사회자가 단상에 올라가 개회 인사를 했다. 양쪽 벽에는 하얀색 옷차림의 신자로 보이는 젊은 남녀가 늘어서 있다. 열렬한 박수가 터져 나왔다.

먼저 행사장의 조명이 꺼지더니 슬라이드가 상영되었다. 뭔가 놀라운 사진이라도 보여 주려나 했더니 어디선가 본 듯한 것들뿐이라 심지어 문외한인 미나코도 실망스러웠다. 사회자의 해설도 원고를 읽는 게 전부다. 그런데도 행사장 여기저기서 "와!" 하는 가식적인 감탄 소리가 흘러나왔다.

다쓰오의 옆얼굴을 비스듬히 뒤에서 훔쳐보았다. 파르스름한 반사광을 받으며 눈썹을 찡그리고 있다. 다행이다. 이런 사이비를 진짜로 받아들이지는 않는 눈치다.

뻔한 속임수 같은 상영회가 끝나자 이번에는 얼굴에 텁수룩

하게 수염을 기른 뚱뚱한 남자가 나왔다. '총사'라는 직함을 들으니 더욱더 수상하다. 그가 하는 얘기는 내용을 전혀 이해할 수 없었다. 지금 우리가 사는 삼차원 세계에서는 행복을 추구하는 데 한계가 있으며, 그것을 초월하기 위해서는 우주와 교신해야 한다고 주장하는 것 같았다. 믿을 수 없는 건, 참가자들이 그 얘기에 열심히 귀를 기울이고 있다는 사실이다. 태반이 주최 측이 동원한 바람잡이가 아닐까 싶었다.

강연이 끝나고 질의응답에 들어가자 다쓰오가 맨 먼저 손을 들었다. 그걸 본 미나코는 아연실색했다.

"저, 혹시 포스의 암흑면에 대해 설명해 주실 수 있는 분 계십니까?"

다쓰오가 자리에서 일어나 낭랑하게 말한다. 행사장이 조용해졌다.

"아, 그게 무슨 말씀이신지?"

사회자가 물었다.

"포스의 암흑면 말입니다. 그게 풀리지 않으면 교신 채널을 획득할 수 없잖아요."

짜증 섞인 다쓰오의 목소리가 울려 퍼졌다. 행사장이 한층 고요해졌다.

"당신 말이야, 뭔가 잘못 알고 온 것 같은데."

총사라는 사람이 반말 투로 얘기한다. 사람들 사이에서 실소가 흘러나왔다.

"그만 돌아가는 게 좋을 것 같은데."

"말 안 해도 갈 겁니다. 미안하지만, 실망했어요. 당신들, 정말로 UFO를 본 게 맞습니까? 나는 매일 밤 만나고 있고 교신도 합니다. 은하계에서는 신성(新星)에 불과하고 문명도 뒤떨어진 지구가 어떻게 해야만 우주 연맹에 들어갈 수 있느냐 하는 건 개인의 행복 추구나 이른바 현세의 이익과는 무관하다고 저는 생각합니다."

다쓰오가 가슴을 쫙 펴고 말했다. 미나코는 도저히 보고 있을 수가 없었다.

"도대체 무슨 소리를 하는 거야!"

여기저기서 야유가 날아든다.

"총사님 말씀을 전혀 이해하지 못하는군. 행복 추구란 인간의 가장 기본적인 권리이며 심리란 말이야!"

"그래, 맞아!"

맞장구치는 소리.

"야, 당장 꺼져!"

욕설이 난무한다.

다쓰오는 돌아서 말없이 행사장을 빠져나갔다. 겁을 먹은 것도, 당황한 것도 아니다. 그저 사이비 종교 단체였다는 사실에 분노하고 깊이 실망한 기색이다.

미나코도 허리를 낮추어 행사장에서 나왔다. 다쓰오가 느린 걸음으로 걸어가고 있었다. 고개를 떨어뜨리기는커녕 오히려 가슴을 한껏 펴고 있다. 그런데도 그 뒷모습이 쓸쓸해 보였다. 그는 분명 자신과 똑같은 경험을 한 동지를 만날 수 있으리라는 기대감으로 이벤트에 참가했을 것이다. 그러나 그곳에는 수상한 종교 단체의 수상한 신자와 교조가 있었을 뿐이다.

남편은 무슨 생각을 하고 있을까. 자신을 이해해 주는 사람이 하나도 없다는 고독감에 대해서일까, 아니면 미나코는 상상도 못할 일일까.

마음속으로 중얼거렸다. 집에 가자. 집으로 돌아가자.

다쓰오는 번화가를 어슬렁어슬렁 걷다가 어느 가전제품 매장 앞에서 걸음을 멈추고 신형 휴대 전화를 구경했다. 더는 그를 미행하지 않기로 했다. 그냥 혼자 있게 해 주고 싶었다.

아무것도 하고 싶지 않아 저녁은 백화점에서 반찬을 사서 대충 때울 작정을 하고 집에 전화를 걸었다. 다이키가 받았다.

"여보세요, 다이키? 백화점 지하에서 뭐 좀 사 가려고 하는데, 저녁에 뭐 먹고 싶니?"

"뭐든 괜찮아. 그보다…… 누나가 울어."

다이키가 풀 죽은 목소리로 말했다.

"아니, 왜?"

"엄마한테 혼났다고. 벌써 세 시간 넘게 자기 방에서 울고 있어. 버릇없이 안 굴 테니까 전학시키지 말라고. 나더러도 말해 달래. 그래서 하는 말인데, 엄마, 누나 용서해 줘."

다이키가 간절하게 부탁한다. 미나코는 내심 놀랐다. 열세 살짜리 딸에게 엄마의 꾸지람이 이토록 효과가 있다니. 게 다가 우리 아이들에게는 우애가 있다. 조금은 마음이 누그 러졌다.

"알았어. 전학시키는 건 봐줄게. 아무튼 뭐 먹고 싶어?"

"그럼 멘치가스랑 튀긴 새우 마요네즈 소스, 그리고 계란 샐러드."

"알았어. 금방 들어갈게."

전화를 끊고 집 방향을 올려다보았다. 옅은 파란 하늘에 구 름이 높이 떠 있다.

그래, 감정을 드러내니 가족이 뭉치는구나. 다쓰오에게도 그러는 편이 좋을까.

해답은 없다. 가족에게는 매뉴얼이 없다.

5

지푸라기라도 잡는 심정으로 미나코는 옛 회사 동료에게

전화를 걸어 보기로 했다. 입사 동기 중 유일하게 회사에 남아 있는 여사원이다. 친구라고 할 정도는 아니지만 서로의 결혼식에는 참석했다. 다쓰오와 같은 영업부라 다쓰오를 통해 소식은 종종 듣고 있었다. 남편이 회사에서 어떻게 지내는지 알고 싶었다.

긴장한 채 휴대 전화로 전화하자 "어머나, 미나코. 웬일이야?" 하면서 예전과 다름없이 밝은 목소리로 받았다.

"우리 남편 지금 거기 있어?"

집에 혼자 있는데도 소곤소곤 말했다.

"아니, 외출 중이야. 왜, 무슨 일 있어?"

"그런 건 아니고, 긴히 물어보고 싶은 게 있어서. 좀 뜬금없겠지만, 우리 남편, 요즘 회사에서 어때?"

"어떠냐니, 그게 무슨 말이야?"

"뭔가 이상한 점 없나 해서. 미안해, 이런 걸 물어서. 우리 남편이 요즘 매일 밤늦게 들어오는 데다 몹시 피곤해해서 신경이 쓰여서 그래."

거짓말을 살짝 섞었다. UFO 어쩌고 하는 말은 할 수 없다.

"아, 그렇구나. 과장님이 집에서는 회사 얘기 안 해?"

"안 해. 나도 묻지 않고."

"흐음."

그녀가 무슨 의미라도 있는 것처럼 잠시 머뭇거렸다.

"뭐야, 왜 그러는데?"

"그게 말이지, 지난 두 달 동안 힘들기는 좀 힘들었어."

"뭐가, 응? 뭐가?"

마음이 급해졌다. 역시 뭔가 있는 것인가.

"잠깐 기다려. 다른 데로 가서 받을게."

그리고 조금 있다가 통화가 재개됐다.

"미안. 미나코 너, 기억해? 전에 야마시타 부장이라고 있었잖아, 창업자의 조카인가 뭔가 하는 그 무능한 작자 말이야. 그 사람이 영업부 담당 임원으로 돌아와서 회사를 아주 휘젓고 다녀."

미나코의 머릿속에 한 사람이 떠올랐다. 차림새가 화려하고 걸핏하면 자랑을 늘어놓으면서 회의 하나 제대로 이끌지 못하는 멍청한 상사가 하나 있었다.

"그래서 원래 있던 영업부 간부들이 화가 나서 반기를 들었는데, 그게 또 결속이 안 돼서 파벌 싸움으로 번졌어. 남자들, 정말 바보 같더라. 그런데 다카키 과장님은 사람이 좋잖아. 뒤에서 호박씨 까는 타입도 아니고 말이야. 그래서 이쪽저쪽에서 잡아당기니까 이러지도 못하고 저러지도 못하고 중간에 끼여서 입장이 난처하게 됐어."

어떤 상황인지 대충 그림이 그려졌다. 사람 좋은 다쓰오는 다투기를 싫어한다.

"심지어 야마시타 씨는 반발하는 사람들에게서 프로젝트를 빼앗아 묵묵히 일하는 다카키 과장님에게 떠넘기고 있어. 그래서 지금 껴안고 있는 프로젝트가 몇 개인지 몰라. 그러다 몸 상하지 않을까 여사원들이 모두 걱정하고 있어."

그랬구나. 그런 일이 있었구나. 그래서 마음이 망가진 것일까.

"집에서는 어때, 많이 피곤해하셔?"

"음, 그게 좀⋯⋯."

말끝을 흐렸다.

"내가 할 말은 아니지만, 꾀병을 부리든 뭘 하든, 당분간 좀 쉬게 하는 편이 좋을 것 같아. 다카키 과장님이 쉰다고 해서 뭐랄 사람은 아무도 없을 거야. 야마시타 씨가 난감해하는 꼴을 보고 오히려 고소해하면 했지."

"고마워, 알려 줘서. 내가 전화했다는 거, 우리 남편한테는 비밀이야."

"응, 알았어. 회사에서도 내 나름으로 돕도록 해 볼게."

전화를 끊고 나자 눈물이 뚝뚝 흘렀다. 이유가 있었던 것이다. 다쓰오는 힘겹게 회사 생활을 하고 있다. 그걸 가족에게 숨기고 아무 일 없는 척 시치미를 떼다가 끝내는 UFO를 보게 된 것이다. 도망칠 수도 없고 내던질 수도 없는 다쓰오는 혼자 괴로워하고 있었다.

폭발해도 괜찮은데. 회사, 그깟 게 뭐라고. 뭘 해서라도 살아갈 수 있다. 아내란 그러기 위한 존재 아닌가.

눈물이 쉴 사이 없이 흘렀다. 손수건으로 모자라 아예 타월을 눈에 대고 있었다. 그랬더니 점점 더 감정이 끓어올라 마침내 미나코는 엉엉 소리 내어 울고 말았다.

다쓰오도 이렇게 울면 좋을 텐데.

그날 밤, 다마 강변 강둑에서 다쓰오를 기다리기로 했다. 휴대 전화로 문자를 보내 물어보니 오늘 밤에도 11시 넘어서 들어온다고 한다.

요가 교실에 다닐 때 입던 전신 레오타드를 입고 그 위에 모헤어 니트와 미니스커트를 입었다. 앞머리를 내리고 안쪽으로 컬을 말았다. 입에는 새빨간 립스틱.

변장하는 모습을 미사키와 다이키에게 들켜 움찔했다.

"엄마, 뭐 하는 거야?"

둘이 조심스럽게 묻는다.

"이제부터 아빠를 구하러 갈 거야."

미나코가 결연하게 말하자 남매는 말문이 막힌 듯, 불안한 표정으로 서로에게 몸을 기댔다.

자전거에 올라타고 집을 나섰다. 밤바람을 가르며 페달을 꾹꾹 밟았다. 하늘에는 동그란 달이 떠 있다. UFO가 나타나기 딱 좋은 밤이다.

3분 만에 강둑에 도착해 자전거를 세운 뒤 풀 그늘에서 다쓰오가 오기를 기다렸다. 철교 위를 전철이 달리고 있었다.

잠시 후 산책로에 사람이 나타났다. 눈을 가늘게 뜨고 보니 다쓰오다. 그는 산책이라도 하는 듯한 걸음걸이로 밤하늘을 올려다보며 걷고 있었다. 주위에는 아무도 없다.

다쓰오가 조금 더 걷다가 걸음을 멈췄다. 가방을 바닥에 내려놓고 무언가를 맞이하듯 양팔을 벌린다. 그 순간 다쓰오의 머리 위에는 UFO가 떠 있고 그는 우주인과 교신하고 있는 것이다.

좋아, 지금이야. 미나코는 벌떡 일어서서 손전등을 켜고 그 불빛을 다쓰오에게 비췄다. 깜짝 놀라 뒤를 돌아보던 다쓰오가 눈이 부신지 손으로 빛을 가리려 했다.

"지구인 다카키 다쓰오는 잘 들으시오."

미나코가 드높은 소리를 냈다.

"나는 MM 성운에서 온 카피별 사람이오. 우리 별의 대표가 당신에게 전하라는 중요한 말이 있소. 당신은 지금 당장 회사를 그만두시오. 회사를 사직하고 당분간 집에서 쉬시오."

"누구지? 당신 누구야?"

당황한 다쓰오의 목소리가 떨렸다.

"카피별에서 온 사람이오."

미나코가 손전등을 빙빙 돌렸다.

"미나코? 미나코지?"

"카피별에서 온 사람이라니까."

"미나코인데, 그 목소리는?"

"당신 아내의 모습을 빌린 카피별 사람이오."

"무슨 소리야, 당신!"

다쓰오가 제정신으로 돌아왔는지 난감한 표정을 지으며 강둑으로 올라왔다.

"뭐야, 그 꼴이. 정신 나갔어?"

미간에 주름을 잔뜩 잡고 괴물이라도 보는 듯한 눈으로 말했다.

"그건 당신이 아니라 내가 할 말이오. 그보다, 나는 카피별 사람이오. 다시 한 번 말하는데, 회사를 당장 그만두시오. 그리고 당분간 집에서 쉬시오."

"뭐라고? 회사를 그만두면 뭘 먹고 살라고?"

"어떻게든 될 거야. 내가 일할게. 아, 아니지, 당신의 아내가 일해도 좋다고 하오."

"대체 어떻게 된 거야? 처음부터 차근차근 설명해 봐. 뭐가 뭔지 하나도 모르겠으니까."

"당신, 회사 그만둬."

"왜?"

"당신이 소중하니까. 힘들잖아, 지금 영업부."

"그걸 당신이⋯⋯."

다쓰오가 말을 잇지 못했다. 비탈진 강둑에 선 채 콧김을 씩씩 내뿜고 있다.

"건강이 우선이야. 가족이 우선이고. 돈은 한참 나중이야."

"누구한테 들었어, 회사 일을?"

"여사원 출신의 인맥을 우습게 보면 안 되지."

"내가 그렇게 이상해?"

"이상해, 웃음이 나올 정도로."

"정말?"

"어."

"알았어."

"그럼 그만두는 거지?"

"⋯⋯일단 좀 쉬어 볼게."

"내일 아침에 내가 회사에 전화할 거야. 그리고 남편이 쓰러졌다고 말할 거야. 아주 단호하게."

"그렇게 갑자기 안 나갈 수는 없어. 주위 사람들이 힘들어져."

"그럼 좀 어때? 당신 없어도 어떻게든 돌아가. 회사란 그런 곳이야."

"물론 그럴지도 모르지만⋯⋯."

다쓰오가 힌숨을 내쉰다.

"저, 실례합니다."

누군가 말을 걸었다. 돌아보니, 지난번 만났던 젊은 경찰이 자전거에 탄 채 바로 뒤에 있었다.

"지난번 그분이시죠? 여기서 뭐 하고 계십니까?"

젊은 경찰은 지난번과 마찬가지로 자세를 낮췄다.

"부부끼리 UFO 놀이 하고 있어요."

미나코가 천연덕스럽게 대답한다.

경찰이 곤란한 표정을 지으면서도 하하, 웃었다. 정말 사람이 좋아 보인다.

"경찰 아저씨, 이 강변이 말이죠, UFO가 잘 보이는 스폿이에요."

"그게 무슨……."

"괜찮아요, 공격은 하지 않으니까요. 치한이나 잘 단속해주세요."

"알겠습니다."

"어!"

미나코가 밤하늘을 가리키며 소리 질렀다.

"왜 그러시죠?"

"보름달요."

"겁주지 마십시오."

셋이서 밤하늘을 올려보았다. 평소보다 유난히 크고 밝은 달이 지상의 인류를 자애롭게 품겠다는 듯 고요하지만 밝게 빛나고 있다.

그 동그란 빛 한쪽 끝에 검은 그림자가 비치더니 천천히 달을 가로질렀다.

아니, 저거 혹시 UFO? 한참을 바라보았다. 꿈인지 생시인지 스스로도 알 수 없었다. 어느새 미나코의 마음이 맑게 개어 있었다.

귀성

1

결혼하고 처음 맞는 추석 휴가에 양쪽의 고향을 번갈아 찾기로 했다.

기시모토 고이치는 서른 살의 회사원으로, 중견 IT 회사의 기술직이다. 한 살 아래인 아내 사요는 대형 백화점에서 이벤트를 담당하고 있다. 둘은 친구 소개로 만나 2년의 교제 기간을 거친 뒤 지난 3월에 결혼했다.

고이치의 고향은 삿포로고 사요의 고향은 나고야다. 둘 다 대학 입학을 계기로 도쿄에 올라와 그대로 도쿄에서 일자리를 잡았다. 고이치는 장남이지만, 졸업하고 고향으로 돌아간다는 계획은 애초에 없었다. 음악이 최고의 취미인 고이치로서는 문화를 향유하지 못하는 인생은 생각할 수 없다. 비요크도, 윌코도, 안토니&더 존슨스도 오지 않는 지방에서 살아간다는 것은 있을 수 없는 일이었다. 그건 아내도 마찬가지여서, 학예사 자격증이 있는 사요는 언젠가는 외국에서 큐레이터로 일하고 싶다는 꿈이 있었으므로 도쿄에서 경력을 쌓기를 원했다. 외동딸인 사요가 부모 슬하를 떠날 때는 비장한 결의가 있었을 것이다. 나고야로 말하자면 명실상부한 혈족주의의 고장이다.

두 사람 모두 도쿄 생활이 성격에 맞았다. 남에게 간섭하지 않는 태도는 도쿄만이 지닌 특성으로, 두 사람에게는 그것이 깊이 있는 배려로 여겨졌다. 도쿄 사람들은 어지간히 친하지 않고서는 나이조차 묻지 않는 조심성이 있다.

둘이 선택한 신혼집은 도쿄 타워가 바라다보이는 미나토 구의 고층 아파트였다. 집세는 비싸지만, 자동차를 포기하고 편리함을 얻었다. 연극이나 콘서트가 끝난 뒤 막차 시간에 연연하지 않고 부부가 와인을 마실 수 있다는 점이 무엇보다 좋았다.

아이에 대해서는 아직 얘기해 본 적이 없다. 신혼 시절이란 서로의 속내를 탐색하는 기간이다. 고이치는 자신의 여동생이 결혼하면서 "2년간 살아 보고 괜찮겠다 싶으면 낳을 거야."라고 했던 말을 기억한다. 당시에는 '긴 연애 끝에 결혼했는데도 저러는 걸 보면 여자란 참 냉정하구나.' 하고 내심 놀랐다. 하지만 지금은 그 마음을 이해한다. 사요 역시 남편이 얼마나 믿음직한 사람인지 슬쩍 관찰하고 있을 게 틀림없다. 상대의 본모습을 알려면 한지붕 아래서 살아 봐야 한다. 아무리 부부라고 해도 타인의 연장선이다. 그걸 잊으면 오히려 부부 사이가 삐걱거린다.

"여름휴가 때 뭐 할 거야?"

그렇게 먼저 물은 쪽은 사요였다. 회사의 여름휴가 신청 마감일이 가까워졌기 때문이다. 저녁을 먹던 중에 왠지 약간 떨떠름한 표정으로 말을 꺼냈다.

"글쎄, 이상적이기는 따뜻한 섬나라에 가서 쉬는 게 제일인데."

고이치는 무리라는 것을 알면서도 가볍게 말했다. 머릿속으로는 고향 집이 떠올랐다.

"나도 그러고 싶어. 하와이에 가서 느긋하게 지냈으면 좋겠어."

"그럼 우리 저렴한 패키지여행이 있나 찾아볼까?"

"자기, 그래도 괜찮아?"

"괜찮고말고. 삿포로에는 하루만 얼굴을 비치면 돼."

고이치는 고향 집에 가야 할 이유가 있었다. 언제 돌아가실지 모르는 여든여덟 살의 외할머니가 손자며느리를 꼭 한번 보고 싶다고 하신다는 것이다. 무시할 수 없는 일이었다.

"삿포로에? ……그럼 우리 친정은 어떡하지?"

"가면 되지."

"휴가가 주말 끼워도 기껏해야 열흘인데, 삿포로에 갔다가 나고야에 갔다가 하와이에 갔다가, 어째 유랑 극단 순회공연 하는 것 같네."

"그러게. 피곤하겠어."

고이치가 코를 찡그리고 쓴웃음을 짓더니 젓가락을 내려놓
았다.

"사요는 어떻게 하고 싶어?"

"나는 아무래도 좋아."

"그건 아니지 않나, 소중한 휴가인데?"

"사실은 집에서 뒹굴뒹굴하며 지내고 싶어. 굳이 그렇게 붐
비는 시기에 어디 가고 싶지도 않고 말이지. 하지만 지금까
지 추석에 집에 내려가지 않은 적이 없어서……."

"하긴 하나뿐인 딸이 안 가면 되나."

"그러니까 가야 하지 않을까? 양쪽 다 말이야. 그럼 하와이
는 무리야."

사요가 부루퉁해서 말했다. 결론이 뻔하니까 처음부터 신
이 나지 않았던 것이다.

"교통비만 해도 엄청나겠다. 하와이에 가는 것보다 더 들겠
는데."

"그러게 말이야. 계산하고 싶지도 않아. 그래도 우리 아빠
가 좀 보태 줄 거야. 집에 내려가면 늘 3만 엔씩 주시거든."

"어, 우리도 그런데. 나이 먹어서까지 부모님에게 교통비를
받기가 좀 그렇지만, 주시는 거니까 그냥 받곤 했어."

어느 집이나 비슷하다면서 고이치는 씩 웃었다. 부모 입장

에서는 자식이 귀중한 휴가를 쪼개어 내려온다는 사실을 알기 때문일 것이다. 학창 시절이라면 모를까, 사회에 나가면 자식은 자식대로의 세계가 있다.

"그럼 언제 가지?"

고이치가 물었다.

"나는 간다면 추석날이 좋아. 그날 외가 쪽 산소에 성묘하고 친척이 모두 모여 식사하는 연례행사가 있거든. 결혼식 때 왔던 친척들이 올 추석에는 자기랑 같이 오라고 하더라."

사요가 살짝 신랑 눈치를 살피며 말했다.

"그러니까 딱 14일에 가야 하는 거구나."

"그렇지. 추석 전날 조상님들이 오시기 전에 차례 상을 바치는 게 옛날부터 내려오는 법도래. 어렸을 때는 사촌들과 놀 수 있어서 기뻤지만, 어른이 되고 보니 귀찮을 뿐이야. 그래도 빠질 용기는 안 나네."

고이치는 결혼식에서 만난 사요의 친척들을 떠올렸다. 스무 명 가까운 친척들이 도쿄까지 와 주었다. 차라리 고이치와 사요가 나고야로 내려가서 간단히 피로연을 해도 좋았을걸 그랬다며 미안해했던 기억이 있다.

"좋아, 추석날에는 나고야에 가자."

차마 싫다고 할 수 없어 승낙했다.

"미안해. 자기네는 어떤데? 행사 같은 거 없어?"

"없어, 추석 때는. 축구부 녕기들과의 모임 말고는."

"자기, 거기 나갈 거야?"

"삿포로에 있으면서 안 갈 수는 없는데……."

"그럼 그동안 나는 뭐 해?"

"집에 있기 불편하면 나가서 영화라도 보면 어떨까?"

"그랬다간 어른들이 어떻게 생각하시겠어."

"하여튼 궁리해 보자. 우리 둘 다 귀성을 피할 수는 없으니까."

"그래, 피할 수 없겠지. 아이가 생기면 더욱더 그럴 테고."

사요는 친척들을 번거롭게 여기는 경향이 있었다. 결혼식 때도 친구와 지인들만 초대하는 작은 결혼식을 바랐는데, 사요 부모님이 밀어붙이는 바람에 여러 친척을 초대하게 되었다.

"집에서 느긋하게 책이나 읽었으면 좋겠는데……. 학생 시절에 읽었던 이자크 디네센의 소설을 다시 한 번 읽어 보고 싶어."

사요가 한숨을 섞어 말한다. 고이치도 같은 생각이었다. 듣고 싶은 CD, 보고 싶은 영화가 산처럼 쌓였다.

그 후로는 대화에 흥이 나지 않았다. 창밖에는 도쿄 타워가 비에 흠뻑 젖은 채 부옇게 빛났다. 장마가 끝날 날도 얼마 남지 않았다.

고이치는 회사에서 조사를 해 보기로 했다. 지금까지는 별 관심이 없었는데, 주위의 기혼자들이 과연 명절의 귀성 문제에 어떻게 대처하고 있는지 궁금했다. 부부 열 쌍이 있다면 그 열 쌍 모두 각자의 사정이 있을 것이다.

먼저 직속 상사인 과장에게 물어봤다.

"귀성이지. 우리 처가는 가까운 사이타마라 그쪽에는 평소에도 간간이 얼굴을 비치니까 추석에는 본가로 가. 사실 센다이까지 가족 넷이 내려가는 게 약간 번거롭기는 해. 고속도로는 막히지, 운전하는 나는 피곤하지. 그래도 아이들이 좋아하고, 부모님에게 효도도 해야 하니 당분간은 어쩔 수 없는 일이야."

그는 고이치의 사정을 듣자 "각자의 집이 반대 방향이라 힘들겠군." 하고 동정을 표했다.

말이 나온 김에 휴가를 신청했더니 추석에 맞춰서 쉬는 건 허락이 떨어졌지만 기간에는 제한이 있었다. 거래처가 근무하는 날에는 이쪽도 회사를 비울 수 없기 때문이었다. 일정을 조정한 결과, 가능한 날짜는 엿새였다. 삿포로에 갔다 나고야에 가면 끝이다.

같은 과 선배에게도 물어보았다. 결혼 3년 차에 한 살짜리 딸이 있는 사람이다. 본인의 고향은 니가타, 부인의 고향은 교토란다.

"명절은 거의 두어라고 해도 과언이 아니야. 피곤해서 얼마나 짜증이 나는지 몰라. 작년에는 돌아올 때 도메이 고속도로가 50킬로미터나 정체였다니까. 신칸센을 타면 좋겠지만, 비용을 생각하면 결국은 차로 가게 되지."

선배는 작년 일이 떠오르는지 넌더리가 난다는 얼굴로 대답했다. 이왕 물은 김에 처가에 가면 어떻게 지내는 게 좋은지도 물었다.

"무조건 행동을 같이할 것. 성묘든 쇼핑이든 식사든 전부 그쪽에서 하자는 대로 하는 거야. 혼자 있고 싶어도 처갓집에 그럴 만한 장소가 없으니까 친척들과 거실에서 싱글벙글하는 수밖에 없잖아. 피곤할 것 같다고? 당연하지. 처갓집에 가서 느긋하게 쉴 수 있는 사위가 어디 있나? 하지만 그건 피차 마찬가지니까 어쩔 수 없는 일이야. 내 아내도 시댁에 가면 2킬로그램이 빠진다나 어쩐다나. 귀성 다이어트래. 아하하."

고이치는 얘기를 들으면서 지방 출신들의 휴가란 귀성을 위해 있는 것이라는 사실을 통감했다. 평소에는 친척이라는 굴레에서 해방되어 있는 만큼 명절에 의무처럼 부과되는 것이다.

그런데 좀 더 조사해 보니 처갓집에 가지 않는다는 센 사람도 있었다. 설계부 디자이너로, 본인은 도쿄 출신, 부인은 후쿠오카 출신이었다.

"명절에는 아내와 아이를 처갓집에 보내고 나는 혼자서 기차 여행을 해."

이 고백에 사무실 안이 술렁거렸다.

"그렇다고 처가 사람들과 사이가 나쁜 건 아니야. 후쿠오카에 갔다 오려면 적어도 이틀은 걸리잖아. 그렇게 되면 서로가 피곤하고, 무엇보다 아내 쪽도 본심은 부모 자식끼리 오붓한 시간을 보내고 싶을 거 아냐. 그래서 난 안 가기로 했어. 처음에는 아내도 남 보기 안 좋다고 말이 많더니만, 3년을 그렇게 지냈더니 당연시하게 되었는지 그 뒤로는 아무 말이 없더군. 내가 철도 팬이라고 여기나 봐. 올여름에는 쓰가루 반도의 시골 여관에서 책이나 읽으며 보낼 생각이야. 좋겠지? 흐흐흐."

고이치는 그의 용감함에 탄복했다. 멋지다며 동경의 눈길을 보내는 여사원도 있었다.

설계부에는 그 말고도 강경파가 또 있었다. 신혼의 여사원인데, 각자 자신의 고향에만 가고 배우자의 고향에는 가지 않는다는 것이다.

"우리는 설에도 그랬어요. 결혼할 때, 3년 동안은 휴가 때마다 둘이서 해외여행을 하기로 했거든요. 그러려면 서로의 집에 오갈 시간이 없잖아요. 그래서 각자 하루나 이틀 정도 집에 내려가서 효도하고, 남은 기간에는 부부가 해외여행을 가요."

이 여사원도 선망의 대상이 되었다. 다들 본심은 친척과 어울리고 싶지 않은 것이다.

여러 사람에게 물어보니, 극소수의 강경파를 제외하고는 다들 마지못해 쌍방의 고향을 찾고 있었다. 특히 아이가 있으면 귀성을 피할 수 없기 때문에 의무라 여기고 체념하는 듯했다. 첨단 산업에 종사한다지만, 다들 고리타분하긴 마찬가지다.

마지막으로, 고이치를 아끼는 중역에게 귀성 얘기를 꺼냈더니 "자네, 처가에는 반드시 가야 해."라고 심각한 표정으로 설교했다.

"외동딸이잖아. 부모님 심정을 헤아려 봐."

그러고 보니 고이치의 부모님도 말은 안 하지만 아들의 결혼 상대가 외동딸이라는 점에 신경을 쓰는 눈치였다.

"왠지 좀 미안하구나."

그런 말을 들은 적도 있다.

두 사람의 결혼 생활에 왜 그런 문제가 개입되어야 하는지, 그 고루한 사고에 고이치는 못내 화가 났다. 외동딸이라고 해서, 또 장남이라고 해서 집안에 구속되어야 하는 건 참을 수 없다.

휴가 날짜가 잡혀서 부부가 일정을 맞추기로 했다. 고이치는 11일에서 16일까지, 사요는 11일에서 18일까지다. 14일에 처가에 행사가 있다고 하니 그날은 반드시 나고야에 있어야 한다. 그래서 자연스럽게 삿포로에 먼저 갔다가 나고야로 가게 되었다.

"삿포로에서 며칠이나 묵을까? 내 생각엔 할머니만 뵈면 되니까 하루면 충분할 것 같은데."

"그래도 홋카이도까지 가는데 하루만 묵고 오는 건 좀 그렇잖아?"

사요가 미간을 찡그리면서 말했다.

"더구나 내가 그러자고 한 것처럼 보일 수도 있고."

"누가 그런 생각을 한다고 그래."

고이치가 얼토당토않다는 듯 웃는다.

"아니야, 어른들이 섭섭해하실 거야."

"그럴 것 같지 않은데……. 정 그러면 나는 이틀을 묵고 당신은 하루만 묵고 먼저 나고야로 가는 방법도 있어. 동창회가 있다든가 뭐, 그런 이유를 대면 되지 않겠어?"

"뭐야, 나만 빨리 보내고 싶은 거야?"

"그런 게 아니라, 우리 집에 있어 봐야 할 일도 없으니까 그렇지."

"그렇긴 하지만……."

사요가 팔짱을 끼고 생각에 잠긴다.

"아니야. 역시 같이 이틀을 묵는 게 좋겠어.

"그래? 그럼 좋을 대로 해."

그러자 사요가 떨떠름한 표정으로 턱을 괴었다.

"그럼 11일에 비행기로 삿포로에 가서 이틀 묵고, 13일에 다시 비행기로 주부 국제공항에 가서 거기서 기차를 타고 나고야에 가는 거야. 나고야에서 다시 이틀 묵고 15일에는 도쿄로 돌아오는 거지. 16일에는 우리도 좀 쉬면서 출근 준비도 하고. 어때?"

"응, 좋아. 당신이 힘들겠다."

"남은 휴가는 가을에 쓰자. 그때는 내 마음대로 할 거야."

고이치는 수첩에 일정을 적어 넣었다. 서둘러 비행기 표를 알아봐야 한다.

"실은 어제 친정에서 전화가 왔어. 추석에 내려올 수 있느냐고."

그제야 사요가 말했다.

"그래서?"

"갈 거라고 했더니 시댁은 어떻게 할 거냐고 묻더라. 그래서 삿포로에도 갈 거라고 했더니 힘들 텐데 무리하지 않아도 된다고……."

"아, 그러셨어?"

"결혼식 때 다 모였으니까 이번에는 안 내려가도 되지 않을까 싶긴 한데……"

"난 아무래도 괜찮아."

"그럼 하루만 생각해 볼게."

"응, 그렇게 해."

고이치는 내심 고마운 생각이 들었다. 처가 식구들에게 에워싸여 봤자 즐거울 리 없다.

그런데 그다음 날, 삿포로의 어머니에게서도 똑같은 전화가 왔다. 추석 때 올 거냐고 묻는 것이었다.

"네. 11일에 사요랑 둘이 가서 이틀 묵을 예정이에요."

"아이고, 그러냐."

반가워하는 목소리다.

"처가에도 갈 거지?"

"그쪽은 생각 중이에요. 장모님이 양쪽 다 가기 힘드니 무리할 거 없다고 하셔서요."

고이치의 대답에 어머니의 말투가 갑자기 심각해졌다.

"그건 안 된다. 왔다 갔다 하려면 좀 힘들겠지만 가려면 양쪽 다 가야지."

"안 된다고만 생각할 일이 아니에요."

"글쎄, 엄마 말 들어. 나고야에도 반드시 내려가야 한다. 여비는 내가 보태 주마."

어머니가 무엇을 강요하는 일이 좀처럼 없었던 터라 더는 거역히기 힘들었다.

"알았어요. 양쪽 다 갈게요."

그렇게 해서 선택의 여지는 없어졌다. 일본을 종단하는 투어나 마찬가지다. 앞으로 1년에 두 번씩 이런 투어를 해야 하나 생각하니 이 나라가 왜 이렇게 길쭉한가 싶어 원망스럽기까지 했다.

2

하루하루가 일로 바쁘다 보니 순식간에 추석 휴가가 다가왔다. 뜨거운 한여름 날씨가 계속되어 고이치는 더위를 먹을 것만 같았다.

"홋카이도라서 다행이네. 피서하기엔 딱이잖아."

사요는 명랑해 보였다. 고이치도 모르는 사이에 도쿄 특산물을 선물로 사 놓은 모양이다.

"잔생선 조림을 드시려나?"

우울해할 줄 알았는데 조금 의외였다. 그런 반면 고이치는 오히려 마음이 무거웠다. 고이치가 신부와 함께 귀성한다는 소식이 친척들에게 알려지는 바람에 결혼식에 참석하지 못한 숙모와 삼촌, 사촌들과 함께 식사를 하게 되었기 때문이다. 홋카이도는 지연이나 혈연관계를 크게 중시하는 고장은 아니지만 그래도 모른 척할 수는 없었다.

하네다 공항은 혼잡하기 그지없었다. 공항을 가득 메운 사람들의 대부분은 귀성객이었다. 아이들은 벌써부터 흥분해서 소리를 꽥꽥 지르면서 뛰어다닌다. 머리가 지끈거릴 정도로 시끄러웠다.

"왜 이런 식으로 한꺼번에 움직여야 하는 걸까, 일본 사람들은. 휴가까지 나란히 갈 필요는 없잖아."

고이치는 자신들도 그 일부라는 사실은 제쳐 놓고 투덜거렸다. 무의식적으로 한데 몰리는 것은 민족의 DNA 탓이 분명하다.

기내도 아이들 천하였다. 이륙할 때를 빼고는 자리에서 일어서든지 통로에서 놀든지 하며 1초도 가만있지 않는다. 게다가 어디선가 갓난아이가 울기 시작하자 마른 벌판에 불길이 번지듯 여기저기서 울음소리가 터져 나와 일대 대합창이되고 말았다. 명절 귀성 편은 아이들의 치외 법권이다. 그리고 언젠가는 고이치 부부도 그 무리에 끼일 것이다.

신치토세 공항에는 고이치의 여동생 부부가 마중 나와 있었다.

"올케 언니, 어서 와요."

여동생이 밝게 인사한다. 저번에 모르고 패션 외에는 관심이 없던 여동생이 벌써 어른이 되어 한 남자의 아내가 되었다. 포대기에 싸인 생후 6개월짜리 아기가 목에 매달려 있었다.

"어머나, 귀여워라. 목은 가누나요?"

"그럼요. 진즉부터 가누는걸요."

여자들끼리는 금세 대화가 통한다.

"형님, 잘 오셨어요. 도쿄가 올여름에는 무척 더운가 봐요."

"말도 못 해. 매일 사우나에 있는 기분이라니까."

매제는 공무원이다. 얌전한 성격에 공처가가 따로 없다.

다 함께 차를 타고 삿포로 시내로 향했다.

"할머니 계시는 요양원에 먼저 들를 거야. 그게 낫겠지, 집에 갔다 다시 나오는 것보다?"

"요양원? 간병인이 있는 유료 요양원 말이야?"

"무슨. 할머니, 공립 노인 요양원에 계셔."

고이치는 처음 듣는 소리였다. 본가에 계시는 줄로만 알았다.

"무릎이 안 좋아져서 혼자서는 걷지도 못하시는걸. 집에 계시면 숙모가 얼마나 고생하겠어."

"그야 그렇지."

"친척들이 조금씩 돈을 모아서 요양원에 들어가시게 했대."

"그랬구나."

"치매도 살짝 온 것 같아. 나를 엄마로 착각하시기도 하고."

고이치가 외할머니를 만나는 것은 여동생 결혼식 이후 처음이다. 그때는 아직 건강하셨는데.

"그리고 미리가 이혼했대. 오빠는 모르는 척해."

여동생이 사촌 동생 얘기를 꺼냈다.

"아니, 언제?"

"얼마 안 된 것 같아. 그나마 아이가 생기기 전이라 다행이야. 이혼 조정하면서 상당히 옥신각신했나 봐."

"흐음."

"그리고 요코네는 사내아이가 태어났어."

"오호."

도쿄에서 살다 고향에 와 보면 매번 딴 나라에 갔다가 돌아온 기분이다.

노인 요양원에 가니 숙모가 와 있었다.

"아유, 고이치 왔구나. 결혼 축하해."

웃는 얼굴로 맞아 준다.

"바쁠 텐데, 오느라고 고생했지? 어머니, 고이치가 왔어요. 일어나 보세요."

"아니에요, 아니에요, 그냥 누워 계세요. 할머니, 제 안사람이에요."

고이치의 소개에 사요는 공손히 머리를 숙였다.

"처음 뵙겠습니다. 사요라고 합니다."

"아이고, 예쁘기도 해라."

누워만 있을 줄 알았더니 할머니는 혈색도 좋고 스스로 일어나 앉기까지 했다. 다만 귀가 어두운지 자꾸 되묻는다. 그리고 할머니의 새하얘진 머리는 좀 충격이었다. 몸도 갑자기 쪼그라든 느낌이다. 세월은 어김없이 흘러간다. 숙모도 전보다 훨씬 늙어 보였다.

한참 동안 얘기를 나눴다. 도쿄에서 사는 얘기라든가 일 얘기 등등, 해도 그만 안 해도 그만인 얘기들이다. 사요도 붙임성 있게 대답했다. 숙모가 과일을 끝없이 깎는 바람에 먹는 데도 힘들었다.

"다음에는 우리 집에도 놀러 와. 수리를 해서 바닥이 뜨뜻해."

"그래요? 그럼 한번 찾아뵐게요."

그러나 실제로는 가게 되지 않을 거라고 생각한다. 고등학교를 졸업한 후로는 한 번도 친척 집에 간 적이 없다.

30분 정도 있다 그곳을 나왔다. 숙모가 현관까지 나와 배웅해 주었다.

"고맙다. 이젠 할머니도 아무 미련 없으실 거야. 혹시 돌아가시더라도 장례식에는 안 와도 돼."

그렇게 가슴 철렁한 말을 숙모는 아무렇지도 않게 하고서 시원스럽게 웃는다.

"그러기는 좀……."

"도쿄는 먼 곳이잖아. 고이치는 여기로 돌아올 생각도 없을 테고."

"그야……."

"그래도 부모님께는 효도해야 해."

"네."

인사를 나누고 헤어져 차에 올랐다. 긴장이 풀리면서 한숨이 나온다. 친척인데도 몇 년 만에 만나니 피곤하다. 초면인 사요는 더할 것이다.

후유, 한 가지 클리어. 마음속으로 중얼거렸다.

집에 도착하니 부모님이 대문 밖까지 나와 계셨다. 차 소리를 듣고 곧바로 뛰어나왔을 것이다.

"비행기가 복잡하지 않더냐?"

"피곤하지?"

"점심은 먹었니?"

쉴 새 없이 물어 댄다. 평소에는 트레이너 차림이던 아버지가 정장 바지를 입고 있었다. 어머니도 미용실에 다녀온 듯하다. 아들 내외가 온다니까 평소처럼 있을 수는 없었나 보다.

방으로 들어가서 사요가 사 온 잔생신 조림을 꺼내 놓았다. 아버지가 포장을 뜯으면서 흐뭇한 미소를 짓는다. 사요는 어머니에게 불단이 있는 곳을 묻더니 복도를 사뿐사뿐 걸어가 불단 앞에 향을 피우고 방울을 흔든 후 합장했다. 전혀 예상하지 못했던 고이치는 어안이 벙벙해서 그녀를 바라보았다. 자신은 불단 앞에 앉아 본 적도 없다.

"나고야 사람이라 조상 모시는 게 다르네."

여동생이 감탄스럽다는 듯 말한다. 부모님도 고개를 끄덕거리더니 얼른 선물 상자의 뚜껑을 도로 닫아 불단 앞에 바쳤다.

곧 있으면 저녁 먹을 시간인데 어머니가 다과를 내놓는 바람에 거실 테이블에 모두 둘러앉았다. 도쿄는 굉장히 덥다면서? 그런 대화가 오간다. 사요를 맞이한 가족들이 약간은 긴장하고 있었지만 갓난아기 덕분에 침묵을 면할 수 있었다. 대화가 끊기면 아기 볼을 톡톡 건드리면서 눈이 가늘다느니 소리를 냈다느니 하면서 호들갑을 떠는 것이다. 갓난아기는 그야말로 분위기 메이커다.

아버지는 무신경한 사람이라 대뜸 "아이는 아직이냐?"라고 물을 줄 알았는데 웬일인지 그러지 않았다. 여동생이 단단히 주의를 준 게 분명하다. 여동생은 시댁에서 "아이 소식" 공격을 받을 때마다 화를 내곤 했다.

저녁 시간이 되자 어머니는 자리에서 일어서며 "저녁으로 영양밥을 먹으려고 하는데 괜찮지?" 하고 물었다.

"어머니, 저도 도울게요."

사요가 엉덩이를 든다.

"아니다. 피곤할 텐데 그냥 앉아 있어."

"아니에요. 저도 거들게 해 주세요."

그러면서 사요가 가방에서 앞치마를 꺼낸다. 그 용의주도함에 고이치는 입을 딱 벌리고 말았다. 이렇게 세심한 면이 있다니, 지금까지 전혀 몰랐던 사실이다. 남녀평등을 부르짖는 여자로만 알고 있었다.

여동생까지 여자 셋이 머리를 뒤로 묶고 부엌으로 갔다. 아기도 잠이 드는 바람에 남자 셋은 갑자기 할 일이 없어지고 말았다. 그렇다고 술을 마시기에는 시간이 일러, 텔레비전을 보면서 정치와 요즘 경기에 대해 얘기를 주고받았다. 대화가 간간이 끊기는 것이 오즈 야스지로의 영화 같았다.

무심결에 매제의 셔츠 가슴 주머니에 눈길이 갔는데 담뱃갑이 비쳐 보였다. 공항에서 만났을 때부터 지금까지 한 대도 피우지 않았다는 사실에 생각이 미쳤다.

"매제, 담배 피워도 돼."

고이치가 말했다

"나도 한 대 주고. 가끔은 피우고 싶어진단 말이지."

여동생에게 재떨이를 부탁한 후 마일드 세븐에 불을 붙였다. 그러지 않으면 매제가 조심스러워서 담배를 피우지 않을 것 같았기 때문이다.

창문을 절반쯤 열어 놓고 둘이서 한 대씩 피웠다.

"형님은 담배를 언제 끊으셨어요?"

"2년쯤 됐어. 고생깨나 했지."

"저는 안 되던데요. 매번 포기하고 말아요. 집에서는 베란다에 나가 피우는데 겨울에는 추워서 오들오들 떱니다."

"그러니까 끊으면 좋잖아, 유키도 태어났는데."

부엌에서 여동생이 말참견을 한다.

"네, 네. 안 그래도 올해의 목표입니다."

그러는 매제의 모습에 고이치 자신의 이틀 후 모습이 겹쳐 보였다. 매제에게는 이곳이 처가이니 발 뻗고 편안히 있을 곳이 못 된다. 몸을 움츠린 채 담배 피우는 모습을 보고 있자니 빨리 돌려보내고 싶다는 생각이 들었다.

6시 조금 지나서 저녁 식사가 시작되었다. 일단 맥주로 건배. 그리고 연어회와 참치회를 먹었다.

"와, 역시 홋카이도라 회가 맛있네요."

사요가 과장스럽게 말한다. 가격을 듣더니 그렇게 싸냐며 놀라는 표정을 지었다.

계란찜을 먹는데 안에 껍질 붙은 닭고기가 들어 있었다. 사요는 닭고기의 오돌토돌한 껍질을 '식탁의 악몽'이라며 진저리 친다. 어떻게 하나 걱정스러워하며 보고 있는데, 아무렇지도 않은 얼굴로 입에 넣는다. 다음 순간, 목이 살아 있는 생물처럼 움직였다. 그대로 삼킨 모양이다.

텔레비전에서는 프로 야구 중계가 방송되고 있었다. 홋카이도 홈 팀인 니혼 햄 파이터스의 경기다. 아버지와 매제는 프로 야구를 화제 삼아 분위기를 이끌어 갔다. 홋카이도에 홈 팀이 생긴 것은 입이 무겁기로 유명한 홋카이도 사람들에게 얼마나 다행인지 모른다.

그러는 동안에도 갓난아기는 울다 웃다 하며 얘깃거리를 만들어 주었다. 아기란 얼마나 유용한 존재인가. 어른들끼리 있으면 이내 화제가 궁해지고 만다.

평소 그 어떤 자리에서도 남들을 개의치 않고 트림을 하던 아버지가 오늘은 점잖았다. 어머니도 웃을 때 입을 크게 벌리지 않는다. 하지만 뭐니 뭐니 해도 제일 조신한 척하는 건 사요였다. 방석 위에 무릎을 꿇고 앉아 조금도 자세를 흐트러뜨리지 않는다.

식사가 끝나자 사요는 맨 먼저 일어나 그릇을 치우기 시작했다.

"아유, 언니, 우리가 할 테니 그냥 놔두세요."

여동생이 허둥지둥 말렸다.

"그래, 당신은 쉬어. 모처럼의 휴가인데."

고이치도 말을 거들었다. 하기야 심정은 이해가 간다. 처음으로 시댁에 왔으니 맘 편히 쉴 수만은 없을 것이다.

다 같이 수박을 디저트로 먹고 나서야 겨우 식사가 끝났다.

"목욕은 사요부터 하자."

어머니의 말에 사요가 "아니에요, 무슨 말씀이세요. 저는 맨 마지막에 할게요."라며 고개를 세차게 저었다.

"그럼 이렇게 할까."

고이치가 제안했다.

"오늘은 아버지, 나, 사요, 어머니 순으로 하고, 내일은 그 반대로 하는 거야."

"나는 자기 직전에 하는 게 좋은데."

어머니가 반기를 든다.

"나도 자기 직전에 하는 게 좋다. 그게 습관이 돼서 말이지."

아버지도 똑같은 말을 한다.

어쩔 수 없이 고이치가 맨 먼저 하고 다음으로 사요가 하기로 했다. 목욕하는 순서 하나로도 야단법석이다. 고이치는 자신이 나고야에 가면 과연 어떤 일이 벌어질지 궁금했다.

여동생 부부는 9시가 좀 지나서 돌아갔다.

"오빠, 언니, 그럼 설날에 뵈어요. 그때쯤이면 유키가 걸을 수 있을 거예요."

그러면서 미소 짓는 여동생이 어딘가 모르게 당당해 보였다. 출산은 여자를 안정시키는가 보다고 고이치는 내심 감탄했다.

목욕 후 고이치와 사요는 2층으로 올라왔다. 전에 고이치가 사용하던 방에 이부자리를 펴고 나란히 누웠다.

"오늘 수고했어. 하루만 더 잘 부탁할게."

고이치가 아내에게 위로의 말을 건넸다.

"나야말로 잘 부탁할게, 나고야에서."

둘이 동시에 숨을 크게 내쉬었다. 겨우 10시인데 잠이 쏟아졌다.

"밤이 되니 정말 시원하네."

"응, 그러네."

마당에서 방울벌레가 울어 댔다.

다음 날에는 친척들과의 식사 모임이 있어 시내의 한 호텔 중식 레스토랑에 집합했다. 격식을 차릴 만한 자리는 아니고, 평상복 차림으로 그저 먹고 마시는 모임이다. 인원은 십수 명. 돈도 다 같이 나누어 낸다. 최근에는 설날에도 어른들끼리만 모이다 보니 사촌들이 얼굴을 마주하는 건 정말 오랜만이었다.

고이치가 먼저 간단하게 인사한 후 사요를 모두에게 소개했다. 그러고 나서는 다들 테이블에 둘러앉아 먹기 바쁘다.

"좋겠어, 홋카이도 사람들은."

옆에서 사요가 소곤거렸다.

"나고야에서는 훨씬 더 요란을 떨거든. 요리만 해도 이세에서 잡힌 새우나 도미 같은 걸로 허세를 부려. 친척들 간에 회비를 걷는다는 건 생각할 수도 없어. 한마디로 홋카이도 사람들은 실리적이야."

"그런가? 외지에서 온 사람들은 정이 없다느니 무뚝뚝하다느니 개인주의라느니 말들이 많거든."

"아니야. 땅이 넓으니까 다들 자유로운가 봐. 나도 여기서 태어났으면 좋았을걸."

어쩐 상당히 마음에 든 모양이다. 남의 떡이 커 보이는 거겠지.

가족을 데리고 나온 사촌이 처음으로 남편과 아이를 소개했다. 그런 점도 사요에게는 신선한 듯했다.

"사촌이 5년 만에 만난다니, 믿기지 않아. 마치 미국 같아."

모임은 화기애애하게 흘러갔다. 오랜만에 만나는 것이라 고이치도 처음에는 긴장했는데, 이내 편안해지면서 옛날 얘기로 꽃을 피웠다. 고이치가 옛날에 천둥소리를 무서워했다느니, 폭죽 소리만 들어도 울었다느니 하며 별로 재미있지도 않은 얘기에 모두들 웃음보를 터뜨린다.

가끔 이렇게 모이는 것도 괜찮은걸, 이라고 누군가 말하자 모두가 고개를 끄덕였다. 그래도 앞으로 몇 년은 또 모이는 일이 없겠지 하는 생각이 든다. 요컨대 친척끼리 모이는 일에 별 관심이 없는 것이다.

마지막 순서는 기념 촬영. 고이치와 사요가 한가운데 엉거주춤 앉고 그 주위에 친척들이 빙 둘러섰다. 이 모임은 이번 귀성에서 가장 귀찮았던 일인데, 정작 시작되고 보니 나름 재미있고 오기를 잘했다는 생각이 들었다. 그리고 이것으로 앞으로 한 5년은 친척들과 만나지 않아도 된다고 생각하니 마음이 가벼워졌다.

또 하나 클리어.

모임이 끝나고 사요와 둘이서 공원을 산책했다. 이제야 휴가를 왔다는 실감이 들었다. 거리의 행인들도 일상에서 해방된 얼굴이다.

"가만 보니 홋카이도 사람들은 서로를 속박하지 않는 것 같아."

걸으면서 사요가 말했다.

"또 그 얘기야? 너무 과대평가하는 거 아닌가?"

"아니야. 자기 외할머니, 노인 요양원에 계시잖아. 그거, 나고야 같으면 주위에서 엄청 비난할 거야. 며느리가 제구실을 못 한다느니 아들이 부모를 버린 거나 마찬가지라느니 하면서 말이야. 대놓고 말하지 않더라도 분위기가 그래."

"흐음, 잘 모르겠는데, 난."

"그리고 숙모님이 할머니 장례식 때 안 와도 된다고 하신 말씀, 좀 감동적이었어."

"멀리 사는 거 아시니까."

"그래도 나고야에서는 안 그래."

"나고야는 일본의 한가운데 있잖아. 장군이 많이 나온 곳이고. 하지만 홋카이도는 북쪽 끝이니까 자연스레 조심스러운 게 몸에 배고 화려한 걸 즐기지 않게 된 거지."

"난 그런 거 다 좋아."

"결론을 너무 빨리 내리는 건 좋지 않을 것 같아. 오래 알고 지내다 보면 안 좋은 점도 보일 거야."

아무튼 아내가 남편의 고향을 마음에 들어 하는 것은 좋은 일이었다. 사실 고이치는 내심 걱정하고 있었다. 홋카이도 사람들은 무뚝뚝하고 말재주가 없는 탓인지 자칫하면 가까운 사람에게도 남 대하듯 말하고 행동하기 때문이다.

밤이 되자 고이치는 고등학교 축구부 동창회에 갔다. 사요를 혼자 두고 가도 괜찮을지 고민이었는데 사요 본인이 "괜찮아. 걱정 말고 다녀와." 하며 흔쾌히 보내 주었다.

부모님과 며느리, 이 세 사람이 밤을 어떻게 보낼지 못내 걱정되었다. 특히 아버지는 말수가 매우 적은 사람이다.

그러나 생각해 보면 옛날 사람들은 며느리가 들어오면 시부모님과 같이 사는 것이 당연했고, 남편이 늦게 귀가하면 며느리 혼자 부모님과 저녁을 먹었다. 다들 참을성이 대단했다 싶어 감탄스럽기도 했다. 자신이라면 부모님과 같이 사는 건 생각할 수도 없고 아내에게도 그런 일을 시키고 싶지 않을 것이다.

고이치는 자신이 어쩌면 가족에 대한 애정이 희박한 사람이 아닐까 싶어 잠시 생각에 잠겼다. 무슨 일이 있지 않으면 같이 지낼 필요가 없지 않을까 생각해 왔고 지금도 그 생각은 흔들림이 없다.

축구부 동기들과의 모임은 늘 그렇듯 실없는 얘기로 왁자지껄했다. 태반은 이미 결혼을 했고, 아빠가 된 친구들도 많았다. 실연 대왕이라고 불리던 골키퍼 친구가 벌써 두 아이의 아빠가 된 것을 보고는 다들 어엿한 어른이 됐다 싶어 신기했다. 서른 살은 아직 청춘의 기분을 완전히 벗어 버리지 못한 나이다.

다만 모이는 인원은 해마다 줄어들었다. 처가로 귀성하거나 해외로 부임했거나, 아무튼 다들 각자의 인생을 살아가고 있는 것이다. 앞으로도 숫자가 계속 줄어들 것이다.

고이치는 신혼이라고 놀림을 엄청 당했다. 마누라를 데려

오라느니, 고이치한테 버짐 옮았던 일을 죄다 얘기해야겠다
느니 하고 옛날 일을 끄집어내면서 시종일관 화제의 중심에
세웠다. 역시 옛 친구들이 좋다.

집에 일찍 들어갈 생각이었는데 2차, 3차까지 끌려 다니다
보니 자정이 넘어서야 들어가게 되었다. 물론 식구들은 모두
자고 있었다. 살금살금 2층으로 올라가 사요 옆에 누우니 부
스럭거리는 소리에 잠이 깼는지 사요가 "왔어?"라고 말한다.

"응, 늦어서 미안해."

"괜찮아. 동창회에 간 건데, 할 수 없지."

"나 없는 동안 뭐 했어?"

"아버님이랑 바둑 뒀어."

"뭐라고? 에이, 거짓말."

"정말이야. 재미있었어."

그러고는 이불을 고쳐 덮고서 다시 잠이 들었다.

아버지와 바둑을? 아내는 적응력이 매우 뛰어난 것 같다. 이
걸로 어깨의 짐을 완전히 내려놓았다. 내일부터는 나고야다.

3

주부 국제공항에서 특급 열차를 타고 나고야 시내로 향했

다. 열차 안이 복잡해서 좌석 지정 차량을 선택해 차창 너머로 바다를 바라보면서 갔다.

나고야는 엄청 더웠다. 홋카이도에 있다가 내려오니 거의 사우나 수준이다. 습기가 몸을 끈끈하게 휘감고, 태양은 가차없이 살갗을 태웠다.

새삼스럽게 일본이 참 넓다고 생각했다. 여기까지가 절반이고 나머지는 서쪽으로 계속된다.

"우, 홋카이도가 좋아."

사요가 짜증스럽다는 듯이 말한다.

"여기도 좋은데, 뭐. 해수욕장도 가까이 있고."

고이치는 여름 바다 풍경을 좋아했다. 아이가 생기면 추석에는 이세 만에서 해수욕을 하는 게 단골 코스가 될 것 같다.

미도리 구에서 가장 가까운 역에 내리자 사요의 부모님이 차를 갖고 마중 나와 계셨다. 사요가 공항에서 전화를 걸어 도착 시간을 미리 알려 둔 것이다. 택시를 타면 된다고 말렸지만 안 통했다. "그렇게 돈 아까운 짓을 뭐하러 하니?"라고 말하는 장모의 목소리가 사요의 휴대 전화를 통해 생생히 들렸다.

장인 장모는 생각보다 훨씬 젊었다. 작년 가을에 결혼 허락을 받기 위해 찾았을 때 처음 만나고 그다음이 결혼식 때였다. 고이치는 두 번 다 긴장해서 제대로 얼굴을 보지 못했다.

새삼스럽게 다시 보니 두 분 모두 온화한 생김새에 웃는 표정이어서 더욱 젊어 보였다. 특히 장인은 조금 무섭게 보았던 인상이 완전히 달라져 있었다.

짐을 트렁크에 실었다. 삿포로 어머니가 사돈댁 선물이라며 이것저것 토산물을 싸 주는 바람에 쇼핑백이 몇 개나 되었다.

"여기 오니까 덥지?"

장모가 물었다.

"덥긴 좀 덥네요. 그래도 여름은 화끈하게 더워야 제 맛이죠."

"홋카이도는 에어컨이 필요 없더라."

사요의 말에 장모는 과장되게 놀라면서 "여긴 잘 때도 에어컨을 켜지 않으면 못 자는데."라며 손으로 얼굴에 부채질을 했다.

"미안하네, 삿포로에서 이 먼 곳까지 오게 해서 말이야."

"아닙니다. 비행기 타고 휙 날아온걸요."

"그래도 피곤하긴 피곤하지."

장모는 딸네가 삿포로와 나고야를 오가는 것이 마치 본인의 책임이라도 되는 양 미안해했다.

처가에 도착하자 고이치는 불단이 어디 있는지 물어 향을 피우고 합장했다. 사요에게 배운 것이다. 비행기를 타고 오면서 물어봤더니 불단 앞에서 향을 피운 것이나 앞치마를 준비한 것이 모두 회사 선배의 조언이었다고 털어놓았다. 사요의 마음씨가 갸륵하다고 느껴졌다.

거실에서 선물을 건네고 시원한 보리차를 마시고 나니 더는 할 일이 없었다. 집안에 아이가 없으니 대화가 끊길 때마다 화젯거리가 궁하다. 산책이라도 했으면 좋겠지만 바깥은 그럴 만한 온도가 아니었다. 저녁을 먹으려면 아직도 시간이 한참 남았다.

"오늘 저녁은 스키야키로 준비했는데, 괜찮겠나?"

장모가 묻는다.

"네, 물론이죠."

"홋카이도에서는 스키야키 간을 뭘로 하지?"

"글쎄요. 다른 집은 어떤지 몰라도, 저희 집에서는 미리 만들어 둔 맛간장으로 합니다."

"우리는 굵은 설탕이랑 간장만 치는데, 괜찮으려나?"

"그럼요. 도쿄에서도 맛간장을 사용하지 않는 집이 많을 겁니다."

"황실에서는 설탕과 간장만 사용한다네."

장인어른도 대화에 끼어들었다.

"그렇습니까?"

"전에 다니던 회사에 궁내청 출신이 있었는데, 그 사람이 그러더군."

"거짓말. 자기야, 믿지 마. 우리 아빠 순 허풍쟁이야."

사요가 아빠를 흘겨보며 말했다. 나고야에 왔다고 금세 나고야 사투리가 나온다. 살짝 귀여웠다.

"내가 무슨 허풍쟁이야?"

"궁내청 출신이 회사에 들어간 건 맞지만, 나머지는 다 거짓말이야. 나 어렸을 때, 아빠가 천황을 만난 적 있다고 해서 진짜인 줄 알고 애들한테 자랑했다가 얼마나 창피를 당했는지 몰라."

"내가 그런 적이 있어?"

"있었지, 그럼."

딸과 티격태격하면서도 장인은 재미있다는 표정이다.

"채소는 파만 넣나?"

장모가 또 물었다.

"아, 그게…… 저희 본가에서는 양파를 넣던데요."

고이치가 대답한다.

"아, 양파! 그게 좋으면 오늘 저녁에는 양파를 넣을까?"

"파만 넣어도 돼. 내가 집에서 만들 때도 파만 넣는데, 뭐."

사요가 말한다.

"양파를 넣는다니, 이상하군."

장인의 말에 장모가 "이상하다니, 무슨 말이 그래요? 실례

되게."라고 장인을 나무랐다.

"도쿄에서도 양파를 넣는 곳이 있어. 긴자에 있는 스키야키 집 중에도 양파를 넣는 데가 있는걸."

사요도 거든다.

"그건 소고기덮밥 집이겠지."

"아니야, 스키야키 집이라니까."

의미 없는 스키야키 담론이 계속되었다. 달리 할 얘기가 없으니 침묵하는 것보다는 낫겠다 싶어 주고받는 것뿐이다.

켜 놓은 채 마냥 내버려 두고 있는 텔레비전에서는 고교 야구 중계가 방영되고 있었다. 다른 현들끼리의 경기라 아무도 관심을 보이지 않았다. 그러다 대화가 끊기면 일제히 텔레비전으로 눈길을 돌린다.

그러던 와중에 불단에 눈길이 스쳤다. 클래식한 회중시계가 케이스에 담긴 채 장식돼 있었다. '퇴직 기념'이라는 글자가 새겨져 있다.

장인은 올봄에 이 고장에 있는 철강 회사를 정년퇴직했다. 지금은 그 자회사에 재취직해 있는 모양이다. 외동딸의 결혼과 당신의 정년퇴직이라는 인생의 큰 전환점 두 가지가 연속으로 있었다. 그것은 동시에 이별이다. 장인이 얼마나 허전할지 고이치는 새삼스레 상상해 보았다. 만약 이번 명절에 딸 부부가 내려오지 않았다면…….

"도쿄에서는 실곤야을 넣니?"

"아니, 곤약 국수."

"어떻게 다른데?"

"그건 나도 몰라."

그렇게 생각해서인지 장인과 사요의 대화가 어쩐지 소중하게 느껴져 고이치는 기분이 숙연해졌다. 내년에도 하와이 여행은 못 갈 것 같다.

스키야키에 들어 있는 고기는 거의 다 고이치가 먹었다. 장인은 두 점 정도 먹고서는 계속 파와 두부만 집어 먹으면서 차가운 정종을 홀짝홀짝 마셨다. 장모는 콜레스테롤 수치가 높다면서 고기를 전혀 먹지 않았다. 사요는 원래 소식하는 타입이다.

고이치는 사양하기는커녕 정신없이 고기를 먹어 댔다. 마블링이 고르게 퍼진 상등급 소고기가 몇 그램인지 가늠할 수도 없을 정도로 수북이 접시에 쌓여 있었는데, 장모가 그걸 계속해서 냄비에 넣는 바람에 쉴 틈이 없었던 것이다.

"많이 먹게나."

몇 번이나 그렇게 말하니 기대에 부응하지 않을 수 없었다.

그러고 보니 삿포로 집에서는 사요가 무척 많이 먹었다. 어머니가 자꾸 접시에 덜어 주니 남길 수도 없어 기를 쓰고 밀어 넣었을 것이다. 귀성은 여러모로 부부 쌍방에게 큰일이다.

결국 혼자서 5백 그램 가까운 고기를 먹은 고이치는 배가 빵빵하게 불러 앉아 있기도 고통스러웠다.

"당신, 정말 많이 먹네."

사요도 놀라워했다.

후식으로 배가 나왔다. 더는 아무것도 들어갈 것 같지 않았지만 억지로 또 밀어 넣는다.

설거지와 뒷정리는 장모님과 사요가 함께 했다. 거들고 싶었지만 배가 불러 움직일 수 없었다. 거실에 장인과 둘이 남아 텔레비전을 본다. 이번에는 프로 야구가 중계되고 있었다. 나고야니까 물론 주니치전이다.

"자네, 프로 야구는 어디 팬이지?"

장인이 묻는다.

"아, 그게요, 딱히……."

관심사가 아니니 어쩔 수 없다. 하지만 그랬다가는 대화가 이어지지 않으니 짧은 지식으로 응수한다.

"주니치에서는 이와세 히토키 선수가 잘하더군요."

"이와세 괜찮지. 그런데 선발로는 무리란 말이야. 첸이나 요시미, 아사쿠라도 불안정하고……."

"그렇군요."

"그보다 감독이 문제야. 나고야에서 오치아이 감독은 인기가 하나도 없어."

"그래요?"

"빨리 다쓰나미로 바뀌어야 할 텐데."

"아, 네."

"야마모토 마사도 괜찮고."

"아아, 야마모토 마사요."

프로 야구를 화제로 하기에는 아무래도 무리였는지 건투에도 불구하고 대화는 여기까지였다.

침묵이 흘렀다. 뭔가 화젯거리를 찾아야 하는데…….

"그런데 장인어른 회사에서는 컴퓨터 관리를 외부 업체에 맡깁니까?"

고이치가 화제를 던졌다. IT가 본업이니만큼 그쪽 얘기라면 자신 있다.

"글쎄, 잘 모르겠는데. 나는 내내 품질 관리만 해 오던 사람이라 컴퓨터는 잘 몰라."

"경리나 재고도 컴퓨터로 관리할 텐데요. 소프트웨어 전문가가 사내에 있습니까?"

"그것도 잘 모르겠는걸."

장인이 미안하다는 듯이 고개를 갸웃거린다. 아뿔싸, 이런 얘기를 꺼내는 게 아니었는데.

"나고야는 늦더위도 심한가요?"

뜬금없이 그런 말이 나왔다.

"그럼, 심하지. 9월에도 한여름 같은 날씨가 계속된다네."

"홋카이도는 추석이 지나면 벌써 가을이에요."

"그렇겠지."

장인의 대답도 어색했다. 대화에 흥이 오르지 않는다는 것을 피차 의식하고 있는 것이다.

시계를 보니 이제 겨우 8시다. 시간이 왜 이리 더디게 가는지.

"자기야, 목욕할래? 물, 데워졌는데."

사요가 부엌에서 도움의 손길을 내밀었다. 그러나 아직 배가 불러 괴롭다. 게다가 사위가 맨 먼저 목욕을 하기도 좀 그렇다.

"난 나중에 해도 돼. 장인어른 먼저 하시죠."

"나는 늘 자기 직전에 하네."

"나도야."

사요가 그러면서 웃고 있다.

울며 겨자 먹기로 먼저 하기로 했다.

수건을 꺼내 들고 욕실로 향했다. 수리를 해서 완전히 새 욕실이었다. 칸막이가 없고, 곳곳에 손잡이가 붙어 있다.

노년을 맞은 부부가 앞으로도 당신들의 힘으로 살아가고자

하는 의지 비슷한 것이 느껴져 가슴이 약간 찡했다.

물이 뜨거웠다. 찬물을 섞어도 되는지 어떤지 몰라 꾹 참고 욕조로 들어갔다.

땀을 뻘뻘 흘리면서, 어쨌거나 오늘 하루가 무사히 지나갔다며 안도의 한숨을 내쉬었다.

다음 날도 날이 맑았다. 주택가인데도 아침부터 매미의 대합창이 눅눅한 공기를 휘젓듯 요란하게 울린다. 오늘은 나고야에서의 메인이벤트가 있는 날로, 장모 쪽 친척들이 모이는 법회가 11시부터 있을 예정이다. 고이치네 쪽은 절과 그다지 친밀하지 않아서 법회도 적당히 치르는데, 역사가 깊은 나고야는 나름의 깊이가 있을 것 같았다. 사요는 평상복 차림이라도 괜찮다고 했지만, 너무 편안한 차림은 안 좋을 것 같아 흰 폴로셔츠에 감색 면바지를 입었다.

술이 나온다기에 차는 두고 넷이 택시를 타고 절로 향했다. 택시 안에서 장모가 "이거 큰삼촌께 드리게."라며 봉투를 건넸다.

"아, 죄송합니다. 저희들이 준비했어야 하는데."

고이치는 준비성이 부족한 자신을 책망하며 식은땀을 흘렸다. 절에서 법회를 치를 때엔 향전을 준비해야 하는 것이다.

"괜찮아, 그런 거 안 드려도."

사요가 말했다.

"괜찮기는. 너도 이제 독립했잖니. 지금까지는 엄마 아빠의 부양가족으로 지냈지만 앞으로는 어엿한 기시모토 집안의 한 사람이야."

"그건 오버야."

사요가 뚱한 얼굴을 한다.

"이 사람네 집은 친척들이 모일 때도 돈을 나누어 내더라. 우리도 그렇게 하면 좀 좋아?"

"큰삼촌이 그걸 허락할 리가 없지."

"왜?"

"체면이 깎이니까 그렇지."

"말도 안 돼. 그게 무슨 체면 깎이는 일이라고……."

사요는 나고야의 풍습이 싫은가 보다. 도쿄에서 지낼 때도 이따금 '도시인데 시골'이라며 흉을 봤다.

절은 산기슭에 있었다. 마당으로 들어서자 5층 건물 높이는 됨직한 거목이 우뚝 서 있어 그 광경이 꽤나 장관이었다.

"어렸을 땐 여기서 자주 놀았어."

사요가 공기를 깊이 들이마시며 말했다.

고이치도 가슴 한가득 숨을 들이마셨다. 다른 곳과 마찬가지로 매미가 맴맴거렸지만, 여기만 유독 서늘한 느낌이다.

이미 도착해 있던 친척들이 고이치를 보자 "아이고, 오느라고 수고했네."라고 환영의 말을 건넸다.

"둘이 삿포로에 갔다 왔다며? 힘들었지?"

"편안히 지내다 가요."

웃는 얼굴들에 에워싸인다. 고이치도 결혼식에 참석했던 몇 사람은 기억하고 있었다. 모두들 무척 사근사근했던 기억이 떠오른다.

"너희들은 향전 내지 마라, 교통비도 많이 들었을 텐데. 큰 삼촌도 사요네는 안 내도 괜찮다고 하셨어."

금니를 한 어른 한 분이 다가와서 말했다. 장모님의 언니인 듯했다.

"아닙니다, 그래도……."

"아니야, 아니야."

실랑이를 벌이기도 뭐해서 따르기로 했다.

어린아이들도 많이 있었다. 벌써부터 경내를 이리저리 뛰어다니고 있다. 장모님이 순서대로 소개해 주었다. 하나같이 부끄러워하는 모습이 귀엽다.

스님이 재촉해서 본당으로 들어갔다. 정면에 불단이 있고, 그 앞에 방석이 죽 놓여 있었다. 구석에 앉았으면 좋겠는데 금니 이모가 "이리 와요, 이리로." 하고 손짓하는 바람에 앞줄에 앉고 말았다.

지위가 상당히 높아 보이는 스님 세 분이 앞으로 나와서 독경을 시작했다. 셋이서 소리 높여 경을 읊으니 느낌이 사뭇 중후하다.

눈을 감자 독경의 반향에 감싸여 몸이 붕 떠오르는 듯한 묘한 감각에 사로잡혔다. 삼면으로 문이 열려 있는 본당을 청량한 바람이 훑고 지나간다.

고이치는 그 상쾌함에 기분 좋게 몸을 맡기면서, 이렇게 추석다운 추석은 난생처음 아닐까 하는 감개에 젖었다.

가만히 있기 힘들어하는 아이들은 10분쯤 지나 해방되었다.

"애들아, 너희들은 밖에 나가 놀아라. 시끄럽게 하지는 말고."

이모 한 분의 말에 아이들이 쏜살같이 뛰어나갔다.

독경이 끝나자 장소를 별채로 옮겼다. 긴 복도의 마루는 세월의 흔적이 느껴지기는 해도 매끄럽게 잘 닦여 있어 아이들에게는 또 하나의 좋은 놀이터가 되었다.

아이들이 있으니 참 좋다고 다시 한 번 생각했다. 분위기가 밝아진다. 도쿄로 돌아가면 사요와 의논해 봐야겠다고 생각했다. 아이가 있었으면 좋겠다, 아빠가 되고 싶다, 그렇게 솔직하게 털어놓는 거다.

별채에 도시락이 준비되어 있었다. 그렇다, 이 비용을 전부 큰집에서 부담해야 하니 향전이 필요한 것이다.

여기서도 금니 이모가 손짓해서 그 옆에 가서 앉게 되었다.

사요는 조금 떨어진 자리에 사촌 가족과 나란히 앉았다.

상석에 스님이 앉아 짧은 강론을 했다. 그사이에 여자들이 천천히 돌면서 맥주를 따른다. 고이치가 일어서서 받으려 하자 "그냥 앉아 있어요."라며 만류했다.

다 같이 건배. 분위기가 와르르 풀리면서 웃음꽃이 피었다.

"사요네는 아직 아이 소식 없냐?"

삼촌 한 분이 말문을 열었다. 드디어 올 것이 왔군, 하며 고이치는 얼굴을 붉혔다.

"결혼한 지 얼마나 됐다고 그래."

다른 이모가 대답한다.

"언제 했지?"

"3월. 같이 도쿄에 갔잖아."

"그럼 다섯 달인데, 소식이 있을 만도 하잖아."

"때가 되면 생기겠지. 오빠는 가만있어요."

"사요는 도쿄 사람 다 됐더라. 좋은 회사에 다니고, 외국에 나가고 싶어 한다는 말도 들리고. 맞벌이도 좋지만 부모님께 손자는 안겨 드려야지."

"사요가 다 알아서 할 거예요. 그렇지?"

사요는 말없이 미소만 짓고 있었다. 보나 마나 속으로는 무슨 헛소리냐고 하고 있을 것이다. 사요로서는 귀성해서 가장 우울한 시간이다.

"이제 여기로 돌아올 생각은 없는 거야? 백화점이라면 나고야에도 마쓰자카가 있는데."

"남편도 일이 있는데 어떻게 내려오겠어요."

"이보게, 내려오고 싶다면 내가 나고야에 일자리를 알아봐 주겠네. 도요타든 주니치 신문이든 말이지."

"무슨 허풍을 그렇게 떨어요, 자기도 못 들어간 주제에?"

"말하자면 그렇다는 거지. 안 그런가?"

고이치는 어이가 없어서 잠자코 웃기만 했다. 이게 나고야의 친족 관계인가. 사요 입장에서 보면 주책없는 친척일지 모르겠지만 외부인인 사위로서는 이토록 거리낌이 없으니 오히려 유쾌하다.

"외동딸을 도쿄에 빼앗길 수야 없지."

"오빠는 가만히 좀 있어요."

"제가 데릴사위로 올 걸 그랬습니다."

고이치가 슬쩍 장단을 맞춘다.

"그래그래, 지금도 늦지 않았어."

"말도 안 되는 소리 하지 말아요. 고이치 씨도 장남이란 말이에요. 삿포로 부모님은 어쩌고요."

"그래? 그렇다면 대를 이어야지."

"대를 이을 게 뭐 있겠습니까. 아버지도 그저 회사원이실 뿐인데요."

"그래도 산소는 있을 거 아닌가. 장남이라면 마땅히 산소를 지켜야지."

"그럼 산소를 나고야로 옮기죠, 뭐."

"그게 좋겠군."

"자꾸 말도 안 되는 소리 할 거야?"

끝내 금니 이모가 일갈했다. 다들 "아하하." 웃는다.

도시락에는 팥밥과 생선구이와 채소 조림이 들어 있었다. 소박한 메뉴지만 그 기품 있는 맛에 역시 나고야 요리는 깊이가 있다고 감탄했다.

"사요야, 된장은 나고야 걸 먹니?"

큰삼촌이 묻는다.

"아니요, 그냥 사다 먹는데요."

"그럼 안 되지. 정말 도쿄 사람이 되고 말았구나."

또 모두가 웃었다.

식후에는 툇마루에 앉아 차를 마셨다. 수목이 바람에 흔들리고 작은 새들이 지저귄다. 정말 상쾌한 절이다. 고이치는 해마다 와도 좋겠다고 생각했다. 사요의 친척들도 모두 좋은 사람들이다.

금니 이모가 또 옆으로 다가오더니 "어구구." 하면서 앉아 냉동 귤의 껍질을 까기 시작했다.

"이봐요, 조카사위. 우리 사요, 잘 부탁해요. 어렸을 때부터

똑똑하고 친절해서 내가 참 예뻐했어."

"그랬어요?"

"커서는 좀 까다로운 구석도 생겼지만, 그래도 좋은 아이야. 도쿄에 가겠다고 했을 때도 사요라면 문제없을 거라고……."

그러면서 껍질을 벗긴 귤을 주길래 고이치는 두 손으로 받았다.

"친척 중에는 외동딸을 도쿄로 내보내면 어떡하냐고 하는 사람도 있었지만 쟤 엄마가 저 하고 싶은 대로 놔두겠다고 했어. 쟤 엄마가 옛날에 대를 이을 아들을 못 낳아서 시어머니한테 구박을 많이 받았거든. 참 힘들게 살았지. 그래서 자기 딸은 되도록이면 자유롭게 살도록 해 주려고……."

고이치는 처음 듣는 소리였다. 장모를 눈으로 더듬어 찾았다. 안뜰에서 여자 친척들과 담소하고 있었다. 어쩐지 코끝이 찡해진다. 사람들은 저마다의 인생이 있다.

"힘들어도 명절 때는 사요랑 같이 내려와요."

금니 이모가 노래하듯이 말한다. 나고야 사투리에는 멜로디가 있다.

"물론입니다. 해마다 오겠습니다."

"그래, 고마워요."

"손자도 꼭 만들겠습니다."

"아유, 고마워요. 듣기만 해도 기쁘네."

얼굴에 환한 웃음을 띠고 고이치의 어깨를 두드려 준다. 가족의 일원으로 인정받은 느낌이 드는 순간이었다. 고이치는 하와이 같은 곳에는 못 가도 괜찮다고 진심으로 생각했다.

처가 어른들과 헤어진 후 사요와 둘이 시내 중심가로 나갔다. 나고야 거리를 하릴없이 거닐고 싶었다. 하지만 날씨가 더워 지하로만 걸었다.

"이모랑 무슨 얘기 했어?"

사요가 묻는다.

"당신을 잘 부탁한대."

"그 이모는 참, 오지랖도 넓어."

"좋은 분이던데, 뭐."

"응, 그건 그래."

"나, 사요 친척들이 마음에 들어."

"그래? 그렇다면 다행이고……. 나도 자기 친척들이 마음에 들었어. 너무 친한 척하지 않아서 좋아."

"하하. 그럼 우리 둘 다 잘된 거네."

"해마다 삿포로와 나고야를 오가게 되겠지만, 그것도 좋지 않을까 싶어."

"그래. 아, 맞다! 나 동창회 간 날 아버지랑 바둑 뒀다고 했지? 대화가 잘 통했나 봐."

"응, 재미있었어. 아버님이 바둑 두시면서 나직나직하게 여러 가지 말씀을 하셨어. 우리 아들놈이 좀 천방지축이니 잘 부탁한다, 그러기도 하시고."

"아니, 아버지가 그런 말을 다 했어?"

고이치는 자기도 모르게 걸음을 멈췄다.

"소심한 면이 있어서 때로는 엉덩이를 걷어차야 할 때도 있을 거다, 그런 말씀도 하셨는걸."

"정말?"

고이치는 얼굴을 찡그렸다.

"정말이지 그럼."

사요가 웃는다.

"또 다른 말은?"

"기타 등등!"

돌이켜 보니 아버지와 단둘이 마주 앉아 얘기한 게 30년 동안 30분도 되지 않는다. 이제는 사요가 아버지와 더 가깝다.

"하하하."

사요가 소리 내어 웃었다.

내일이면 두 사람의 귀성이 끝난다.

아내와 마라톤

1

아내가 달리기를 시작했다. 매일 오후, 점심 먹은 게 소화될 즈음이면 운동복으로 갈아입은 뒤 "나 좀 뛰고 올게."라는 말을 남기고 한 시간 이상 집을 비운다. 그런 지 벌써 1년이 넘었는데, 그 열성은 건강을 위해서라든가 다이어트라든가 하는 수준을 넘어선다. 듣자 하니 근처 제방에 나 있는 오솔길을 몇 번이나 왕복하는가 보았다. 그 거리가 5, 6킬로미터에 달했다. 자신으로서는 아무리 애를 써도 불가능한 일이다. '그럼 나도 한번', 하고 달려 보았는데 2백 미터 뛰고 나니 눈앞이 어질어질했다.

오쓰카 야스오는 마흔여섯 살의 소설가로, 자택의 서재에 버티고 앉아 글을 쓴다. 그러니까 전업 주부인 사토미와는 매일 함께 있다. 도심에 있는 아파트를 빌려 작업실로 꾸미겠다는 계획은 늘 머릿속에 있었지만, 집세와 통근 시간이 아깝기도 하고, 잠옷 차림으로 서재를 드나들 수 있는 편리함을 떨쳐 버릴 수 없어 계속 미루고 있다. 야스오는 만사를 귀찮아하는 성격이다.

아이는 아들만 둘로, 중 3 수험생인 게스케와 요스케 쌍둥이다. 여름까지는 축구 동아리 활동에 여념이 없더니 이제야 허둥지둥 입시 공부에 달라붙었다. 부모와 마주하기를 꺼리는 나이이기도 해서 가족끼리 단란하게 지내는 시간은 거의 없어졌다. 그들이 1층에 있는 시간이라고는 우걱우걱 밥을 먹어 댈 때뿐이다. 나누는 대화도 꼭 필요한 사항뿐이다.

아이들이 부모의 손을 벗어나는 바람에 달리 할 일이 없어진 것이 사토미가 달리기에 빠지게 된 이유 아닐까, 야스오는 추측하고 있다. 실제로 사토미는 집안일이 아니면 할 일이 없다. 한때는 시청에 자원 봉사자로 등록해서 휠체어를 타고 다니는 사람들과 하이킹도 가고 그러더니, 자원 봉사자들 사이의 인간관계에 지쳐 1년 만에 그만두고 말았다. 그 전에는 또 로하스라는 에코 활동에 한창 열을 올려 동네 주부들과 바자회를 여는 등 활발하게 움직였는데, 그 관계도 시간과 함께 자연 소멸하고 말았다. 그래서 매일 집에 있게 되었다.

과거에는 아르바이트를 한 적도 있었으니 다시 일하러 나간다는 선택지가 없는 것은 아니지만, 지금은 그때와 상황이 다르다. 야스오가 나름 유명한 베스트셀러 작가인 것이다. 주부가 아르바이트로 버는 월수입 정도는 하루에 번다. 그러다 보니 일할 동기를 찾기 어려울 것이다. 밖에 나갈 일이 없다는 것은 참으로 맥이 풀리는 일이다. 그리하여 아내는 달리기를 시작했는데…….

"여보, 오늘 점심은 메밀국수로 할까 하는데, 그걸로 되겠어?"

시계의 긴바늘과 짧은바늘이 맨 꼭대기에서 겹치려 할 무렵 사토미가 서재로 들어와 물었다.

"뭐가 좀 더 있으면 좋겠는걸."

야스오가 컴퓨터를 향한 채 대답했다.

"냉동 다코야키는 어때?"

"무슨 그런 조합이 다 있어?"

"그럼 감자 샐러드라도 만들까?"

"글쎄……, 아니야. 그냥 다코야키 먹지, 뭐."

새로 만들라고 하기는 미안해서 타협하고 말았다.

점심은 대개 간단하게 먹는다. 야스오는 개와 산책할 때 말고는 좀처럼 집 밖에 나가지 않기 때문에 식사도 자연히 가볍게 하게 된다.

잠시 후 메밀국수가 다 삶겨 부부가 식탁에 마주 앉았다. 사토미 접시에는 메밀국수가 아주 조금밖에 담겨 있지 않았다.

"그거 먹고 되겠어?"

야스오가 늘 하던 질문을 한다.

"응, 충분해."

사토미도 늘 하는 대답을 한다.

"뛰면 배고파지잖아."

"그래서 달리기 전에 늘 바나나를 먹잖아."

"그렇긴 하지만……."

달리기를 하는 덕에 사토미는 요즘 완전 날씬하다. 같이 걸어가면 야스오의 늘어진 살이 한층 눈에 띈다. 이대로 가다가는 늙는 속도에 차이가 날 것 같아 불안해진다.

"무릎은 이제 안 아파?"

"응, 괜찮아. 인대를 조금 다친 것뿐이어서 저절로 나았어."

사토미는 무릎을 다친 적이 있었다. 그런데도 달리기를 멈추지 않았다.

"오늘은 몇 킬로미터나 뛸 건데?"

"컨디션 봐서. 날씨가 좋으니 좀 더 많이 뛰어 볼까 싶기도 해."

"진짜 오래 계속하네."

"좋잖아. 남에게 폐를 끼치는 일도 아니고."

사토미가 입을 비죽거리면서 말했다. 야스오의 말투가 감탄한다기보다는 슬쩍 비꼬는 식이었기 때문이다.

텔레비전 정오 뉴스에서 오늘의 주가를 전하고 있었다.

"오늘 오전 종가는……."

함께 그 숫자를 바라보다가 사토미가 한숨을 내쉬었다.

"대체 언제나 회복될지……."

사토미가 중얼거리자 야스오는 말없이 쓴웃음을 지었다. 몇 년 전에 발생한 금융 위기는 오쓰카 집안의 재정에 큰 타격을 주었다.

5년 전, 야스오가 이름 있는 문학상을 받고 책이 많이 팔려 은행 계좌에 거금이 굴러 들어왔다. 그러자 은행이 맨 먼저 달려들었다. 일주일이 멀다 하고 금융 상품을 판매하러 와서는 집요하게 권유했다. 야스오는 애당초 금융 지식이 없는 사람이라 모든 걸 사토미에게 맡겼다. 은행원과 뭘 하는지 옆에서 그저 바라만 보고 있었더니, 리먼 쇼크가 발발해 엄청난 일이 벌어졌다. 예금 대부분을 자산 운용사에 맡기는 바람에 그 손실액이 수천만 엔에 이르렀던 것이다. 그대로 해약하면 손실금이 확정되고 마니 해약할 수도 없었다. 집을 새로 사려던 계획도 물거품이 되고 말았다. 야스오 부부는 앞으로 몇 년이 걸릴지 모르는 경기 회복을 기다릴 수밖에 없었다. 그러는 동안에도 은행과 증권 회사는 계속 수수료를 챙겼다. 정말 어처구니없는 얘기다.

사토미는 사태에 대한 책임을 느끼고 몹시 우울해했다. 아무것도 모르는 사람을 꼬드긴 은행이 나쁜 것이니 마음에 두지 말리고 하는데도 몇 번이나 사과했다. 그 이후로 사토미는 돈을 잘 쓰려고 하지 않는다. 아내의 마음에는 늘 구름이 드리워 있다.

"달릴 때 무슨 생각 해?"

야스오가 메밀국수를 후루룩거리며 물었다.

"글쎄, 의식해 본 적 없는데."

"무아의 경지인가?"

"거창하게 무아의 경지는 무슨. 그러는 당신은 프레디랑 산책할 때 무슨 생각 해?"

사토미가 반문하자 야스오 역시 대답할 말이 궁했다. 그러고 보니 자신도 별생각 안 하는 것 같았다. 개와 산책하다가 소설의 아이디어가 떠오른 적은 단 한 번도 없다. 그저 멍하니 걸을 뿐이다.

"나도 달리기나 해 볼까?"

"그러든지."

시큰둥하게 대답한다. 진심으로 하는 말이라고 여기지 않는 것이다.

"러너스 하이라는 거, 경험해 본 적 있어?"

"아니, 없어. 기껏 달려 봐야 한 시간인데, 뭐."

"그래도 대단해. 나는 2분 달리면 힘이 쭉 빠지는데."

"달리다 보면 괜찮아져. 나도 운동한 적 없잖아."

사토미는 중고교 시절 브라스 밴드부였다. 스키나 골프 같은 레저 스포츠와도 인연이 없었는데 불과 1년 사이에 어엿한 러너가 됐으니 세간에 붐이 일 만도 하다. 동네 제방에 난 오솔길은 휴일만 되면 뛰는 사람들 천지다.

"그 정도 달렸으면 마라톤 대회라도 나가 보지그래?"

"아이, 마라톤은 무리야. 길어야 10킬로미터 달린 게 전부인데."

사토미는 이내 고개를 저었다.

"그 정도 달리면 나머지는 여세를 몰아 달릴 수 있는 거 아닌가?"

"그렇게 간단하지 않을 거야. 하프 코스라면 몰라도 풀코스는 어림없어. 10킬로미터를 달리고 났는데 아직도 남은 거리가 30킬로미터 이상이라면 정신이 아득해질 것 같아."

"그럼 일단 하프에 도전해 보는 건 어때?"

"뭐야, 아내를 꼭 레이스에 내보내고 싶어?"

"아니, 그게 아니라, 이렇게까지 뛰는데 시도도 안 해 보면 아깝잖아."

"딱히 목표를 세우고 달리는 것도 아니니까 상관없어. 뛰다 보면 속이 후련해져. 그것뿐이야, 뛰는 이유는."

"흐음."

야스오는 메밀국수 삶은 물을 남은 장국에 부어 마셨다. 그리고 디코야키를 집었다. 사토미는 자리에서 일어나 싱크대에서 설거지를 시작했다.

"원고는 잘 써져?"

"전혀. 계속 슬럼프야."

야스오가 대답했다. 늘 똑같은 질문과 대답이다. 글이 잘 써진 건 데뷔 당시뿐이었고 그 후로는 한결같이 마른 수건에서 물을 쥐어짜듯 글을 짜내는 작업의 반복이다. 작가는 대개 그렇다. 재능이 있어도 쉽게 가는 법이 없다.

야스오는 서재로 돌아가 다시 집필 작업에 들어갔다. 막히고 또 막혀도 타닥타닥 키보드를 두드린다. 야스오는 유머 소설을 주로 써 왔지만 최근에는 진지한 소설에도 도전하고 있다. 그래서 고생이 한층 늘었다. 요 몇 년 동안 흰머리가 부쩍 많아진 것 같다.

오후 2시가 되자 복도에서 사토미의 조심스러운 목소리가 들렸다.

"여보, 나 좀 뛰고 올게."

"그래, 다녀와."

덜컹, 소리가 나면서 현관문이 닫혔다. 야스오는 목을 쭉 빼고 창으로 바깥을 내다보았다. 위아래로 흰 운동복을 입은 사토미가 집 앞 길을 천천히 달려가고 있다. 제방까지 가서 거기서 준비 운동을 하고 달리는 것이 아내의 일과다. 달리는 중에는 정말로 무슨 생각을 할까. 같이 달리는 친구가 있는 것 같지도 않다. 늘 혼자 달리는 것이다. 아내의 고독을 잠 깐 생각해 보았다.

12월의 하늘은 오후가 되면 금방 저물기 시작한다. 가게 문을 일찍 닫는 음식점처럼, 뭔지 모르게 서두르는 기분이 된다.

오후 3시 반이 되자 아들 둘이 연달아 돌아왔다. 프레디가 짖기 때문에 벨 소리가 나기 전에 알 수 있다. 녀석들은 들리지도 않는 목소리로 "다녀왔어요."라고 웅얼거리고 그대로 2층으로 올라간다. 그래도 그 소리로 둘을 구분할 수 있으니 쌍둥이란 참 흥미롭다. 잠시 후 둘은 또 나란히 내려와 부엌에서 냉장고를 뒤진다. 열다섯 살이란 배가 금방 꺼지는 나이다.

쿵쾅쿵쾅 복도를 뛰는 소리가 나더니 형인 게스케가 얼굴을 들이밀었다.

"엄마는?"

"뛰러 갔어."

야스오가 대답했다. 게스케는 아무 말이 없다. 먹을 것을 못 찾은 듯 그대로 자기 방으로 올라간다.

잠시 후 동생인 요스케가 내려왔다.

"엄마 어디 갔어?"

"뛰러 갔다니까."

야스오는 귀찮다는 듯이 대답하고는 책상에 놓인 시계를 보았다. 4시다. 평소 같으면 사토미가 벌써 돌아왔을 시간이다. 대개는 3시 조금 넘어서 집에 돌아와 샤워를 하고 동네 슈퍼마켓에 장을 보러 간다. 그리고 돌아와서 저녁 준비를 시작한다. 그런데 오늘은 좀 늦는다.

야스오는 오늘 일을 마감하기로 하고 거실로 나갔다. 테이블 위에 사토미의 휴대 전화가 놓여 있었다. 뛰러 나갈 때는 대개 가지고 가지 않으니 이 점에 한해서는 이상이 없다.

요스케가 부엌에서 냉장고를 뒤지고 있었다. 어육 소시지를 발견하고 비닐을 물어뜯는다.

"이 녀석아, 엄마에게 허락도 안 받고 먹으면 어떻게 해. 반찬 하려고 남겨 둔 건지도 모르잖아."

야스오가 나무랐다.

두 아들은 키가 이미 아빠를 넘어섰다. 그래서 그들을 혼낼 때는 약간의 각오가 필요하다. 대들면 어쩌나, 내심 조마조마하다.

"그런데 엄마가 왜 이렇게 늦지? 요스케 너, 자전거 타고 나가서 좀 보고 와."

"싫어요. 귀찮아."

그때 게스케가 다시 내려왔다.

"무슨 일 있어요?"

"엄마가 안 들어와서 나가 보는 게 좋지 않겠냐고 얘기하던 참이야."

"흐음. ……어, 요스케 너! 그거 어디서 찾았어? 나도 줘."

동생이 소시지를 먹고 있는 것을 보자 빼앗으려 한다.

"냉장고 맨 안쪽에 있어. 형도 꺼내 먹으면 되잖아."

"안 돼. 멋대로 먹지 마."

야스오가 언성을 약간 높였다.

"배고프단 말이야."

게스케가 툴툴거린다.

"곧 저녁 먹을 시간이잖아. 참아."

"엄마는?"

"뛰러 나갔다니까."

"몇 시에?"

"2시쯤."

"그럼 두 시간도 넘었잖아. 너무 늦는 거 아니야?"

"교통사고라도 당한 거 아닐까?"

요스케가 불쑥 내뱉는다.

"재수 없는 소리 하지 마!"

야스오가 자기도 모르게 또 언성을 높였다.

가슴속에 불안감이 퍼진다. 아내의 사고 따위는 여태껏 상상해 본 적도 없다.

자기 입으로 말해 놓고 걱정이 되는지 요스케가 "내가 자전거 타고 나가서 찾아볼게."라고 말했다.

"나도 갈래."

게스케도 나섰다.

그때 멀리서 구급차 사이렌 소리가 울렸다. 남자 셋이 얼굴을 마주 본다.

"요스케가 이상한 말을 하니까……."

"지금 내 탓이라는 거야?"

"아빠도 나가 봐야겠다."

갑자기 마음이 급해졌다.

"집을 지키는 사람도 있어야지. 연락받을 사람이 필요하잖아."

"아빠는 집에 있어, 우리가 찾아볼 테니까."

게스케가 침착하게 말한다.

아들의 말을 따르기로 했다. 중 3인데 의외로 듬직하다.

그때 현관문 열리는 소리가 났다. 셋이 동시에 돌아보았다.

"다녀왔어요!"

사토미의 목소리가 온 집 안에 울려 퍼진다.

"뭐야, 왔잖아."

게스케가 얼굴을 찡그린다.

"괜히 걱정했네."

요스케는 옆으로 쓰러지는 시늉을 했다. 둘 다 안도하는 표정이다.

사토미는 발그스름하게 상기된 얼굴로 거실에 나타났다.

"늦어서 미안해. 샤워하고 바로 저녁 준비할게."

온몸이 땀투성이였다.

"어디까지 갔었던 거야? 늦어서 걱정했잖아."

야스오가 나무라듯 말했다.

"오늘은 16킬로미터나 뛰었어. 최고 기록."

"뭐, 16킬로미터?"

"왜, 그 오솔길이 왕복하면 4킬로미터잖아. 그걸 네 번이나 왕복했거든. 오늘은 어쩐지 컨디션이 좋기에 좀 더 달려 보자 했더니 16킬로미터를 뛰었지 뭐야. 시간이 있었으면 20킬로미터도 뛸 수 있었을 거야."

사토미는 상당히 고양된 표정이었다. 목소리도 달떠 있다.

"굉장하지. 놀랍지 않아?"

"그보다 나, 배고파."

"나도. 배고파 죽겠어."

"뭐야, 너희들. 안 놀라는 거야?"

"저녁에 뭐 먹을 거야? 고기 먹고 싶어."

"나도 고기."

"너희들은 먹는 거 말고는 아무 관심도 없니?"

사토미는 볼을 있는 대로 부풀렸지만 이내 다시 기분 좋은 표정을 하고 욕실로 뛰어갔다. 아이들은 괜히 걱정했다는 듯이 "에이, 뭐야."라고 중얼거리면서 2층으로 올라갔다.

혼자 남은 야스오는 온몸의 힘이 빠져 거실 소파에 나가떨어졌다. 정말이지 가족에 대한 걱정은 수명을 단축시킨다. 창밖을 보니 프레디도 뭔가를 바라는 눈빛으로 이쪽을 바라보고 있다. 눈이 마주친 김에 산책이나 데리고 나가기로 했다. 뛰는 건 무리지만 빠른 걸음으로 걷는 정도는 해 볼까 싶었다. 아내만 기분 좋게 땀을 흘렸다는 사실에 심사가 약간 뒤틀렸던 것이다.

2

16킬로미터를 달린 것을 기점으로 사토미의 달리기가 강도를 더해 갔다. 점심 식사를 일찍 마치고 소화되기를 기다렸다가 오후 1시가 되면 나간다. 그리고 두 시간 동안은 돌아오지 않는다. 물어보니, 최저 10킬로미터를 기본으로 뛰고, 그다음은 몸 상태를 봐 가며 정한다고 한다. 덕분에 야스오의 점심시간까지 빨라졌다.

"10킬로미터라면 취미를 넘어서는 거 아니야? 대체 무슨 생각이야?"

야스오는 갈수록 태산이다 싶어 빈정거렸다.

"딱히 무슨 생각이 있는 건 아니야. 뛰고 싶으니까 뛰는 것뿐이지. 그런데 결과적으로 건강해지고 잠도 잘 오고 변비도 없어졌지 뭐야. 그러니 그만두기는 아깝잖아."

사토미는 어디까지나 태연하다.

"그런데 말이지, 우리 동네에도 달리는 사람이 많더라. 역시 좋은 코스가 있어서인지, 시험 삼아 한번 뛰어 본 후로 습관이 된 사람이 많은 것 같아."

"흠."

야스오가 한숨을 쉬었다.

"당신도 뛰면 좋을 텐데. 당신은 시간도 자유롭잖아."

"나는 무리야. 전에 뛰어 본 적 있잖아."

"얼마나 기분 좋은데. 몸이 달라지는 게 스스로 느껴질 정도라니까."

"그렇겠지."

야스오는 사토미의 몸을 슬며시 훔쳐보았다. 아닌 게 아니라 갈수록 날씬해지고 젊어 보인다. 그저 하는 말이 아니라 정말로 마흔다섯 살로는 보이지 않았다.

"여보, 나 러너용 손목시계 사도 될까?"

사토미가 물었다.

"얼마나 하는데?"

"8천 엔 정도."

"사세요, 사. 이왕이면 한 세 개쯤 사지그래."

"그럼 뮤직 플레이어는? 뛰면서 유민 음악 듣고 싶은데."

"사요, 사. 그 정도 가지고 나한테 일일이 허락받을 필요가
뭐 있어."

"그래, 알았어. 고마워."

그 정도 물건을 사는 것도 사토미는 망설였다. 물색 모르고
투자했다가 막대한 손해를 입은 결과 생긴 트라우마다.

사토미는 전과 조금 달라졌다. 남편이 갑자기 유명 작가가
되자 기뻐하면서도 어딘가 모르게 조심스러워졌다. 야스오
가 회사원이던 시절에는 아침에 잘 안 일어난다고 발로 밟기
까지 했었다.

"슬슬 20킬로미터에 도전해 볼까 봐. 어쩌면 뛸 수 있을 것
같아."

사토미가 바깥 날씨를 살피며 말한다.

"마음대로 하세요."

야스오가 어깨를 으쓱했다. 돈도 별로 안 드는 취미인데 무
슨 이의가 있을까.

그날 밤에는 출판사가 접대를 하겠다고 해서 편집자들과 함께 긴자로 몰려갔다. 야스오는 일고여덟 개의 출판사와 교류가 있는데, 각 출판사가 돌아가며 자리를 마련해 일주일에 한 번 정도는 술자리가 있다. 작가는 고독한 직업이라 편집자들이 갖가지 이유를 붙여 끌어낸다.

이탈리아 요리인 트리파를 먹으면서, 아내가 달리기에 푹 빠졌다는 얘기를 꺼냈다. 얘기를 했다 하면 재미있고 우습게 하지 않고서는 못 배기는 게 작가의 본성인지라, 늘 그렇지만 다들 굉장히 재미있어했다.

"와, 그거 재미있는데요. 단편 하나 나오겠습니다."

동년배인 편집장이 말했다. 이 역시 매번 하는 소리다.

"그러다 우리 마누라, 달리기 의존증이 되는 건 아닌가 싶어서 걱정스럽기도 해."

야스오는 쓴웃음을 짓고 나서, 최근에 뛰는 거리가 점점 늘고 있다는 얘기도 했다.

"많든 적든 사람은 무언가를 마음의 의지로 삼고 살아가게 마련이니까 큰 문제는 아니죠. 작가의 부인 중에는 등산에 빠진 사람도 있고 자원 봉사 활동에 몰두하는 사람도 있고, 여러 가지예요."

연재 담당인 삼십 대 여사가 말했다. 야스오는 문단과 교류가 거의 없기 때문에 동업자들의 가정에 대해서는 아는 바가 없다. 문득 호기심이 일었다.

"작가의 부인은 다들 뭘 하지?"

"제가 담당하는 작가들은 대부분 부인이 전업 주부예요."

"그 여자들은 매일 무얼 하고 지내나?"

"글쎄요, 비서 역할을 하는 부인도 있고……."

"호오, 비서라……."

사토미가 비서 역할을 하는 모습을 상상해 보았다. 척척 잘 해 낼 것 같다.

"하지만 오쓰카 선생님은 강연도 안 하고 텔레비전이나 라디오에도 안 나가고 문학상 심사 위원도 안 하시니 비서가 있어도 할 일이 없을 것 같아요."

"그건 그래."

"그럼 이 기회에 저희 출판사 신인상 심사 위원을 하심이 어떠실지?"

편집장이 씩 웃으며 한마디 한다.

"됐어. 성격에 안 맞아."

야스오는 문필가라는 직함이 거북했다. 선생님이라고 불리는 것만으로도 등이 근질근질하다. 그래서 그런 종류의 의뢰는 전부 거절하고 있다.

"그런데 개중에는 자신도 책을 쓰게 해 달라는 부인이 있어요. 저희로서는 참 곤란한 경우죠."

담당 여사가 말했다.

"세상에, 그런 부인이 다 있어?"

"어디에나 있어요. 남편의 사회적 지위를 자신의 지위로 착각하는 부인이."

편집장이 목소리도 고개도 낮추어서 속삭인다.

"걸핏하면 담당 편집자들을 불러서 모임을 여는 부인도 있다니까요. 부인이 전통 무용을 시작하는 바람에 전통 무용 교실에 다니게 될 처지에 놓인 편집자까지 있어요."

"그게 바로 저랍니다."

담당 여사가 웃으며 말했다.

"거절해야지, 그런 건."

"아니죠, 아니죠."

편집장이 과장되게 고개를 저었다.

"그런 걸 싫어하는 사람은 편집자 노릇을 못합니다. 저희는 원고만 받을 수 있다면 무슨 일이든지 해요. 부인이 원고를 받으러 오는 담당자를 꽃미남으로 해 달라고 요구하면 그런 편집자를 붙입니다."

"하하. 그럼 나도 마누라를 비서로 채용할까?"

"그 대신 원고는 틀림없이 주셔야 합니다."

그렇군, 하고 야스오는 속으로 고개를 끄덕였다. 요는 이해와 힘의 관계다. 팔리지 않던 시절에는 자신도 홀대를 받았다. 용건이 있으면 출판사 쪽에서 찾아오는 게 아니라 자신이 불려 갔다. 지금은 그러지 않는다. 편집자들더러 집합하라고 하면 각 출판사에서 앞 다투어 달려올 것이다.

"사모님이 마라톤 대회에 나가시겠다면 저희가 준비해 드릴 수도 있습니다."

"됐어, 됐어. 공사를 구별해야지."

"아, 그러실 필요 없습니다. 잘생긴 남자 편집자를 같이 뛰도록 해 드릴게요."

야스오는 편집장의 농담에 피식 웃으면서도, 나쁘지 않은 아이디어일지 모르겠다고 생각했다. 사토미가 매일 혼자서 묵묵히 뛰는 모습은 어딘가 모르게 외롭고 활기가 없어 보였다. 요즘 아내에게는 친구가 없다. 말이 나온 김에 그 같은 사실도 얘기했다. 와인이 들어가 기분이 좋아진 탓도 있었다.

"아, 저는 이해할 수 있어요."

담당 여사가 재빨리 반응을 보인다.

"동네에서 오쓰카 선생님 댁만 클래스가 다른 거예요. 유명 인사인 데다 돈도 많으니까요. 그렇게 되면 지금까지 가깝게 지내던 주부들이 멀리하거든요."

"클래스가 다르다니, 우리는 사치도 안 부리는데?"

"그래도 이제 회전 초밥 집에는 안 가시잖아요. 백 엔 숍에도 안 가고, 유니클로도 안 입고요. 백화점 세일에 가서 줄을

서지도 않으시죠? 게다가 자가용은 벤츠 스테이션 왜건이고
요."

"그건 자동차 딜러가 하도 권해서……."

"아무튼 여자들은 생활수준이 비슷하지 않으면 친하게 안
지내요. 그런 부분에 여자는 아주 민감하거든요. 슈퍼마켓에
서 물건을 고를 때도 혼자서만 비싼 계란이나 마블링 좋은 소
고기를 카트에 담으면, 그것만으로도 '아, 이 사람은 우리와
수준이 다르구나.' 한다니까요. 그런 마당에 남편의 벌이가 열
배도 넘게 차이 나면 아예 대화가 안 된다고 생각할 거예요."

그 지적에는 어느 정도 수긍이 갔다. 야스오 자신도 친구가
싹 사라졌던 것이다. 아는 사람은 늘었지만 그것은 단순한
인맥에 불과했다. 편집자들이 놀아 주지 않으면 자신은 나갈
곳조차 없을 것이다.

"그리고 전 결혼을 안 해서 잘은 모르겠지만……."

담당 여사가 조심스럽게 얘기를 계속했다.

"남편이 유명 인사가 되면 부인은 기쁘기도 하겠지만 한편
으로는 초조한 마음도 생기지 않을까요?"

"무슨 뜻이지?"

"자신만 뒤처진다는 생각이 드는 거죠. 오쓰카 선생님 사모
님은 제가 두세 번밖에 못 뵈었고 그것도 인사만 겨우 나눈
정도지만 친구 같은 부부라는 인상이었어요. 그러니까 더욱

이, 남편이 계단을 자꾸 올라가면 자기만 뒤에 남겨진다는 기분이 들어서……."

야스오는 잠시 생각에 잠겼다. 친구 같은 부부라……. 듣고 보니 확실히 그랬다. 남편이 가부장적인 것도 아니고 그렇다고 아내가 쥐고 흔드는 집안도 아니다. 지극히 대등한 관계였다. 그런데 요즘 들어 아내가 야스오를 조심스럽게 대하고 있다.

한 가지 생각나는 일이 있었다. 야스오의 소설이 영화화되었을 때 여성지에서 주연 여배우와 대담을 한 적이 있다. 사토미가 기사를 보면서 "당신, 지금 같으면 이런 여배우랑 결혼할 수도 있겠네."라고 하기에 "그런가." 하고 푼수같이 웃었다. 야스오는 농담이었지만 사토미는 안색이 변하면서 "아쉽겠네, 나 같은 사람이랑 결혼해서."라고 가시 돋친 소리로 대답했다. 그때 아내가 그토록 쉽게 상처받는다는 사실에 조금 놀랐다.

"사모님도 분발할 수 있는 뭔가가 필요한 것 아닐까요?"

"음, 그럴지도 모르지……."

야스오는 천천히 고개를 끄덕였다. 사토미가 일을 다시 시작한다 한들 수입은 남편에게 한참 못 미칠 것이다. 주부로 지낸 세월이 오랜 터라 일에 대한 스킬도 없다. 두 아들은 이제 엄마의 손을 필요로 하지 않는다. 사토미는 매일 무슨 생각을 하며 달리는 것일까.

"오쓰카 선생님, 그거 쓰셔야 합니다."

편집장이 테이블 위로 몸을 들이댔다. 표정은 진지한데 눈가에 살짝 웃음기가 있다.

"아내와 마라톤. 원고지 120매 정도의 단편으로요. 저희가 받겠습니다."

"얘기가 또 그렇게 돌아가나."

야스오가 얼굴을 찡그렸다.

"야, 이거, 자리를 마련한 보람이 있습니다. 걸작 예감이에요."

"싫어. 우리 집 얘기는 쓰고 싶지 않단 말이야."

"에이, 그러지 마시고요. 와인 한 병 새로 따죠. 이번에는 한 단계 높은 걸로요."

편집장이 손을 들어 웨이트리스를 불렀다.

"그 단편, 저도 읽어 보고 싶어요."

담당 여사가 두 손을 가슴에 모으며 눈물까지 글썽인다.

이러니 접대는 방심하면 안 되는 것이다.

"자, 그럼 새롭게 건배!"

편집장이 건배를 외치며 잔을 짜랑 부딪쳐 왔다.

담당 여사의 예리한 지적 덕분에 아내의 행동을 눈여겨보게 되었다.

사토미는 언제나 새벽 6시면 일어난다. 아침을 준비해서 아들 둘을 먹이고 8시 전에는 학교에 보낸다. 야스오가 일어나는 것은 대개 그 무렵이다. 넓어진 식탁에 신문을 펼치고 읽으면서 천천히 아침을 먹고 있자면 그사이에 사토미는 욕실 청소를 한다. 전에는 가사를 분담했기 때문에 욕실 청소가 야스오 담당이었지만 N상을 받고 나서 면제되었다. 생각해 보니 사토미는 "N상을 받은 작가에게 욕실 청소를 시킬 수는 없지."라고 말했었다. 야스오는 별생각 없이 그 말을 따랐다.

사토미는 야스오가 다 먹고 난 후에 아침을 먹는다. 늘 텔레비전 아침 정보 프로그램을 보면서 혼자 먹는다. 그 이유를 물어본 적은 없지만 그저 혼자 느긋하게 먹고 싶어서겠지 하고 생각했다.

아침을 먹는 사토미를 남겨 두고 야스오는 손님방을 리모델링한 서재로 들어간다. 그 후로 점심때까지는 얼굴을 마주하는 일이 없다. 그동안 사토미는 빨래와 방청소를 한다. 야스오가 인터넷으로 주문한 책이나 CD가 거의 매일 택배로 오기 때문에 그걸 받기도 한다.

일을 하던 야스오는 자신도 모르게 귀를 기울였다. 텔레비전은 켜져 있지 않았다. 밖에 나간 건 아니니까 집에 있을 것이다. 평소에는 거실에서 수예를 하거나 인터넷을 검색한다. 뭘 검색하는지는 물어본 적이 없다. 그저 시간 때우기라는 걸 알기 때문에 묻기가 꺼려진다. 전화가 걸려 오는 일도 없다. 야스오의 일과 관련된 연락은 대부분 이메일로 온다. 가끔 전화벨이 울리지만 뭘 사라는 전화뿐이다. "아니요. 저희는 필요 없어요."라는 사토미의 목소리로 알 수 있다.

아내는 할 일이 없다. 나갈 곳도 없다. 하루하루가 얼마나 따분할까.

한번은 프레디와 산책을 하다 보니 지역 센터 앞에 동네 아줌마들이 모여 벼룩시장을 벌여 놓고 있었다. 아는 얼굴도 더러 보였다. 전에는 사토미와 친하게 지내던 주부들이다. 아, 그렇구나. 사토미를 부르지 않는구나. 그런 생각이 들자 가슴이 메었다.

사토미는 남편이 돈을 잘 벌게 되었다고 그걸 자랑하고 다닐 만큼 나대는 여자가 아니다. 오히려 그와는 반대로 눈에 띄지 않으려 하는 타입이다. 아이들에게도 사치를 시키지 않는다. 그런데도 여자들의 절약하는 일에는 끼지 못한다.

그 광경을 본 후, 산책도 할 겸 제방까지 가 보았다. 차가운 하늘 아래서 사토미가 오솔길을 달리고 있었다. 칙칙하게 메

마른 풀숲을 배경으로 하얀 운동복이 조그맣게 흔들렸다. 야스오는 보고 있기가 미안해져 소리 없이 그 자리를 떠났다.

점심을 먹으면서 야스오가 제안했다. 요 며칠 동안 생각한 일이다.

"게스케랑 요스케가 고등학교에 들어가면 점점 부모 손이 필요 없어질 테니, 혹시 하고 싶은 일이 있으면 시작해 봐."

"시작해 보라고?"

사토미가 메밀국수를 후루룩거리면서 눈을 야스오에게 향한다.

"그야 물론 당신이 결정할 일이지만……, 왜, 전에는 환경에도 관심이 많았잖아. 친환경 용품 가게를 차린다든지……."

"무리야, 무리. 노하우도 없고."

메밀국수를 입에 넣은 채 아내가 고개를 젓는다.

"자금은 또 어떻게 마련하고."

"내가 줄게. 천만 엔 정도는 문제없어."

"아냐, 됐어. 그런 식으로 당신한테 기댔다가는 보나 마나 실패할 거야."

"그럼 그것 말고 하고 싶은 거 있어?"

"글쎄……."

사토미가 잠시 생각에 잠겼다.

"……나도 소설을 써 보고 싶어."

298

"그래? 그럼 쓰면 되지."

금시초문이었다. 야스오는 절로 목소리가 드높아졌다.

"농담이야, 농담. 내가 어떻게 써."

"왜, 나도 쓰는데 당신이 왜 못 써?"

"쓸 수 있는 사람은 그렇게 말하지. 당신, 작곡할 수 있어?"

"아니, 당연히 못 하지."

"그거랑 마찬가지야. 머릿속에 아무것도 안 떠오르는걸."

야스오가 대꾸할 말이 생각나지 않아 입을 다물었다.

"나, 퀼트 작가가 되고 싶어."

"아아, 당신이 가끔 하는 수예 말이군. 하면 되지."

"그렇게 쉬운 게 아니야. 전에 가게에 위탁 판매를 해 달라고 맡겼더니 겨우 원가에 팔렸다는 얘기 했지? 창조적인 작업은 아무나 하는 게 아닌가 봐."

"그럼 내 비서라도 할래?"

"그게 무슨 소리야, 했으면 좋겠어?"

"당신이 원한다면."

그러자 사토미는 한숨을 쉬더니 창밖으로 시선을 돌렸다. 그리고 잠시 후 입을 열었다.

"아내가 남아도는 시간을 주체하지 못하니까 동정하는 거구나."

"아니, 그런 건……."

"어쩔 수 없지, 시실이니까. 내 일과라고 해 봐야 뛰는 것뿐이잖아."

사토미는 눈을 내리깔고 다시 메밀국수를 먹기 시작했다.

"그런 말 하지 마, 자기 스스로."

야스오는 얘기가 뜻하지 않은 방향으로 흘러가자 당황스러웠다.

"지역 활동이라도 할까 생각해 본 적도 있지만, 인간관계가 너무 피곤해서 안 되겠더라."

"그건 나도 마찬가지야. 나야말로 사교적인 거랑은 거리가 멀잖아."

"왜, 그 유별나게 친한 척하던 시의원 부인 있었잖아, 기억나?"

"아아, 있었지. 나더러 강연을 해 달라고 끈질기게 부탁했던 아줌마 말이지?"

"응. 그 여자가 자신이 활동하는 모임에 들어오라고 하기에 가서 바자회도 하고 낭독회도 했는데, 결국 그 사람들이 원하는 건 당신이었어. 자신이 오쓰카 야스오라는 작가와 아는 사이라는 걸 주위에 자랑하고 싶었던 거지."

"그건 당신이 날 과대평가한 거야. 나한테 그럴 만한 가치가 어디 있어."

"아니야. 이름 없는 주부에게는 유명인과 알고 지낸다는 게 비장의 카드거든. 그리고 그 여자, 자기 남편 후원회에 들라고도 했어."

"아, 맞다. 당신, 그래서 화냈었지?"

"당신이 이런저런 상을 받고 난 뒤부터 내 주위가 그렇게 돼 버렸어."

"미안해."

"당신이 사과를 왜 해? 세상이 타산과 질투로 가득해서 그런 걸."

사토미가 쓸쓸하게 웃으니 야스오는 미안한 마음이 한층 더해졌다. 사실 타산과 질투의 대상은 야스오 자신일 텐데 말이다.

"그리고 말이야, 투자 신탁에 돈을 맡겼다가 모조리 날렸다는 얘기를 주위 사람들에게 했더니 그게 순식간에 퍼져서 다들 입을 모아 고소해하더라니까."

"정말이야?"

"물론 대놓고 말하지는 않지. 하지만 표정을 보면 알 수 있어. 속상하겠네 어쩌네, 말로는 그러면서도 눈으로는 웃고 있거든."

그 당시의 일이 떠오르는지 사토미의 얼굴이 굳어졌다. 야스오는 위로하고 싶었지만 적당한 말이 떠오르지 않았다.

메밀국수를 다 먹고 나서 유부 초밥을 입에 넣었다. 고추냉이 때문에 코가 찡했다.

"고마워, 신경 써 줘서."

"아니야, 그 정도 가지고 뭘."

"하고 싶은 일, 생각해 볼게."

"응, 그렇게 해."

"내 힘으로 할 수 있는 일."

"왜 남 대하듯이 그래? 내가 힘이 돼 줄게."

메밀국수 삶은 물을 남은 장국에 부어 마신다. 간장에 고추 냉이가 가라앉아 있어 눈물이 찔끔 나왔다. 마당에서는 프레 디가 놀아 달라는 듯이 이쪽을 쳐다보고 있다.

오후에 사토미가 뛰어 나간 후 출판사 담당 여사에게서 전 화가 왔다. 두 달 후에 개최되는 도쿄 마라톤의 출전권을 입 수할 수 있을 것 같은데 혹시 사모님더러 나가시라고 하지 않겠느냐는 것이었다. 도쿄 마라톤이라면 최고로 인기 있는 시민 마라톤이다. 야스오도 알 정도니까. 추첨으로 참가자 를 선정하는데 그 경쟁률이 높아 마라토너들이 동경하는 대 회다.

"스폰서에 할당된 출전권이 나왔는데, 사내에서 누가 나가 는 것보다 오쓰카 선생님 사모님이 출전하는 게 의미 있지 않을까 해서요."

"글쎄, 잘 모르겠어. 마누라가 풀코스 마라톤은 뛰어 본 적이 없어서 말이지."

"힘들면 도중에 걸으셔도 되죠, 뭐. 제한 시간이 일곱 시간이나 된다는데요."

"하겠다고 하면 단편 써 줘야 하잖아."

"그건 그냥 해 본 소리예요. 안 쓰셔도 돼요. 조건은 아니고, 혹시 사모님이 달리는 모습을 보고 소설로 쓰고 싶은 마음이 드시거나, 몇 년 후에 그때 있었던 일을 글로 남기고 싶어지면 그 원고는 저희에게 주세요."

담당 여사가 유쾌한 목소리로 말했다. 문예 편집자들이란 이런 식으로 씨를 뿌리는 게 일이다. 야스오는 그들의 인내심에 늘 탄복한다.

"좋아, 그럼 한번 물어보지."

"출전하신다면 신발이랑 운동복은 저희가 사모님께 선물할게요."

이러니 작가의 아내들이 착각하는 것이다.

전화를 끊고 생각해 보았다. 응원하는 것만으로도 즐거울 것 같다. 사토미도 목표가 있으면 매일매일 달리는 데 더 힘이 나지 않을까.

사토미보다 아들들이 먼저 돌아왔다. 프레디가 반가운 듯 두 번 짖는다. 둘은 늘 그렇듯이 냉장고를 뒤졌다. 야스오는 아들들에게 확인하고 싶은 게 있어 부엌으로 갔다.

"물어볼 게 있는데, 너희들 공립과 사립 입시 날짜가 언제
지?"

둘 다 소시지를 우물거리면서 숫자만 대답한다. 이 퉁명스
러움이 또 중 3이다. 다행스럽게도 도쿄 마라톤 개최일은 두
아들이 입시에서 해방된 이후다.

"엄마가 도쿄 마라톤에 나가면 가족이 총출동해서 응원할
거니까 그렇게들 알아. 2월 27일은 스케줄 비워 둬."

"우와, 엄마가 도쿄 마라톤에 나가?"

"대박. 학교에 가서 자랑해야지."

게스케와 요스케가 걸걸한 목소리로 환호성을 올린다. 이
런 점도 중 3이다.

"엄마한테는 아직 얘기 안 했다."

야스오는 출판사가 출전권을 줬다는 얘기를 했다.

"꼭 나가라고 해. 안 나가면 아깝잖아."

"맞아. 모처럼의 기회인데 말이야."

"좋았어. 그럼 너희들이 엄마를 설득해 봐."

"알았어."

"오케이."

"그런데 너희들, 시험은 걱정 없는 거지?"

모처럼의 기회라 헛기침을 한 번 하고 물었다. 아들들의 동

향은 사토미를 통해서만 들을 수 있다. 언제부터인가 아버지
와 두 아들 사이가 행성 간의 거리만 해졌다.

"어떻게든 되겠지, 뭐. 괜찮아. 나는 떨어지면 스시 장인 될
거야."

"그럼 나는 피자 장인!"

이런 흐리멍덩한 태도는 대체 누굴 닮은 것일까.

그때 사토미가 돌아왔다. 평소보다 얼굴이 더 상기되어 있
다. 날이 추우니 온몸에서 김이 모락모락 피어오른다.

"뭐 해, 다들 부엌에 모여서?"

"엄마, 오늘은 몇 킬로미터 뛰었어?"

게스케가 물었다.

"웬일로 그런 걸 다 물어? 오늘은 20킬로미터. 대단하지?"

"대박. 그럼 됐어. 앞으로 20킬로미터 더 뛰어, 엄마."

요스케가 엄마의 어깨를 흔들면서 말한다.

"20킬로미터를 더 뛰라니, 무슨 소리야?"

"아, 그게 실은……."

야스오가 간단히 사정을 설명했다. 사토미의 안색이 점점
변한다.

"도쿄 마라톤이라니, 무리야. 절대 못 해."

대뜸 고개를 젓는다.

"할 수 있어. 할 수 있어."

"엄마, 할 수 있어."

아들들이 신이 나서 부추긴다.

"너희들 멋대로 그러는 게 어디 있어, 뛰는 사람은 엄마인데."

"도전, 도전!"

"맞아. 도전!"

"안 돼. 나한테는 무리야."

사토미가 계속 뒤로 뺀다. 하지만 아주 완강한 것은 아니었다. 부부로 오래 살다 보면 정말로 싫다는 것인지 아닌지 정도는 알 수 있다.

"그럼 사흘 줄 테니 생각해 봐."

얘기가 진전이 없자 야스오가 제안했다.

"아무래도 안 되겠다 싶으면 그때 거절해도 되니까."

"아이참, 남의 일이라고……."

사토미가 볼을 빵빵하게 부풀린다.

"내가 자전거 타고 따라갈까?"

"그럼 나는 코스프레 하고 갈 거야."

아들들이 실없는 소리를 하다가 거실로 가서 인터넷으로 마라톤 코스를 찾아본다.

"길기는 기네. 신주쿠에서 오다이바까지야. 그것도 시나가와랑 아사쿠사를 경유해서. 크헉."

야스오와 사토미도 뒤에서 들여다보았다. 과연 42킬로미터
는 길다.

"연도에서 응원하려면 역시 긴자가 좋겠지?"

"셋이 나눠서 가 있을까?"

"그만들 해. 뛸지 말지 결정도 안 했는데."

마라톤 얘기는 저녁 식탁까지 이어졌다. 평소에는 밥을 먹
자마자 2층으로 올라가던 녀석들이 엄마를 설득하느라 열심
이다.

"엄마가 나간다고 하면 우리도 입시 공부 열심히 할게."

"그래, 까짓것, 출혈의 폭탄 서비스다. 최종 모의고사 총점
430점 이상 확약!"

"무슨 소리야. 공부는 자신을 위한 거란 말이야."

사토미는 언성을 높이면서도 내심 기뻐하는 기색이다. 목
소리가 평소보다 한 옥타브는 높았다.

야스오도 기뻤다. 가족 넷이 이렇게 시끌벅적한 게 대체 얼
마 만인지.

4

고심 끝에 사토미는 도쿄 마라톤에 출전하기로 결정했다.

절반쯤은 짐짓 고민하는 체하는 서겠지 했는데 그게 아니었다. 정말로 심각하게 고민했다. 인터넷으로 정보를 찾아보더니, 풀코스 마라톤이 후반부터 힘들다는 사실을 알고는 자신의 체력을 걱정했다. 워낙 책임감이 강해 '나머지 절반은 걸으면 되지, 뭐.' 하고 가볍게 생각하지 못하는 사람이다. 뛰기로 한 이상은 반드시 완주하고 싶은 것이다.

담당 여사에게 아내의 출전을 알리자 그녀는 자기 일처럼 기뻐하며 프로테인 한 상자와 달리기 교본 몇 권을 아내 앞으로 보내 주었다. 거기에 격려의 편지를 곁들이는 점이 과연 문예 편집자다웠다. 감격하는 사토미를 보면서 야스오는 보답으로 뭐라도 써야겠다고 생각했다.

출전을 결정한 후부터 사토미는 달리기에 한층 열을 쏟았다. 매일 시간을 재서 달력에 달린 거리와 함께 메모했다. 계획표를 만들어 쉬는 날과 근육 운동 하는 날도 끼워 넣었다.

야스오는 아내의 그런 모습에 자극받아 산책할 때 다시 한번 뛰어 보았다. 그러나 역시 2백 미터 달리고는 숨이 차올랐다. 같이 뛰던 프레디가 개 주제에 냉소를 보낸다.

아들들은 엄마에게 관심을 가지게 되었다. 적어도 전처럼 밥 달라는 소리만 하지는 않았다. 젊지 않은 나이의 엄마에게 풀코스 마라톤이 얼마나 힘든 일인지 그들 나름으로 이해하는 눈치다.

"너희들 장거리 뛰어 본 적 있어?" 하고 물으니 "축구부에서 10킬로미터 정도는 항상 뛰었는데."라는 대답이 돌아왔다. 10킬로미터 뛰는 데 40분 정도 걸렸다고 한다.

야스오와 사토미는 서로 얼굴을 마주 보며, 젊음이란 얼마나 대단한 것인가 하고 생각했다. 그리고 그 가치를 전혀 모르는 어린 아들들을 어이없어했다.

그러나 도쿄 마라톤 전에 오쓰카 집안에는 더 큰 행사가 있었다. 바로 두 아들의 고교 입시다. 둘은 서로 다른 학교를 지원했다.

사실 둘의 성적에 약간의 차이가 있었다. 쌍둥이니까 모든 게 비슷하겠거니 했는데 그렇지 않고 동생인 요스케 쪽이 평균 점수가 얼마간 높았다. 대학에 진학할 때는 더 확실히 차이가 날 것 같다. 한때는 부부가 그 문제로 애를 태웠지만, 다행히 게스케는 비뚤어지지 않고 현실을 순순히 받아들이는 듯했다. 요스케도 성적으로 으스대거나 하지는 않는다. 그 점에는 무척 안도하고 있다.

그런 만큼, 게스케가 합격했다는 소식을 들었을 때 야스오는 솔직히 더 기뻤다. 아버지의 위엄을 보여 주고 싶어 두 아들에게 꽤 근사한 가죽 구두를 사 주었다.

사토미의 도쿄 마라톤 출전은 동네에서도 화제가 되었다. 아들들이 학교에 가서 떠벌린 탓이다. 슈퍼마켓에서 사람들이 자주 말을 걸어오는 게 그다지 싫지 않은 눈치였다.

사토미는 생기가 넘쳤다. 목표가 있다는 건 멋진 일인 것이다. 마라톤 대회는 세금을 들여 개최할 만한 가치가 있다며 고액 납세자인 야스오는 살짝 우쭐해졌다.

그런저런 일이 있은 끝에 드디어 2월 27일이 돌아왔다.

대회 당일. 날씨는 쾌청했다. 관전하는 사람들에게는 고마운 날씨지만 주자들에게는 힘든 하루가 될지도 몰랐다. 기온이 올라가면 체력이 금방 떨어지기 때문이다. 출발은 오전 9시 10분. 참가 인원이 많아 사토미가 출발할 수 있는 시간은 30분 이상 지나야 한다. 그러니까 아마추어 마라토너들이 골인할 무렵이 최고 기온이다.

야스오는 새벽 5시에 일어나 가족의 아침을 준비했다. 그래 봐야 사토미의 지시대로 계란 프라이와 열빙어 구이를 만들었을 뿐이지만. 밥이나 된장국은 어젯밤에 준비해 놓았다.

아들들을 깨우고, 온 가족이 모여 아침을 먹었다.

"엄마, 잘 잤어?"

"응, 아주 푹 잤어."

"컨디션은?"

"그런대로 괜찮아."

사토미는 웃는 얼굴로 대답했지만, 실은 밤중에 수도 없이 몸을 뒤척였다. 그래서 조금 걱정스럽다.

6시에 집을 나섰다. 차로 출발 지점인 신주쿠에 가서 사토미를 내려 준 후, 진보초에 있는 출판사로 가서 출판사 주차장에 차를 세워 놓을 계획이다. 그 출판사 바로 앞길이 코스의 7킬로미터 지점이다. 거기서 사토미를 본 후 지하철을 타고 미타, 긴자, 아사쿠사의 순으로 먼저 가서 기다린다. 연도에서 응원하는 건 30킬로미터 지점까지만 하기로 했다. 혹시라도 사토미가 체력이 다해 걷게 되면 아들들의 응원 소리에 오히려 민망해할 거라고 생각됐기 때문이었다. 그러고 나서는 골인 지점에서 기다린다.

출발 지점인 신주쿠 부도심 일대는 출전자들로 몹시 혼잡했다. 참가 인원만 3만 5천 명이니 그럴 만도 하다. 예전의 야스오라면 다들 제정신이냐고 했을 텐데, 오늘은 거기에 아내가 끼여 있으니 감상이 각별했다. 야스오와 비슷한 나이대의 남자들도 많았다. 그 늠름한 모습이 말할 수 없이 눈부셨다. 다들 어딘가 모르게 자랑스러운 표정이다. 적어도 야스오의 눈에는 그렇게 보였다.

사토미가 방한복을 벗고 마라톤 복장을 드러냈다. 오늘 아침 기온 8도. 내쉬는 숨이 하얗다. 찾기 쉬우라고 분홍색 모자를 선물했는데 여자들이 온통 분홍색 차림이라 오히려 눈에 잘 띄지 않는다. 찾는 데 고생할 것 같다.

교통정리를 하는 경찰이 차를 세워 놓지 말라고 하도 잔소리를 해 대서 출발까지 한 시간이나 남았는데 헤어지기로 했다.

"그럼 가 볼게."

사토미가 다소 긴장한 표정으로 말했다. 아내의 이런 얼굴을 본 기억이 별로 없다.

"엄마, 파이팅!"

"목표는 완주!"

아들들이 주위 사람들이 돌아볼 만큼 큰 소리로 외치며 엄마에게 하이파이브를 청했다.

"여보, 무리는 하지 마. 기권해도 부끄러운 일 아니니까. 절반은 걸어도 돼."

야스오는 부담을 주지 않으려고 그렇게 말했다.

"안 되지, 기권은. 시합이든 뭐든 죽을힘을 다해 끝까지 싸우면 이기는 거야."

"맞아. 끝까지 절대 포기하지 마. 자신을 이기는 거야, 근성 있게!"

아들들은 기세등등하기 짝이 없었다. 그렇다, 어른들은 지는 것에 익숙해서 미리 연막을 피운다. 그러나 열다섯 살은 경쟁의 한가운데 있는 생물이다. 져도 된다느니 하는 건 있을 수 없는 일이다.

"알았어. 엄마, 힘낼게!"

사토미가 그들의 장단에 맞춰 장난스럽게 말했다. 그리고
손을 흔들며 출발 지점으로 뛰어간다. 그 가냘픈 뒷모습을
바라보며 야스오는 눈시울이 시큰해졌다. 안 되지, 이러면.
아직 시작도 안 했는데.

길 여기저기서 주자를 배웅하는 모습이 보였다. 경쟁률이
9 대 1이었다고 하니 추첨에 당첨된 주자들은 말하자면 대표
선수다.

고층 건물 사이에서 불꽃이 올랐다. 도쿄는 축제의 하루다.

차를 몰고 진보초로 이동했다. 일찍부터 교통 규제가 시작
되어 출판사 건물까지 가는 데도 힘이 들었다. 일요일인데도
출근해 있던 담당 여사가 주차장으로 안내해 주었다.

"거참, 미안하네. 쉬는 날인데."

"괜찮아요. 좋아해요, 이런 거. 그보다, 회사 창문으로 보실
래요? 간부들이 사용하는 응접실이 그야말로 특등석인데
요."

"아니야. 연도에서 응원할 거야. 마누라 혼자 뛰게 해 놓고
나만 편할 수는 없지."

"제가 궁금해서 여러 가지로 조사해 봤더니, 요 몇 년 사이
에 주부 마라토너가 확실히 늘었더라고요. 시간에 구애받지

않는다는 점도 있지만, 제일 큰 동기는 성취감인 것 같아요. 일상생활에서는 자신을 극한 상황에 몰아넣을 일이 없으니까요. 역시 인간이란 열심히 몰두할 수 있는 무언가가 필요한가 봐요."

"그래, 그럴 거야."

사토미의 얼굴이 떠올랐다. 결혼하고 내내 함께 걸어왔는데, 어느 순간부터 남편 혼자 앞질러 가게 되었다. 그녀가 자기만 내버려졌다는 생각에 시달렸는지도 모른다.

"우리 언니는 아이가 둘 있는 전업 주부인데요, 저를 만날 때마다 한숨을 푹푹 쉬는 거예요. 왜 그러느냐고 물었더니 '너는 너 자신의 목표가 있어서 좋겠다, 가사나 육아는 아무리 열심히 해도 성적이 나오는 것도 아니고 누가 칭찬해 주는 것도 아니잖니.' 그러더군요. 인간이란 참 골치 아픈 존재죠?"

맞는 말이다. 그러니 소설가라는 직업이 성립하는 것이다.

9시 반이 지날 무렵 연도에서 환성이 일더니 선두 주자들이 나타났다. 그들의 빠른 스피드에 야스오는 기가 질렸다. 마치 질풍처럼 달려간다. 사토미가 나타나려면 한참 있어야 할 것이다.

아이들은 맨 앞줄에 자리를 확보하고 자기들 손으로 준비한 플래카드를 펼쳤다. '엄마, 힘내세요!'라는 간단한 문구지만 알록달록한 별 모양이 화려하게 장식돼 있어 번쩍 눈에 띈다. 두 아들의 오늘 목표는 텔레비전에 그런 자신들의 모습이 비치는 것이다.

주자들이 잇달아 통과하고 있었다. 주자들의 속도도 갈수록 떨어지고, 아마추어의 숫자가 많아진다. 실로 민족 대이동을 방불케 했다. 오전 10시 반이 되어 갈 무렵에 사토미가 달려왔다. 사실 야스오는 그녀를 못 알아봤는데 동체 시력(움직이는 물체를 시각적으로 파악하는 능력—옮긴이)이 빼어난 아이들이 발견하고 "엄마! 여기, 여기!"라고 소리를 질러 알았다. 카메라를 들이대고 셔터를 눌렀다.

사토미는 플래카드를 보고 눈을 동그랗게 떴다. 비밀로 해 두었으니 깜짝 놀랐을 것이다. 웃는 얼굴로 손을 흔든다.

작은 보폭으로 달리는 사토미는 무언가를 향해 전진하는 벌레 같은 느낌이었다. 그 무심함이 오히려 씩씩해 보였다. 야스오는 아내의 뒷모습을 바라보면서, 모쪼록 완주할 수 있게 해 달라고 신에게 빌었다.

"엄마, 속도가 꽤 빠른데."

게스케가 말했다.

"시속 9킬로미터로 뛰겠다고 하더니, 그보다는 좀 더 빠른 것 같아."

요스케도 똑같이 느끼나 보다. 초반에는 주위의 속도를 따라가기 쉽다.

부자 셋이 지하철 미타 선을 타고 이번에는 미타로 향했다. 전철 안이 온통 응원꾼들로 북적거린다.

미타에 도착해서는 후타노쓰지 교차로에 자리를 확보하고 사토미를 기다렸다. 아들들은 중계 카메라가 설치돼 있는 것을 보더니 재빨리 플래카드를 펄럭펄럭 흔들었다.

사토미는 오전 11시에 나타났다. 아들들이 또 큰 소리로 성원을 보낸다. 어지간히 눈에 띄었는지 중계 카메라가 이쪽을 향했다.

"찍혔어, 찍혔어!"

정말로 찍혔는지 어떤지 알 수 없는데도 호들갑이다.

사토미는 별문제 없어 보였다. 아직은 손을 흔들 여유도 있다. 하지만 여기는 13킬로미터 지점으로, 코스 전체의 3분의 1에도 못 미친다. 아직은 갈 길이 멀다.

아이들이 배고프다고 시끄럽게 굴어 맥도날드에서 점심을 먹었다.

"나, 다음에는 엄마랑 같이 마라톤 대회에 나가 볼까 봐."

"나도. 기록이 얼마나 나오는지 도전해 보고 싶어."

아들 둘이 빅맥을 우적거리면서 얘기한다. 엄마가 달리는 모습에 적잖이 감명을 받았나 보다.

"아빠는 안 뛸래?"

"어? 언제 한번 뛰지, 뭐."

야스오는 다시 한번 달려 봐야겠다고, 이번에는 진지하게 생각한다.

긴자에 이어 아사쿠사로 사토미를 쫓아갔다. 긴자는 20킬로미터를 넘어선 지점이라 사토미도 더는 웃는 얼굴이 아니었다. 28킬로미터 지점인 아사쿠사에서는 언제 걷기 시작한다 해도 이상하지 않을 만큼 속도가 떨어지고 표정에도 피로한 기색이 배어 있었다. 대개 이 지점쯤 오면 반 이상의 아마추어 주자들이 걷게 된다. 아이들도 아직은 큰 소리로 응원을 보내고는 있지만 그 목소리에 안쓰러움이 묻어나기 시작했다.

"엄마, 힘내세요!"

"천천히 가도 돼요!"

아이들은 무슨 생각을 하고 있을까. 무슨 생각이든, 그것은 그들이 앞으로 생을 살아가는 데 귀중한 감정으로 남을 것이 분명하다.

이른 봄 햇살 아래 선남선녀들의 퍼레이드가 끝없이 이어진다.

부자 셋은 골인 지점인 아리아케에서 사토미를 기다렸다. 시간은 오후 2시 반을 향해 가고 있다. 아사쿠사를 통과한 시가이 12시 40분이었으니 거기까지는 대략 시속 9킬로미터로 달렸다는 계산이 나온다. 그 지점으로부터 거리로는 14킬로미터, 시간상으로는 한 시간 50분이 지났다. 그러니까 이미 걷기 시작했을 공산이 크다. 지금쯤이면 지친 다리를 끌면서 코스를 걷고 있을지도 모른다.

그렇다 해도 아쉬운 마음이라고는 털끝만큼도 없었다. 정말 열심히 뛰었다는 말밖에는 할 말이 없다. 42.195킬로미터라니, 야스오로서는 걷는 것조차 무리인 거리다. 그 절반 이상을 뛰었다. 이제 가슴을 쫙 펴고 들어오면 된다. 아들들은 이미 엄마를 존경하고 있다.

"엄마가 늦네."

"아빠, 전화해 봐."

아들 둘이 길거리에서 산 다코야키를 한입 가득 넣고 말했다.

많이 뒤처졌을 경우를 대비해 사토미는 휴대 전화를 허리 주머니에 넣어 갔다. 그러니 연락은 될 것이다. 그러나 야스오는 조금 더 기다리고 싶었다. 아직 뛰고 있다면 방해가 될 테니까. 아내에게는 아내 나름으로 분발해야 할 시점이 있을 것이고 지금이 바로 그때다.

분홍색 모자만 눈에 띄면 소리를 지르려 하다가 사토미가 아니라는 것을 알고 한숨을 내쉰다. 그런 일이 몇 번이나 반

복됐다.

골인 지점에 들어오면 뭐라고 말을 걸어야 할까. 힘들지? 애썼어. 그리고 고맙다는 말도 하고 싶다. 그렇다, 지금은 감사하는 마음이 제일 크다. 지난 두 달 동안 오쓰카 집안은 흥분의 도가니였다. 그리고 그 중심인물은 사토미다.

하지만 과연 말할 수 있을까. 부부로서 마주하면 야스오는 갑자기 쑥스러워지고 만다.

"어, 엄마다!"

게스케가 외쳤다.

"엄마! 엄마!"

"여기야, 여기!"

아들들이 폴짝폴짝 뛰어오르며 엄마를 맞이한다.

사토미는 거의 걷는 속도로, 그러나 씩씩하게 뛰고 있었다. 아이들을 보자 힘없이 미소 짓는다. 기진한 표정이다.

야스오도 힘껏 손을 흔들었다. 코끝이 찡해 온다. 안 되지, 안 돼. 아이들도 있는데 울면 쓰나.

그러나 아차 하는 순간 시야가 흐려지고 말았다.